高职高专"十二五"规划教材

化学分析实训

高军林　王安群　主编
唐卫平　副主编

化学工业出版社
·北京·

本书是模块化教材《化学分析技术》配套实训教材。主要按照模块化进行编写,内容包括:化学分析实验室基础知识、滴定分析仪器与基本操作、滴定分析用标准溶液浓度标定训练、滴定分析法在常量分析中的应用、称量分析法、综合实训共六个模块。本书突出能力培养,进行项目教学,并增设了数据记录表与评分观测点,便于学生记录与教师评定成绩。

本书可作为高职高专化工类专业的教材,也可作为从事分析、检测等专业工作的培训教材,同时可供厂矿企业有关专业的工程、科技人员参考。

图书在版编目(CIP)数据

化学分析实训/高军林,王安群主编. —北京:化学工业出版社,2011.7

高职高专"十二五"规划教材

ISBN 978-7-122-11601-7

Ⅰ. 化…　Ⅱ. ①高…②王…　Ⅲ. 化学分析-高等职业教育-教材　Ⅳ. O65

中国版本图书馆 CIP 数据核字(2011)第 122896 号

责任编辑:陈有华　郎红旗　　　　　　文字编辑:向　东

责任校对:陶燕华　　　　　　　　　　装帧设计:王晓宇

出版发行:化学工业出版社(北京市东城区青年湖南街 13 号　邮政编码 100011)

印　　装:三河市延风印装厂

787mm×1092mm　1/16　印张 9¼　字数 229 千字　2011 年 8 月北京第 1 版第 1 次印刷

购书咨询:010-64518888(传真:010-64519686)　售后服务:010-64518899

网　　址:http://www.cip.com.cn

凡购买本书,如有缺损质量问题,本社销售中心负责调换。

定　　价:19.00 元

前 言

化学分析实训

FOREWORD

本书是高职高专模块化教材《化学分析技术》的配套实训教材，它以滴定工作过程为核心，进行了模块化整合与重构，分四个阶段进行。第一阶段为化学分析基本操作训练；第二阶段为标准溶液浓度标定训练；第三阶段化学分析应用项目训练；第四阶段为综合应用项目训练。通过扎实的基础训练，促进技能的提高，通过综合性实验，提高学生分析问题和解决问题的能力。本教材主要特点如下：

1. 同项归类，模块化整合。打破了以前按滴定分析方法编排章节的体系，将四大滴定的标准溶液制备和四大滴定分析的应用分别整合为一个模块。

2. 能力本位，项目化教学。在每一个模块前，突出能力目标，每一个实训项目中，重在操作技能培养，同时把实验与项目教学融合起来。

3. 重视案例分析，注重职业素质的培养。为了培养学生职业素质，加强理论联系实际，本书在模块一中选择了大量化工生产中的真实案例，并进行了案例分析。

4. 方便学生记录，便于教师考核。为了保证实训课程质量考核，方便学生记录与数据处理，在每个实训项目中，都设计了实训项目记录与处理表；每个模块都提炼出各类实训项目观测点，同时每个项目中提出相关偏差或误差要求，可供师生参照进行质量考核与评分。

本书的模块一由河南职业技术学院唐卫平编写，模块二由长沙环保职业技术学院王安群编写，模块三、模块五和模块六分别由中山职业技术学院王俊、赵文华、高军林编写，模块四由火炬职业技术学院王建国和河南职业技术学院唐卫平编写，附录由中山职业技术学院朱务标整理。全书由高军林统稿。

目前高职课程改革可以说是日新月异，项目化教学、基于工作过程系统化课程开发都在进行，在本教材的编写过程中，努力体现本课程最新改革成果，但由于编者水平和经验有限，书中肯定有不尽如人意之处，衷心希望各位同仁提出宝贵意见。

编者

2011 年 4 月

化学分析实训

CONTENTS

模块一
化学分析实验室基础知识

能力目标	知识目标	素质目标
1. 能正确填写实验报告 2. 能正确选用实验室用纯水和各类试剂 3. 能正确使用灭火器 4. 能正确处理实验室各类安全意外事故	1. 了解化学分析实验用水知识 2. 熟悉化学试剂分类与选用 3. 掌握实验室安全规范	1. 通过各类案例培养学生具有化验员基本职业素质 2. 树立分析监测质量意识 3. 通过安全教育树立分析实验室的安全环保意识

单元一   化学分析实验课前教育

一、课程目标

　　为适应 21 世纪社会对分析化学相关专业人才的需求，本课程力图使学生在接受严格的分析化学实验基本操作训练的基础上，在动手能力、实验技能、严谨的科学作风，实事求是的科学态度以及探索和开拓意识、独立分析与解决实际问题的能力、踏实有序而又讲求效率的工作作风等诸方面都能得到一定的培养和锻炼，并加强学生综合素质的培养。

　　本课程要求学生学习、掌握定量分析化学分析实验的基础知识、基本操作和典型的定量分析方法；通过实验加深对有关理论的理解，并能灵活运用所学的理论知识指导实验设计与操作；确立"量"、"相对误差"和"有效数字"等概念；培养严谨的科学作风和良好的实验素养，激发学习、实验兴趣和探索精神，提高分析、解决实际问题的能力。

二、课程考核及成绩评定

　　本课程的考核通常包括下列内容：实验原理和实验基本知识的理解、实验操作技能、实验结果的准确度与精密度、实验报告的书写和实验结果的讨论、设计性实验或综合性实验的情况。实验成绩考核既要体现课程要求的全面性，又要注意各测定方法的特殊性，更要注意在实践过程中探索对学生能力的考评。

为了使实验评分标准能定量化、科学化，对各个环节确定了相应的评分值。对每一个实训项目都有观测点。其中，操作部分占总分的 60%，实验结果占总分的 40%。在实际实行过程中，教师可根据具体情况而定。

三、课程的基本要求

实验过程是学生手脑并用的实践过程，为了通过训练达到熟练掌握基本操作技术，并能完成实际分析任务的目的，对学习本门课程提出以下要求。

1. 做好实验预习

预习的内容包括：

① 阅读实验教材和教科书中的相关内容，必要时参阅有关资料；

② 明确实验的目的和要求，透彻理解实验的基本原理；

③ 明确实验的内容及步骤、操作过程和实验时应当注意的事项；

④ 认真思考实验前应准备的问题，并能从理论上加以解决；

⑤ 查阅有关教材、参考书、手册，获得该实验所需的有关化学反应方程式、常数等；

⑥ 通过自己对本实验的理解，在记录本上简要地写好实验预习报告。

2. 在实验过程中，要手脑并用

注意不断修正自己的操作，使实验操作规范化，提高实验技能。同时，要积极思考实验中每一步操作的目的，要知其然，也要知其所以然。

3. 认真操作，细心观察

对每一步操作的目的、作用以及可能出现的问题进行认真的探究，并把观察到的现象，如实详细地记录下来。实验数据应及时真实地记录在实验记录本上，出现误记或需改正，应遵循数据更改规则，不得随意涂改。

4. 深入思考

如果发现观察到的实验现象和理论不符合，先要尊重实验事实，然后加以分析，认真检查其原因，并细心地重做实验。必要时可做对照实验、空白实验或自行设计的实验来核对，直到从中得出正确的结论。实验中遇到疑难问题和异常现象而自己难以辨析时，可请实验指导老师解答。

5. 科学严谨、实事求是

注意培养自己严谨的科学态度和实事求是的科学作风，绝不能弄虚作假，随意修改数据。若定量实验失败或产生的误差较大，应努力寻找原因，并经实验指导教师同意，重做实验。

四、实验室规则

为了加强实验室的建设和管理，确保实验教学质量和实验教学改革方案顺利进行，使学生能够养成良好的实验习惯，达到全面提高学生整体素质的目的，学生进入实验室必须遵守以下规则。

（1）进入实验室，必须遵守实验室纪律和制度，听从老师的指导与安排。

（2）未穿实验服、未写实验预习报告者不得进入实验室进行实验。

（3）进入实验室后，要熟悉周围环境，熟悉防火及急救设备器材的使用方法和存放位置，遵守实验室安全守则，若出现某种应急事故，应立即向指导老师报告。

（4）实验前，清点、检查仪器，明确仪器规范操作方法及注意事项，否则不得动手操作。

（5）用药品时，要求明确其性质及使用方法后，按实验要求规范使用。禁止使用不明确药品或随意混合药品。

（6）实验中，不高声喧哗，保持实验室安静，不随地吐痰，不乱扔纸屑，保持实验室的整洁。认真操作，仔细观察，积极思考，如实记录。

（7）实验时把观察到的实验现象、所得的数据以及计算和结论等正确而简明地记录在记录本上。计算必须准确、清楚、容易看懂。

（8）记录本的篇页都要自己编号，不准随意撕毁，不准用小纸片记录实验结果。记录或计算若有错误应划去重写，不能涂改。每次实验后，应将记录数据交由老师审阅后，才能进行数据处理，绝对不允许自凑数据。

（9）实验室公用物品（包括器材、药品等）用完后应归放回原指定位置。实验废液、废物按要求放入指定收集器皿。

（10）爱护公物，注意卫生，保持整洁，节约用水、电、燃气和实验药品。

（11）实验结束时，应把所用仪器洗净后，整齐放回原处，清理实验台面，打扫实验室卫生。仪器如有破损或短缺必须立即向老师请示补齐。

（12）实验结束后，检查是否已切断电源、水阀和燃气管路，一切均已妥当后，向指导老师请示经同意后，才能离开实验室。

（13）实验课后，对实验所得的结果和数据及时进行整理、计算和分析。认真写好实验报告，按时交给指导老师。

五、实验数据记录、实验报告书写及实验结果表达

（一）实验数据的记录

1. 实验数据记录

实验记录是进行实验的原始资料，每一个科学工作者都必须以严肃认真的态度对待这一工作。做好实验记录要注意以下几点。

（1）本书中每个实验项目都有配套记录表，要求按规范记录，不允许将数据记在单页纸片上，或随意记在其他地方。

（2）记录应及时、准确、清楚。记录现象或数据时，要实事求是，绝不允许弄虚作假。实验过程中涉及特殊仪器的型号和标准溶液的浓度、室温等，也应及时准确地记录下来。

（3）实验过程中记录测量数据时，其数字的准确度应与分析仪器的准确度相一致。如用万分之一分析天平称量时，要求记录至 $0.0001g$；常量滴定管和移液管的读数应记录至 $0.01mL$。

（4）实验记录中的每一个数据都是测量结果。平行测定时，即使得到完全相同的数据也应如实记录下来。

（5）在实验过程中，如发现数据中有记错、测错或读错而需要改动之处，可将要改动的数据用一横线划去，并在其上方写出正确的数据。

（6）实验结束后，应该对记录是否正确、合理、齐全，是否需要重新测定等进行核对。

2. 实验数据处理的基本方法

实验数据的处理可用列表法、图解法及电子表格法，其中化学分析法常用列表法，其形式最为简洁。在后续的仪器分析法中常用图解法。而电子表格法既有列表法的直观和简洁，又可方便快速地制备各种形式的相关图，还便于实验室的信息统一存储和管理。

（二）实验报告的书写

实验结束后完成实验报告的过程是对实验的提炼、归纳和总结，能进一步消化所学的知识，培养创新思维能力。因此，要重视实验报告的书写。

因此实验完毕后，应及时如实地写出实验报告。分析化学实验报告一般包括以下内容。

（1）实验名称、实验日期。

（2）实验目的。

（3）实验原理。简要地用文字和化学反应式说明。例如对于滴定分析，通常应有滴定反应方程式、基准物质和指示剂的选择、测定条件、终点现象等。对特殊仪器的实验装置，应画出实验装置图。

（4）实验主要仪器及试剂。包括特殊仪器的型号及标准溶液的浓度等。

（5）实验步骤。应简明扼要地写出实验步骤流程。

（6）实验数据及结果处理。应用文字、表格或图形，将数据表示出来。根据实验要求及计算公式计算出分析结果并进行有关数据和误差处理，尽可能地使记录表格化；涉及的实验数据应使用法定计量单位。

（7）讨论。包括实验教材上的思考题和对实验中的现象、产生的误差等进行讨论和分析，尽可能地结合分析化学中有关理论，以提高自己分析问题、解决问题的能力。

（三）实验结果的表达

在常规分析中，通常是一个试样平行测定 3 次，在不超过允许的相对误差范围内，取 3 次测定结果的平均值。分析结果一般报告三项值。

（1）测定次数。

（2）测定结果平均值或中位值。

（3）相对平均偏差。

在非常规分析和科学研究中，分析结果应按统计学的观点反映出数据的集中趋势和分散程度，以及在一定置信度下真实值的置信区间。通常用 n 表示测定次数，用平均值来表示分析结果，用标准偏差来衡量各数据的精密度。

（四）实验结果表达注意事项

（1）实验现象的记录必须详细，实验数据必须真实可靠。

（2）实验结果的给出形式要与实验的要求相一致。如用重铬酸钾法测铁，测定结果要求以 $w(Fe_2O_3)$（％，质量分数）的形式报出时，就必须以该种形式给出，而不能以 FeO 的形式表示。同时给出实验结果计算公式。

（3）对试样中某一组分含量的报告，要以原始试样中该组分的含量报出，不能仅给出供试溶液中该组分的含量。例如在测试前曾对样品进行过稀释、富集等处理，则最后结果应还原至未稀释、未富集前的情况。

（4）结果数据的有效数字，要与实验中测量数据的有效数字相适应。在实验数据报出时，注明测定结果的精密度。

单元二　　化学分析实验用水

在分析工作中，洗涤仪器、溶解样品、配制溶液均需用水。一般天然水和自来水（生活饮用水）中常含有氯化物、碳酸盐、硫酸盐、泥沙等少量无机物和有机物，影响分析结果的准确度。作为分析用水，必须先经一定的方法净化达到国家规定。实验室用水规格，根据分析任务和要求的不同，采用不同纯度的水。

我国已建立了实验室用水规格的国家标准（GB/T 6682—2008），《分析实验室用水规格和试验方法》中规定了实验室用水的技术指标、制备方法及检验方法。这一基础标准的制订，对规范我国分析实验室的分析用水，提高分析方法的准确度起了重要的作用。

一、分析用水的级别和用途

国家标准规定的实验室用水分为三级。

一级水基本上不含有溶解或胶态离子杂质及有机物。用于有严格要求的分析实验，包括对颗粒有要求的试验，如高效液相色谱分析用水。

二级水可含有微量的无机、有机或胶态杂质。用于无机痕量分析等试验，如原子吸收光谱分析用水。

三级水最普遍使用的纯水，适用于一般实验室试验工作，过去多采用蒸馏方法制备，故通常称为蒸馏水。

二、分析用水的制备

制备实验室用水的原料水，应当是饮用水或比较纯净的水。如有污染，则必须进行预处理。纯水常用以下 3 种方法制备。

1. 蒸馏法制备纯水

蒸馏法制备纯水是根据水与杂质的沸点不同，将自来水（或其他天然水）用蒸馏器蒸馏而得到的。用这种方法制备纯水操作简单、成本低廉，能除去水中非蒸发性杂质，但不能除去易溶于水的气体。由于蒸馏一次所得蒸馏水仍含有微量杂质，只能用于定性分析或一般工业分析。

目前使用的蒸馏器一般是由玻璃、镀锡铜皮、铝皮或石英等材料制成的。由于蒸馏器的材质不同，带入蒸馏水中的杂质也不同。用玻璃蒸馏器制得的蒸馏水会有 Na^+、SiO_3^{2-} 等离子。用铜蒸馏器制得的蒸馏水通常含有 Cu^{2+}，蒸馏水中通常还含有一些其他杂质。原因是二氧化碳及某些低沸物等易挥发物质，随水蒸气带入蒸馏水中；少量液态水成雾状飞出，直接进入蒸馏水中；微量的冷凝管材料成分也能带入蒸馏水中。

必须指出，以生产中的废汽冷凝制得的"蒸馏水"，因含杂质较多，是不能直接用于分析化学的。

2. 离子交换法制纯水

蒸馏法制备纯水产量低，一般纯度也不够高。化学实验室广泛采用离子交换树脂来分离出水中的杂质离子，这种方法叫离子交换法。因此，用此法制得的水通常称为"去离子水"。

这种方法具有出水纯度高、操作技术易掌握、产量大、成本低等优点，很适合于各种规模的化验室采用。该方法的缺点是设备较复杂，制备的水含有微生物和某些有机物。

3. 电渗析法制纯水

这是在离子交换技术基础上发展起来的一种方法。它是在外电场的作用下，利用阴阳离子交换膜对溶液中离子的选择性透过而使杂质离子自水中分离出来，从而制得纯水的方法。

三、纯水与高纯水水质标准

《标准》中只规定了一般技术指标，在实际工作中，有些实验对水有特殊要求，还要检查有关项目，例如 Cl^-、Fe^{3+}、Cu^{2+}、Zn^{2+}、Pb^{2+}、Ca^{2+}、Mg^{2+} 等离子。实验室用水规格见表 1-1。

表 1-1 实验室用水的级别及主要指标

指 标 名 称		一级	二级	三级
pH 范围		—	—	5.0～7.5
电导率(25℃)/mS·m^{-1}	≤	0.01	0.10	0.5
吸光度(254nm,1cm 光程)	≤	0.001	0.01	—
可氧化物质[以(O)计]/mg·L^{-1}	≤	—	0.08	0.4
蒸发残渣(105℃±2℃)/mg·L^{-1}	≤	—	1.0	2.0
可溶性硅[以(SiO$_2$)计]/mg·L^{-1}	≤	0.01	0.02	—

注：1. 由于在一级水、二级水的纯度下，难于测定其真实的 pH，因此，对一级水、二级水的 pH 范围不做规定。

2. 一级水、二级水的电导率需用新制备的水"在线"测定。

3. 由于在一级水的纯度下，难于测定可氧化物质和蒸发残渣，对其限量不做规定，可用其他条件和制备方法来保证一级水的质量。

四、分析用水的检验

为保证纯水的质量符合分析工作要求，对于所制备的每一批纯水，都必须进行质量检查。

1. pH 的测定

普通纯水 pH 应在 5.0～7.5（25℃），可用精密 pH 试纸或酸碱指示剂检验。对甲基红不显红色，对溴百里酚蓝不呈蓝色。用酸度计测定纯水的 pH 时，先用 pH 为 5.0～8.0 的标准缓冲溶液校正 pH 计，再将 100mL 三级水注入烧杯中，插入玻璃电极和甘汞电极，测定 pH。

2. 电导率的测定

纯水是微弱导体，水中溶解了电解质，其电导率将相应增加。测定电导率应选用适于测定高纯水的电导率仪。一级水、二级水电导率极低，通常只测定三级水。测量三级水电导率时，将 300mL 三级水注入烧杯中，插入光亮铂电极，用电导率仪测定其电导率。测得的电导率小于或等于 5.0μS/cm 时，即为合格。

3. 吸光度的测定

将水样分别注入 1cm 和 2cm 的比色皿中，用紫外-可见分光光度计于波长 254nm 处，以 1cm 比色皿中水为参比，测定 2cm 比色皿中水的吸光度。一级水的吸光度应≤0.001；二级水的吸光度应≤0.01；三级水可不测水样的吸光度。

4. SiO₂ 的测定

SiO_2 的测定方法比较繁琐，一级水、二级水中的 SiO_2 可按 GB/T 6682—2008 方法中的规定测定。通常使用的三级水可测定水中的硅酸盐。其测定方法如下：取 30mL 水于一小烧杯中，加入 $4mol \cdot L^{-1}$ HNO_3 5mL，5mL 5％ $(NH_4)_2MoO_4$ 溶液，室温下放置 5min 后，加入 10％Na_2SO_4 溶液 5mL，观察是否出现蓝色。如呈现蓝色，则不合格。

5. 氯化物

取 20mL 水于试管中，用 1 滴 HNO_3（1＋3）酸化，加入 $0.1mol \cdot L^{-1}$ $AgNO_3$ 溶液 1～2 滴，如有白色乳状物，则水不合格。

6. Cu^{2+}、Pb^{2+}、Zn^{2+}、Fe^{3+}、Ca^{2+}、Mg^{2+} 等金属离子

（1）Cu^{2+} 取 10mL 水于试管中，加入 1＋1 盐酸溶液 1 滴，摇匀，加入 1～2mL 0.001％双硫腙及 CCl_4 试剂 1～2mL，观察 CCl_4 层中是否呈现浅蓝色或浅紫色，如出现上述颜色，则水不合格。

（2）Pb^{2+} 取 10mL 水于试管中，加入 10％柠檬酸 1～2mL、10％ KCN 1mL，并加入 0.001％双硫腙 1mL、CCl_4 2mL，观察 CCl_4 层中的颜色变化，如出现粉红色，则水不合格。

（3）Zn^{2+} 取 10mL 水于试管中，加入 HAc-NaAc 缓冲溶液 5mL、10％ $Na_2S_2O_3$ 0.5mL，摇匀后加入 0.001％双硫腙 1mL，如溶液呈现蓝紫色，则水不合格。

以上 Cu^{2+}、Pb^{2+}、Zn^{2+} 的量＜$0.1\mu g \cdot mL^{-1}$ 时，均可检验出来（检出限小于 0.1×10^{-6}）。

另一种简易检查金属离子的方法如下：取水 25mL，加 0.2％铬黑 T 指示剂 1 滴、pH＝10.0 的氨缓冲溶液 5mL，如呈现蓝色，说明 Fe^{3+}、Zn^{2+}、Pb^{2+}、Ca^{2+}、Mg^{2+} 等阳离子含量甚微，水质合格；如呈现紫红色，则说明水质不合格。

单元三 化学试剂

一、试剂种类

将化学试剂进行科学的分类，以适应化学试剂的生产、科研、进出口等需要，是化学试剂标准化所要研究的内容之一。

化学试剂产品已有数千种，有分析试剂、仪器分析专用试剂、指示剂、有机合成试剂、生化试剂、电子工业专用试剂、医用试剂等。随着科学技术和生产的发展，新的试剂种类还将不断产生。常用的化学试剂的分类方法有：按试剂用途和化学组成分类；按试剂用途和学科分类；按试剂包装和标志分类；按化学试剂的标准分类。现将化学试剂分为标准试剂、一般试剂、高纯试剂、专用试剂四大类，下面逐一作简单介绍。

1. 标准试剂

标准试剂是用于衡量其他（欲测）物质化学量的标准物质。标准试剂的特点是主体含量高而且准确可靠，其产品一般由大型试剂厂生产，并严格按国家标准检验。主要国产标准试剂的分类及用途列于表 1-2 中。

2. 一般试剂

一般试剂是实验室最普遍使用的试剂，一般可分为 4 个等级及生化试剂等（见表 1-3）。

表 1-2　主要国产标准试剂的分类及用途

类　别	主　要　用　途
滴定分析第一基准试剂（C级）	工作基准试剂的定值
滴定分析工作基准试剂（D级）	滴定分析标准溶液的定值
杂质分析标准溶液	仪器及化学分析中作为微量杂质分析的标准
滴定分析标准溶液	滴定分析法测定物质的含量
一级 pH 基准试剂	pH 基准试剂的定值和高精密度 pH 计的校准
pH 基准试剂	pH 计的校准（定位）
热值分析试剂	热值分析仪的标定
色谱分析标准	气相色谱法进行定性和定量分析的标准
临床分析标准溶液	临床化验
农药分析标准	农药分析
有机元素分析标准	有机元素分析

表 1-3　一般试剂的分级标准和适用范围

级别	纯度分类	英文符号	适用范围	标签颜色
一级	优级纯（保证试剂）	G. R.	适用于精密分析实验和科学研究工作	绿色
二级	分析纯（分析试剂）	A. R.	适用于一般分析实验和科学研究工作	红色
三级	化学纯	C. P.	适用于一般分析工作	蓝色
四级	实验试剂	L. R.	适用于一般化学实验辅助试剂	棕色或其他颜色
生化试剂	生物染色级（生化试剂）	B. R.	生物化学及医用化学实验	咖啡色（生化试剂） 玫瑰色（生物染色剂）

3. 高纯试剂

高纯试剂的特点是杂质含量低（比优级纯基准试剂低），主体含量与优级纯试剂相当，且规定检验的杂质项目比同种优级纯或基准试剂多 $1\sim2$ 倍。通常杂质量控制在 $10^{-9}\sim10^{-6}$ 级的范围内。高纯试剂主要用于微量分析中试样的分解及试液的制备。

高纯试剂多属于通用试剂（如 HCl、$HClO_4$、$NH_3 \cdot H_2O$、Na_2CO_3、H_3BO_3）。目前只有 8 种高纯试剂颁布了国家标准，其他产品一般执行企业标准，在产品的标签上标有"特优"或"超优"试剂字样。

4. 专用试剂

专用试剂是指有特殊用途的试剂。其特点是不仅主体含量较高，而且杂质含量很低。它与高纯试剂的区别是：在特定的用途中（如发射光谱分析）有干扰的杂质成分只需控制在不致产生明显干扰的限度以下。

专用试剂种类颇多，如紫外及红外光谱法试剂、色谱分析试剂、标准试剂、气相色谱载体及固定液、液相色谱填料、薄层色谱试剂、核磁共振分析用试剂等。

二、试剂的选用

化学试剂的主体成分含量越高，杂质含量越少，级别越高，由于其生产或提纯过程越复杂而价格越高，如基准试剂和高纯试剂的价格要比普通试剂高数倍乃至数十倍。在进行实验时，应根据实验的性质、实验方法的灵敏度与选择性、待测组分的含量及对实验结果准确度的要求等，选择合适的化学试剂，既不超级别造成浪费，又不随意降低级别而影响实验结果。

选用化学试剂应注意以下几点。

① 一般无机化学教学实验使用化学纯试剂，提纯实验、配制洗涤液则可使用实验级试剂。

② 一般滴定分析常用标准滴定溶液，应采用分析纯试剂配制，再用基准试剂标定；而对分析结果要求不高的实验，则可用优级纯甚至分析纯试剂代替基准级试剂；滴定分析所用其他试剂一般为分析纯试剂。

③ 仪器分析实验中一般使用优级纯或专用试剂，测定微量或超微量成分时应选用高纯试剂。

④ 从很多试剂的主体成分含量看，优级纯与分析纯相同或很接近，只是杂质含量不同。如果所做实验对试剂杂质要求高，应选择优级纯试剂；如果只对主体含量要求高，则应选用分析纯试剂。

⑤ 如现有试剂的纯度不能满足某种实验的要求，或对试剂的质量有怀疑时，应将试剂进行一次或多次提纯后再使用。

⑥ 化学试剂的级别必须与相应的纯水以及容器配合。在精密分析实验中常使用优级纯试剂，就需要以二次蒸馏水或去离子水及硬质硼硅玻璃器皿或聚乙烯器皿与之配合，只有这样才能发挥化学试剂的纯度作用，达到要求的实验精度。

⑦ 由于进口化学试剂的规格、标志与我国化学试剂现行等级标准不甚相同，使用时应参照有关化学手册加以区分。

单元四　　实验室安全环保知识

一、实验室安全守则

对于分析实验室的工作人员，除了需要了解、掌握有关用电、化学危险品以及气瓶使用的安全知识外，在日常工作中还要遵守一些常规的、涉及安全问题的常识和规则。

（一）实验室一般安全守则

① 实验室要保持整齐、清洁。仪器、试剂、工具存放有序，实验台面干净，使用的仪器摆放合理。混乱、无序往往是引发事故的重要原因之一。

② 严格按照技术规程和有关分析程序进行工作。

③ 进行有潜在危险的工作时，如危险物料的现场取样、易燃易爆物品的处理、焚烧废料等，必须有他人陪伴。陪伴者应位于能看清操作者工作情况的地方，并注意观察操作的全过程。

④ 打开久置未用的浓硝酸、浓盐酸、浓氨水的瓶塞时，应着防护用具，瓶口不要对着人，宜在通风柜中进行。热天打开易挥发溶剂的瓶塞时，应先用冷水冷却。瓶塞如难以打开，尤其是磨口塞，不可猛力敲击。

⑤ 稀释浓硫酸时，稀释用容器（如烧杯、锥形瓶等，绝不可直接用细口瓶）置于塑料盆中，将浓硫酸慢慢分批加入水中，并不时搅拌，待冷至近室温时再转入细口储液瓶。绝不可将水倒入酸中。

⑥ 蒸馏或加热易燃液体时，绝不可使用明火，一般也不要蒸干。操作过程中不要离开人，以防温度过高或冷却水临时中断引发事故。

⑦ 化验室的每瓶试剂，必须贴有标签。绝不允许在瓶内盛装与标签内容不相符的试剂。

⑧ 进行有毒、有害、危险性操作时要佩戴专用的防护用具，实验工作服不宜穿出室外。

⑨ 实验室内禁止抽烟、饮食。

⑩ 实验完后要认真洗手，离开实验室时要认真检查，停水、断电、熄灯、锁门。

（二）实验室安全必备用品

① 实验室必须配置适合的灭火器材，就近放在便于取用的地方。并要定期检查，如失效要及时更换。

② 根据实验室工作内容，配置相应的防护用具和急救药品，如防护眼镜、橡胶手套、防毒口罩等；常用的红药水、紫药水、碘酒、创可贴、稀小苏打溶液、硼酸溶液、消毒纱布、药棉、医用镊子、剪刀等。

（三）化学试剂管理办法

化学试剂如保管不善则会发生变质。变质试剂不仅是导致分析误差的主要原因，而且还会使分析工作失败，甚至会引起事故。因此，了解影响化学试剂变质的原因，妥善保管化学试剂在实验室管理中是一项十分重要的工作。

1. 影响化学试剂变质的因素

（1）空气的影响　空气中的氧易使还原性试剂氧化而被破坏。强碱性试剂易吸收二氧化碳而变成碳酸盐；水分可以使某些试剂潮解、结块；纤维、灰尘能使某些试剂还原、变色等。

（2）温度的影响　试剂变质的速度与温度有关。夏季高温会加快不稳定试剂的分解；冬季严寒会促使甲醛聚合而沉淀变质。

（3）光的影响　日光中的紫外线能加速某些试剂的化学反应而使其变质（例如，银盐、汞盐，溴和碘的钾、钠、铵盐和某些酚类试剂）。

（4）杂质的影响　不稳定试剂的纯净与否对其变质情况的影响不容忽视。例如，纯净的溴化汞实际上不受光的影响，而含有微量的溴化亚汞或有机物杂质的溴化汞遇光易变黑。

（5）储存期的影响　不稳定试剂在长期储存后可能发生歧化聚合、分解或沉淀等变化。

2. 化学试剂的储存

一般化学试剂应储存在通风良好、干净和干燥的房间，要远离火源，并注意防止水分、灰尘和其他物质污染。

（1）试剂的存放容器　固体试剂应保存在广口瓶中，液体试剂盛在细口瓶或滴瓶中，见光易分解的试剂（如 $AgNO_3$、$KMnO_4$、双氧水、草酸等）应盛在棕色瓶中并置于暗处；容易侵蚀玻璃而影响试剂纯度的如氢氟酸、氟化钠、氟化钾、氟化铵、氢氧化钾等，应保存在塑料瓶中或涂有石蜡的玻璃瓶中。盛碱的瓶子要用橡皮塞，不能用磨口塞，以防瓶口被碱溶解。

（2）吸水性强的试剂　如无水碳酸钠、苛性碱、过氧化钠等应严格用蜡密封。

（3）剧毒试剂　如氰化物、砒霜、氢氟酸、二氯化汞等，应设专人保管，要经一定登记或审批手续方可取用，以免发生事故。

（4）相互作用的试剂　如蒸发性的酸与氨，氧化剂与还原剂，应分开存放。

（5）易燃的试剂　如乙醇、乙醚、苯、丙酮与易爆炸的试剂如高氯酸、过氧化氢、硝基化合物，应分开储存在阴凉、通风、不受阳光直接照射的地方。灭火方法相抵触的化学试剂不准同室存放。

（6）特种试剂　如金属钠应浸在煤油中；白磷要浸在水中保存。

（四）气瓶的安全使用

1. 气瓶内装气体的分类

瓶装气体的分类按 GB 16163—1996《瓶装压缩气体分类》规定。

（1）按其临界温度分类　可分为三类，即永久气体（如氧气 −118℃；氨气 132.4℃；氯气 144.0℃）、液化气体（如 NH_3、Cl_2、H_2S 等）、溶解气体（如乙炔 C_2H_2）。

（2）按气体化学性质的安全性能分类　有剧毒气体（如 F_2、Cl_2）、易燃气体（如 H_2、CO、C_2H_2）、助燃气体（如 O_2、N_2O）、不燃气体（如 N_2、Ar、He、CO_2）。

2. 气瓶的安全使用

为了安全使用气瓶，气瓶本身必须是安全的。钢瓶生产、检验的标记必须明确、合格。不论盛装哪种气体的气瓶，在其肩部都有喷以白色薄漆的钢印标记，记有该瓶生产、检验及有关使用的一些基本数据，必须与实际相符。降压或报废的钢瓶，除在检验单位的后面打上相应标志外，还应在气瓶制造厂打的工作压力标志前面，打上降压或报废标志。

气瓶的安全使用规则如下。

① 气瓶的存放位置应符合阴凉、干燥、严禁明火、远离热源、不受日光曝晒、室内通风良好等条件。除不燃气体外，一律不得进入实验楼内。

② 存放和使用中的气瓶，一般都应直立，并有固定支架，防止倒下。存放的气瓶安全帽必须旋紧。

③ 剧毒气体或相互混合能引起燃烧爆炸的气体的钢瓶，必须单独放置在单间内。并在该室附近设置防毒、消防器材。

④ 搬运气瓶时严禁摔掷、敲击、剧烈震动。瓶外必须有两个橡胶防震圈，戴上并旋紧安全帽。乙炔瓶严禁滚动。

⑤ 使用时必须安装减压表。减压表按气体性质分类。如氧气表可用于 O_2、N_2、Ar、H_2、空气等，螺纹是右旋的（俗称正扣）；氢气表可用于 H_2、CO 等可燃气体，螺纹是左旋的（俗称反扣）。乙炔表则为乙炔气瓶专用。

⑥ 安装减压表时，应先用手旋进，证明确已入扣后，再用扳手旋紧，一般应旋进 6～7 扣。用皂液检查，应严密不漏气。

⑦ 开启钢瓶前应关闭分压表。开启动作要轻，用力要匀。当总表已显示瓶内压力后，再开启分表，调节输出压力至所需值。

⑧ 瓶内气体不得全部用尽，剩余压力一般不得小于 0.2MPa，以备充气单位检验取样，也可防止空气反渗入瓶内。

二、化学实验室意外事故处理

（一）化学灼伤、中毒急救知识

1. 化学灼伤的急救知识

化学灼伤时，应迅速解脱衣服，清除皮肤上的化学药品，并用大量干净的水冲洗。再用清除这种有害药品的特种溶剂、溶液或药剂仔细处理，严重的应送医院治疗。

假如是眼睛受到化学灼伤，最好的方法是立即用洗眼器的水流洗涤，洗涤时要避免水流直射眼球，也不要揉搓眼睛。在用大量的细水流洗涤后，如果是碱灼伤，再用20％硼酸溶液淋洗；如果是酸灼伤，则用3％碳酸氢钠溶液淋洗。

2. 中毒急救知识

化验工作中接触到的化学药品，很多是对人体有毒的。有些气体、蒸气、烟雾及粉尘能通过呼吸道进入人体，如 CO、HCN、Cl_2、酸雾、NH_3 等。有些则可经未洗净的手，在饮水、进食时经消化道进入人体，如氰化物、汞盐、砷化物等。有些是触及皮肤及五官黏膜而进入人体，如汞、SO_2、SO_3、氮的氧化物、苯胺等。有些化学药品可由几种途径进入人体。有些毒物对人体的毒害可能是慢性的、积累性的，例如汞、砷、铅、苯、酚、卤代烃等，当它们起初进入人体时，量很少，症状不明显，往往被忽视，直到长期接触以后，才出现中毒的症状，因此必须加以足够的重视。化验人员了解毒物性质、侵入途径、中毒症状和急救方法，可以减少化学毒物引起的中毒事故。中毒途径如下。

（1）呼吸系统　分散于空气中的挥发性毒物及粉尘，通过呼吸经肺部进入血液，并随血液循环分散到人体各部位引起全身中毒。

（2）消化系统　操作时触及毒物的手未洗净就拿取食物、饮料等而将毒害品带入口腔、胃、肠道而引起中毒。也有因误食而中毒的。

（3）接触中毒　毒害品由皮肤渗入人体，或通过皮肤上的伤口进入，经血液循环而导致中毒。这类毒害品多属脂溶性、水溶性毒物，如硝类化合物、氨基化物、有机磷化物、氰化物等。所以，实验室一定要通风良好，尽力降低空气中有害物质的含量。凡涉及毒害品的操作必须认真、小心；手上不能有伤口；操作完后一定要仔细洗手；产生有毒害性气体的操作，一定要在通风柜中进行。

针对以上中毒途径，急救措施如下。

① 施救者要做好个体防护，佩戴合适的防护器具。

② 迅速将患者移至空气新鲜处，松开衣领和腰带，取出口中假齿和异物，保持呼吸道通畅。

③ 如有呼吸心跳停止者，应立即在现场进行人工呼吸和胸外心脏挤压术，一般不要轻易放弃。对氰化物等剧毒物质中毒者，不要进行口对口人工呼吸。

④ 某些毒物中毒的特殊解毒剂，应在现场即刻使用，如氰化物中毒，应吸入亚硝酸异戊酯。

⑤ 皮肤接触强腐蚀性和易经皮肤吸收引起中毒的物质时，要迅速脱去污染的衣着，立即用大量流动清水或肥皂水彻底清洗，清洗时应注意头发、手足、指甲及皮肤皱褶处，冲洗时间不少于15min。

⑥ 眼睛受污染时，用流水彻底冲洗。对有刺激和腐蚀性物质冲洗时间不少于15min。冲洗时应将眼睑提起，注意将结膜囊内的化学物质全部冲出，要边冲洗边转动眼球。

⑦ 口服中毒患者应首先催吐。在催吐前给饮水 $500\sim600mL$（空胃不易引吐），然后用手指或钝物刺激舌根部和咽后壁，即可引起呕吐。催吐要反复数次，直到呕吐物纯为饮入的清水为止。如食入的为强酸、强碱等腐蚀性毒物，则不能催吐，应饮牛奶或蛋清，以保护胃黏膜。食入石油产品亦不能催吐。

⑧ 迅速将患者送往就近医疗部门做进一步检查和治疗。在护送途中，应密切观察呼吸、心跳、脉搏等生命体征；某些急救措施，如输氧、人工心肺复苏等亦不能中断。

（二）化学实验室的防火、防爆

化验室内有许多易燃易爆的物品，若不按照规范进行操作或有意外情况出现，都会导致出现火灾甚至发生爆炸事故，作为化验人员必须掌握有关防火、防爆的各种知识和技能。

1. 防火知识

① 对易燃、易爆等危险化学试剂要单独存放。存放柜顶部要通风，置于阴凉通风位置。实验室内严禁存放大于20L的瓶装易燃液体。

② 使用易挥发、易燃液体试剂（如乙醚、丙酮、石油醚等）时，要保持室内通风良好。绝不可在明火附近倾倒、转移这类试剂！

③ 进行加热、灼烧、蒸馏等操作时，必须严格遵守操作规程。加热易燃溶剂必须用水浴或封闭式电炉，严禁用灯焰或电炉直接加热！

④ 蒸馏可燃液体时，操作人员不能离开或做别的事，要注意仪器和冷凝器的正常工作情况。需往蒸馏器内补充液体时，应先停止加热，放冷后再进行。

⑤ 点燃煤气灯时，应先关风门，后点火，再调节风量；停用时要先闭风门，再关煤气，要防止煤气灯内燃！

⑥ 使用酒精灯时，灯内燃料最多不得超过灯体容积的2/3。不足1/4时应先灭灯后再添加酒精。点火时要用火柴点，绝不可用另一个点着的灯去点！灭灯时要用灯帽盖灭，绝不可用嘴去吹，以免引燃灯内酒精。

⑦ 易燃液体废液，要用专用容器收集后统一处理，绝不可直接倒入下水道，以免引发爆炸事故。

⑧ 电炉不可直接放在木制实验台上长时间连续使用。加热设备周围严禁放置可燃、易燃物及挥发性易燃液体。

⑨ 同时使用多台较大功率的电器（如马弗炉、烘箱、电炉、电热板）时，要注意线路与电闸能承受的功率。最好是将较大功率的电热设备分流安装于不同电路上。

⑩ 要定期检查电器设备、电源线路是否正常。严格遵守安全用电规程，防止因电火花、短路、超负荷引起火灾。

2. 防爆知识

化验室内产生爆炸的原因有：一种是由于器皿内与大气间压力差大；另一种是由于反应区域内的压力急剧升降。在使用危险物质工作时，为了消除爆炸的可能性或防止人身事故，应该遵守下列原则。

① 在工作地点使用预防爆炸或减少其危害后果的仪器和设备。如真空装置上的玻璃要用偏光镜加以检查；压力调节器或安全阀定期检验；在进行有爆炸危险工作的通风橱内的玻璃要用金属网保护。

② 在任何情况下对于危险物质，必须取用能保证实验结果的必要精确性或可靠性的最小量来进行工作。并且不能用直接用明火加热。

③ 在有爆炸性物质存在时，使用带磨口塞的玻璃瓶是非常危险的，关闭或开启塞时的摩擦有可能成为爆炸的原因。因此，必须用软木塞或橡皮塞并保持其充分清洁。

（三）灭火知识

1. 火灾的类型及灭火器选用

依据燃烧特性划分，火灾有A～E五种类型，不同的火灾性质不同，应选用的灭火器材和灭火方法也不同。

灭火器的种类很多，按其移动方式可分为：手提式和推车式；按驱动灭火剂的动力来源可分为：储气瓶式、储压式、化学反应式；按所充装的灭火剂则又可分为：泡沫、干粉、卤代烷、二氧化碳、酸碱、清水等。

实验室各类人员应该根据火灾类型选择适用的灭火器，各类火灾所适用的灭火器如下。

（1）A类火灾　指固定物质火灾，这种物质往往具有有机物质性质，一般在燃烧时能产生灼热的余烬。如木材、棉毛、麻、纸张火灾等。这类火灾可选用清水灭火器、酸碱灭火器、化学泡沫灭火器、磷盐干粉灭火器、卤代烷"1211"灭火器、"1301"灭火器。不能使用钠盐干粉灭火器和二氧化碳灭火器。

（2）B类火灾　指液体火灾和可熔化的固体物质火灾。如汽油、煤油、柴油、原油、甲醇、乙醇、沥青、石蜡等火灾。这类火灾可选用干粉灭火器、卤代烷"1211"灭火器、"1301"灭火器、二氧化碳灭火器。泡沫灭火器只适用于油类火灾，而不适用于极性溶剂火灾。

（3）C类火灾　指可燃气体火灾。如煤气、天然气、甲烷、乙烷、丙烷、氢气等火灾。这类火灾可选用干粉灭火器、卤代烷"1211"灭火器和"1301"灭火器、二氧化碳灭火器。不能使用水型灭火器和泡沫灭火器。

（4）D类火灾　指金属火灾。如钾、钠、镁、铝镁合金等火灾。目前以这类火灾还没有有效灭火器。

（5）E类火灾　指带电物体燃烧的火灾。可选用卤代烷"1211"灭火器、"1301"灭火器和干粉灭火器、二氧化碳灭火器。

火灾发生初期，火势较小，如能正确使用好灭火器材，就能将火灾消灭在初起阶段，不至于使小火酿成大灾，从而避免重大损失。

2. 正确使用灭火器

各种灭火器是扑救火灾的有力武器，在平时的学习培训中，我们都应掌握正确的使用方法。常见的灭火器有：泡沫灭火器、干粉灭火器、"1211"灭火器、"1301"灭火器和二氧化碳灭火器。下面分别介绍这几种灭火器的使用方法。

（1）泡沫灭火器　泡沫灭火器喷出的是一种体积较小、密度较轻的泡沫群，它的密度远远小于一般的易燃液体，它可以漂浮在液体表面，使燃烧物与空气隔开，达到窒息灭火的目的。因此，它最适应于扑救固体火灾。因为泡沫有一定的黏性，能粘在固体表面，所以对扑救固体火灾也有一定的效果。使用泡沫灭火器时，首先要检查喷嘴是否被异物堵塞，如有，要用铁丝捅通，然后用手指捂住喷嘴将筒身上下颠倒几次，将喷嘴对着火点就会有泡沫喷出。应当注意的是不可将筒底、筒盖对着人体，以防止万一发生爆炸时伤人。

（2）干粉灭火器　干粉灭火器是以二氧化碳为动力，将粉末喷出扑救火灾的。由于筒内的干粉是一种细而轻的泡沫，所以能覆盖在燃烧的物体上，隔绝燃烧体与空气而达到灭火。因为干粉不导电，又无毒，无腐蚀作用，因而可用于扑救带电设备的火灾，也可用于扑救贵重、档案资料和燃烧体的火灾。使用干粉灭火器时，首先要拆除铅封，拔掉安全销，手提灭火器喷射体，用力紧握压把启开阀门，储存在钠瓶内的干粉即从喷嘴猛力喷出。

（3）"1211"灭火器　"1211"灭火器是利用装在筒内的高压氮气将"1211"灭火剂喷出进行灭火的。它属于储压式的一种，是我国目前使用最广的一种卤代烷（二氟一氯一溴甲烷，CF_2ClBr）灭火剂。"1211"灭火剂是一种低沸点的气体，具有毒性小、灭火效率高、久储不变质的特点，适应于扑救各种易燃可燃气体、固体及带电设备的火灾。使用"1211"

灭火器时，首先要拆除铅封，拔掉安全销，将喷嘴对准着火点，用力紧握压把启开阀门，使储压在钢瓶内的灭火剂从喷嘴处猛力喷出。

（4）"1301"灭火器　内部充入的灭火剂为三氟一溴甲烷（CF_3Br），该灭火剂是无色透明状液体，但它的沸点较低，蒸气压较高，因此"1301"灭火器筒体受压较大，其壁厚也较厚，尤其应注意不能将"1301"灭火剂充灌到"1211"灭火器筒体内，否则极易发生爆炸危险。使用时，首先拔掉安全销，然后握紧压把进行喷射。

（5）二氧化碳灭火器　二氧化碳灭火器是利用其内部所充装的高压液态二氧化碳喷出灭火的。由于二氧化碳灭火剂具有绝缘性好、灭火后不留痕迹的特点，因此，适用于扑救贵重仪器和设备、图书资料、仪器仪表及 600V 以下的带电设备的初起火灾。使用二氧化碳灭火器很简单，只要一手拿好喇叭筒对准火源，另一手打开开关即可。各种灭火器存放都要取拿方便。冬季要注意防冻保温，防止喷口的阻塞，真正做到有备无患。

三、实验室"三废"的简单无害化处理

人们在科研、生产和生活过程中，将废物随意排入大气、水体或土壤中，便可对自然环境产生一定的污染。当污染达到一定程度时，就会降低自然环境原有的功能和作用，进而直接或间接地对人类和其他生物产生影响或危害。通常人们将导致环境污染或造成生态环境破坏的物质称为环境的污染物。

由于科学研究的领域无限广阔，因此涉及的实验性污染物也就非常多。20 世纪以来，全世界有 1000 万种合成的化合物问世。目前，每年将近有 1000～2000 种新的化学品产生。另外，企业、学校的实验室也会产生化学污染物。所有化学品都有一定的毒性，有些具有潜在毒性的化学品，十亿分之几的浓度即可对人的健康造成危害。

由于实验室排放的化学污染物总量不是很大，一般没有专门的处理设施，而被直接排到生活废物中，往往出现局部浓度过大、导致严重危害的后果。因此，对实验室排放的化学污染物的处理，必须引起高度重视。作为分析人员，除了要了解化学物质的毒性，正确使用和贮存化学试剂外，还要了解对实验室"三废"进行简单无害化处理的方法。

1."三废"的处理

化工分析过程中产生的废气、废液、废渣大多数是有毒物质，有些是剧毒物质或致癌物质，必须经过处理才能排放。

少量有毒气体可以通过排风设备排出室外，被空气稀释。毒气量大时经过吸收处理后排出；氧化氮、二氧化硫等酸性气体用碱液吸收；可燃性有机毒物于燃烧炉中借氧气完全燃烧。

较纯的有机溶剂废液可回收再用。含酚、氰化物、汞、铬、砷的废液要经过处理达到"三废"排放标准才能排放。低浓度含酚废液加次氯酸钠或漂白粉使酚氧化为二氧化碳和水；高浓度含酚废水用乙酸丁酯萃取，重蒸馏回收酚。含氰化物的废液用氢氧化钠调至 pH 为 10 以上，再加入 3％的高锰酸钾使 CN^- 氧化分解；CN^- 含量高的废液由碱性氧化法处理，即在 pH 为 10 以上加入次氯酸钠使 CN^- 氧化分解。

含汞盐的废液先调 pH 为 8～10，加入过量硫化钠，使其生成硫化汞沉淀，再加入共沉淀剂硫酸亚铁，生成的硫化铁将水中悬浮物硫化汞微粒吸附而共沉淀。排出清液，残渣用焙烧法回收汞，或再制成汞盐。

铬酸洗液失效，浓缩冷却后加高锰酸钾粉末氧化，用砂芯漏斗滤去二氧化锰后即可重新

使用。废洗液用废铁屑还原残留的 Cr(Ⅵ) 到 Cr(Ⅲ)，再用废碱或石灰中和成低毒的 $Cr(OH)_3$ 沉淀。

含砷废液加入氧化钙，调节 pH 为 8，生成砷酸钙和亚砷酸钙沉淀。或调节 pH 为 10 以上，加入硫化钠与砷反应，生成难溶、低毒的硫化物沉淀。

含铅、镉废液，用消石灰将 pH 调为 8～10，使 Pb^{2+}、Cd^{2+} 生成 $Pb(OH)_2$ 和 $Cd(OH)_2$ 沉淀，加入硫酸亚铁作为共沉淀剂。

混合废液用铁粉法处理，调节 pH 为 3～4，加入铁粉，搅拌 0.5h，加碱调 pH 为 9 左右，继续搅拌 10min，加入高分子混凝剂，混凝后沉淀，清液排放，沉淀物以废渣处理。

2. 有机溶剂的回收

分析中用过的有机溶剂可以回收利用。

（1）废乙醚溶液　置于分液漏斗中，用水洗一次，然后中和，用 0.5% 高锰酸钾洗至紫色不褪，再用水洗，用 0.1%～0.5% 硫酸亚铁铵溶液洗涤，除去过氧化物再用水洗，用氯化钙干燥，过滤，分馏，收集 33.5～34.5℃ 馏分。

（2）乙酸乙酯废液　先用水洗几次，再用硫代硫酸钠稀溶液洗几次，使其褪色，之后用水洗几次，蒸馏，用无水碳酸钾脱水，放置几天，过滤后蒸馏，收集 76～77℃ 馏分。

氯仿废溶剂、乙醇废溶液、四氯化碳废溶液等都可以通过水洗废液再用试剂处理，最后通过蒸馏收集沸点左右馏分，最终得到被回收的溶剂。经过回收的溶剂可以再使用，这样既经济又减少了污染。

3. 废料销毁

在分析过程中，出现的固体废物不能随便乱放，以免发生事故。如能放出有毒气体或能自燃烧的危险废料，不能丢进废品箱内和排进废水管道中。不溶于水的废弃化学药品禁止丢进废水管道中，必须将其在适当的地方烧掉或用化学方法处理成无害物。碎玻璃和其他有棱角的锐利废料，不能丢进废纸篓内，要收集于特殊废品箱内处理。

四、案例分析

1. 化学分析工作中必须严格执行操作规程

① 某化肥厂合成车间分析工作人员在分析新鲜样气中氮含量时，按规定应燃烧 12 次再分析，但他只燃烧了 3 次就分析，结果造成氮含量偏高，甲醇产量降低，吹出气量大，影响了全厂生产。

② 某化肥厂变换系统饱和塔突然发生猛烈爆炸，直接经济损失 0.2 万元。后经调查分析，发现事故原因是除了设备陈旧、制造缺陷外，主要原因是分析工作人员责任心不强，甚至不按操作规程操作，造成岗位分析人员用奥氏气体分析器分析半水煤气成分时，吸收次数太少，没有按规定吸收到读数恒定不变为止。分析结果是样气中氧气含量偏低，而实际上氧气含量已达到爆炸限，因此造成重大经济损失。

2. 分析所取样品应具有代表性

① 某化肥厂变换工序在分析出口半水煤气时，1 个管线中的气体同时由 2 个化验分析人员做 H_2S 含量分析，其结果相差悬殊：1 个分析结果为 $10mg \cdot m^{-3}$；而另 1 个分析结果为 $100mg \cdot m^{-3}$ 左右。H_2S 含量偏高直接影响生产工艺。后经查发现：变换出口半水煤气管线长达近百米，因取样管线长、气流量慢，所以样气中带有的水汽吸收 H_2S 后，凝结在取样管中，故样气中 H_2S 含量偏低。

② 某化验室分析工作人员，从半水煤气管道中取样分析，因只从管口取样进行 O_2 含量分析，致使分析结果不准，以致两名操作工误入管区检修，而在氮气中窒息身亡，造成了无法弥补的严重后果。

3. 分析工作人员必须取实样分析

某化肥厂在煤气炉停车 6d 后，在没有打开盖检查炉内情况时就开车使用，变换操作工见气柜气压升高，通知分析工取样分析，当时风大天冷，本应取柜顶部气样，可他只取了管里的气体，分析结果氧气含量为 0.5％，但实际上，罗茨风机还没开动，取样管里的气体是原来滞留的"死气"，根本不能真实地反映气柜中气体的成分，实际上由于煤气发生炉内当时温度很低，基本熄火，且阀门又漏，因此送入气柜的基本是空气，故使气柜内的气体成分达到了爆炸限。当点火时发现进燃烧炉的煤气管道被烧红，当操作工关闭燃烧炉的煤气进口阀时，造成回火，使气柜爆炸。直接经济损失 3 万元，间接损失 48.1 万元，后果严重。

4. 分析工作人员和生产人员要清楚产品的性质

① 某车间在试生产过氧化甲乙酮产品时，当进行到第 4 次试验时，用浓 H_2SO_4 作催化剂和 30％ H_2O_2 混在一起，在搅拌下缓缓滴入丁酮，试剂投入量比前次多加了近 1 倍，放入 500mL 锥形瓶中加入分子筛脱水，经分子筛干燥的试剂中水分更少，过滤时由于过度振摇而突然起火、爆炸，使 72m² 的厂房南墙被炸塌，大梁变形，操作台被炸塌，当场死亡 1 人，重伤 3 人。

事故原因是由于过氧化甲乙酮在振摇时会发生爆炸，所以如果试验者了解产品或中间品的化学性质，按照正确的操作方法操作，就可避免这场恶性事故的发生。

② 某实验室试制炸药时，2 名工人在实验室中研磨硝铵固体，由于不按操作规程执行，用力过猛，致使硝铵爆炸，2 名工人当场身亡。

③ 某化工厂硫化磷二段 1 名操作工人在反应时间还未达到工艺要求时，就擅自通知化验室分析人员取样分析。分析人员也没问清楚情况，致使取样时引起反应锅爆炸，反应物料喷出，将分析人员严重烧伤致死。

在易燃易爆岗位上的分析人员，不应只局限于取样分析，还应充分了解本岗位化学物料的物理、化学性质和操作工艺条件。

5. 特殊试剂应做定期检查

某厂合成车间铜催化剂还原后升温开车生产，在此应对 CO 进行分析，使用试剂是 CuCl 溶液。CuCl 溶液因保管不当已失效变质，但并未发现，造成 CO 分析结果偏低，实为 15.8％ 的 CO 却分析出小于 3.5％。操作工按此指标调整工艺，使甲醇塔的温度急剧上升，险些烧毁催化剂，造成生产事故。但由于分析化验室主任责任心强，及时发现并更换了 CuCl 溶液，避免了一次重大恶性事故。

6. 配制标准溶液应严谨细致

标准溶液浓度应是准确无误的，因为它是保证分析数据可靠的重要依据。某化肥厂标准溶液配制室将 0.01mol·L⁻¹ NaOH 误配制成 0.005mol·L⁻¹，致使测定甲醛中酸值高出 1 倍。车间主任经过 48h 的努力终于发现问题，以致影响生产 3d，放掉软水 10t，造成重大损失。

7. 应密切注意标准溶液有效使用期

某化肥厂联碱车间化验室在进行成品 2 级检测时，铁含量与检验科 3 级检验结果不符，经分析原因后发现：分析铁标准溶液过期失效。标准溶液都有明确规定的有效期，过期的不管多少都不能用，所以在使用标准溶液前一定要先查看是否在有效使用期内，否则不能使用。

　　为避免浪费，标准溶液可重新标定后再使用。

8. 分析操作过程中必须集中精力、一丝不苟

　　① 混错试剂致使双目受伤。某硫酸厂质量检查科的一名分析工作人员，在分析硫黄含量时，误将 Na_2O_2 放入试样中，当将滤纸放到坩埚上灼烧时，坩埚内发生剧烈燃烧，混合物溅出，刺伤双目，一时的疏忽，造成终身遗憾。

　　② 精神不集中配错溶液浓度影响生产。某车间两名分析工作人员，边说话边配制溶液，误将 30% 1L 的 KSCN-KI 的溶液配成 10L，使溶液中有效氯浓度降低了 10 倍。当用该溶液测定 Cu^{2+} 时，结果偏低。操作工根据此分析结果认为工艺运转不正常，操作时不敢加量，影响合成氨产量二百多吨，直接经济损失达十多万元。

　　③ 夜班配错溶液影响生产。某化验室 1 名分析工作人员上夜班，由于白天没有休息好，夜间疲劳过度，本来是配制 $2mol \cdot L^{-1}$ H_2SO_4 溶液，但错将 HCl 当成 H_2SO_4，致使测定时，由于用酸中和而引入 Cl^-，使纯碱中 NaCl 含量增高，报出错误结果，影响生产。

　　④ 错开放空阀导致 CO 中毒死亡。1 名煤球分析工作人员，错将分析仪器阀开在放空位置上，将石灰窑气放入室内。而分析仪器上稳压瓶盖全部漏气，室内空气不流通，致使其 CO 中毒死亡。

　　⑤ 工作责任心不强造成严重后果。某厂转化炉 A、B 两室点火烘干时，通知中心化验室采样分析，分析工作人员只对两室中的 A 室分上、中、下取了样，并报出了炉膛上、中、下分析数据，并未进行详细说明，操作班长误认为是两室所有数据，即行点火，当 A 室点火成功，对 B 室点火时，突然发生猛烈爆炸，延误开车 8d，直接经济损失达 11.665 万元。

9. 动火分析应严格准确

　　① 某聚氯乙烯车间 1 名焊工补焊合成炉漏孔时，因动火分析取样点选择不当，更严重的是分析有误，引起炉内爆炸。爆炸气浪从点火孔喷出，将扶梯的 4 人吹倒在地，该焊工从 3m 高处坠下，造成颅底骨骨折和右肋骨骨折。

　　② 某化工厂邻甲苯胺车间原料罐区，甲苯真空泵房发生爆炸，3 人当场死亡，厂房毁坏。事故原因是：真空缓冲罐中残存的甲苯没有抽干，也没有置换净，在真空缓冲罐工作过程中，空气进入缓冲罐，并与甲苯蒸气混合形成可燃性气体逸出，顺风飘散。而与不远处正在施工的电焊火花相遇，致使甲苯遇明火发生爆炸。爆炸火焰又引入甲苯真空缓冲罐，引燃罐内可燃性气体，使甲苯真空缓冲罐发生强烈爆炸。

　　事故的直接原因是：在动火分析时，没有注意周围设备状况。虽然在动火区内没有可燃性气体，但周围有可燃性气体和贮存该气体的设备，一旦条件具备，便发生爆炸。

10. 分析数据超标应及时上报

　　某分析工作人员发现原料 H_2 含量是 0.44%，超过了控制指标（≤0.4%），但未上报值班长及生产控制室，只在液化岗位填写了分析数据，而液化岗位 4 名操作工严重离岗，致使液氯二段仍以 90.6% 的液化率持续运行 100min 以上，造成废氯中含氢量过高，含氢量过高的液化尾气，在合成炉中与氯气燃烧生成氯化氢气体时，引起盐酸回火，导致液氯计量槽和自动加料罐发生爆炸，造成正在取样的分析工作人员当场死亡，另一人因吸入大量 Cl_2 中毒死亡。两台设备炸毁、厂房倒塌，直接经济损失达二十余万元。

11. 杜绝报假结果

　　某化肥厂变换半水煤气出口 CO 分析结果不真实。因为化工生产中有些重要控制指标与单位奖金挂钩，变换半水煤气出口 CO 含量应控制在小于 3.5%，否则扣发当月奖金，因此

凡不合格的结果都按小于 3.5％报出，实际上都在 4.5％以上。由于气样中 CO 含量长期超标，给下道工序增加负担，影响工厂正常生产。因此，分析工作人员应坚持实事求是的科学态度，不能有半点虚假。

12. 分析工作人员应铭记安全第一

① 上夜班打瞌睡中毒身亡。1 名脱硫岗位分析工作人员，上夜班时在分析室内打瞌睡，因分析管脱落，半水煤气漏出，致使中毒身亡。

② 未戴防毒面具中毒死亡。某分析室 1 名分析工作人员去 H_2S 吸收工段 1 号罐取 $Ca(HS)_2$ 样品分析，因未戴防毒面具，H_2S 中毒，抢救无效死亡。

③ 一时马虎终身遗憾。某分析室 1 名分析工作人员打扫合成分析室卫生时，因站在油分离器进液管上，造成油分离器根部连接管丝扣断裂，液氨大量喷出，3 人中毒窒息身亡。

④ 操作不慎左眼失明。某分析室 1 名分析工作人员，在配制试剂时，用 NaOH 清洗装过硝铵的瓶子，发生放热反应，使瓶子炸破，药液溅入眼中，致使左眼失明。

模块二
滴定分析仪器与基本操作

学习目标

能力目标	知识目标	素质目标
1. 能正确地选择和使用电光分析天平、单盘天平和电子天平 2. 能正确运用直接称量法、固定质量称量法和差减称量法进行称量 3. 能正确选用和配制实验室常用洗涤剂并能正确洗涤不同类型、不同分析要求的玻璃器皿 4. 能正确使用及校正滴定管、移液管、容量瓶	1. 了解分析天平的称量原理、分类、级别和构造 2. 熟悉滴定管、移液管和容量瓶的级别划分 3. 掌握滴定管、移液管和容量瓶的校正原理及校正曲线的使用	1. 通过基本操作练习培养学生规范操作习惯的养成 2. 通过天平称量训练，树立"量"的意识和实事求是的科学态度，形成良好的实验室工作作风

单元一　　分析天平

一、分析天平的构造与分类

分析天平是定量分析中最重要、最精密的衡量仪器之一，也是化学化工实验中常用的仪器，熟练掌握使用分析天平称量是分析者应具备的一项基本实验技能。

（一）分析天平的构造原理及分类

1. 杠杆式机械天平的构造原理

杠杆式机械天平是基于杠杆原理制成的一种衡量用的精密仪器，即用已知质量的砝码来衡量被称物的质量。根据力学原理，设杠杆 ABC（图 2-1）的支点为 B，力点分别在两端 A 和 C 上。两端所受的力分别为 Q 和 P，m_Q 表示被称物的质量，m_P 表示砝码的质量，对于等臂天平，$L_1=L_2$。当杠杆处于水平平衡状态时，支点两边的力矩相等，即

$$Q \times L_1 = P \times L_2$$

由于
$$L_1 = L_2$$

所以
$$m_Q = m_P$$

上式说明，当等臂天平处于平衡状态时，被称物体的质量等于砝码的质量，这就是等臂天平的称量原理。

等臂分析天平用三个玛瑙三棱体的锐利的棱边（刀口）作为支点 B（刀口朝下）和力点 A、C（刀口朝上），这三个刀口必须完全平行并且位于同一水平面上（图 2-2 中的虚线所示）。

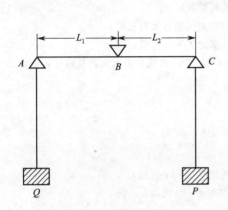

图 2-1　等臂天平的平衡原理

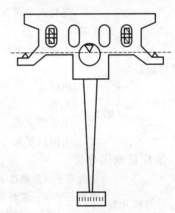

图 2-2　等臂天平的横梁

2. 分析天平的灵敏度和级别

分析天平必须具有足够的灵敏度，对于机械杠杆式天平，天平的灵敏度是指在一个秤盘上增加一定质量时所引起指针偏转的程度，一般为分度/mg 表示，指针倾斜程度大表示天平的灵敏度高。设天平的臂长为 L，d 为天平横梁的重心与支点间的距离，m 为梁的质量，a 为在一个盘上加 1mg 质量时引起指针倾斜的角度，它们之间的关系如下：

$$a = L/(md)$$

a 即为天平的灵敏度，由上式可见，天平梁越轻，臂越长，支点与重心间的距离越短（即重心越高），则天平的灵敏度越高。

天平的灵敏度还可以用感量或分度值表示，它们之间的关系如下：

$$感量 = 分度值 = 1/灵敏度$$

根据天平计量检定规程行业标准 JJG 98—2006 的有关规定，天平按其检定分度值 e 和检定标尺分度数 n（最大值与检定标尺分度值 e 之比）划分为特种准确度级（符号为①）和高准确度级（符号为⑪）。分析天平的分度数（n）与①和⑪级别的对应关系如表 2-1 所示。

表 2-1　机械杠杆式天平准确度级别（数据引自 JJG 98—2006）

准确度级别符号	检定标尺分度数 n	准确度级别符号	检定标尺分度数 n
①₁	$1\times10^7 \leqslant n$	①₆	$2\times10^5 \leqslant n < 5\times10^5$
①₂	$5\times10^6 \leqslant n < 1\times10^7$	①₇	$1\times10^5 \leqslant n < 2\times10^5$
①₃	$2\times10^6 \leqslant n < 5\times10^6$	⑪₈	$5\times10^4 \leqslant n < 1\times10^5$
①₄	$1\times10^6 \leqslant n < 2\times10^6$	⑪₉	$2\times10^4 \leqslant n < 5\times10^4$
①₅	$5\times10^5 \leqslant n < 1\times10^6$	⑪₁₀	$1\times10^4 \leqslant n < 2\times10^4$

表中①为特种准确度（精细天平），⑪为高准确度（精密天平），两者共同构成了 10 个级别，1 级最好，10 级最差。

例如，最大称量为 200g，分度值为 0.0001g 的天平，其分度数 $n = 200/0.0001 = 2 \times 10^6$，由表 2-1 查的准确度级别为 3 级。

3. 分析天平的分类

天平的分类有各种方法，如按结构分类、按称量范围或用途分类、按精度分类等。

（1）按结构分类

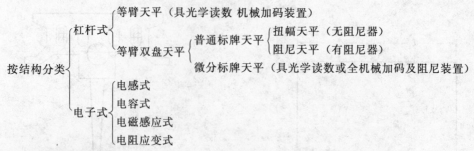

（2）按称量范围分类

（3）按精度分类

在常量化学分析中，常用的为分析天平，常用的分析天平有双盘天平（全机械加码电光天平、半机械加码电光天平、微量）、单盘天平（单盘精密天平、单盘电光天平、单盘微量天平）和电子天平。

（二）半机械加码分析天平

各种类型和规格的双盘等臂天平，其构造和使用方法大同小异，现以我国目前广泛使用的 TG-328B 型光电天平为例，其结构如图 2-3 所示。

1. 天平的结构

（1）横梁　天平的横梁是"天平的心脏"。天平通过它的杠杆作用实现称量，多用质轻坚固、膨胀系数小的铝铜合金制成，起平衡和承载物体的作用。梁上装有三把三棱形的锐利的玛瑙刀。三把刀口的锋利程度对天平的灵敏度有很大影响。刀口越锋利，和刀口相接触的刀承（玛瑙平板）越平滑，之间的摩擦越小，天平的灵敏度越高。长期使用后，由于摩擦，刀口逐渐变钝，灵敏度逐渐变低，故要保护刀口的锋利，减少刀口磨损。为此，在不使用天平时，在取放物体、加减砝码时，须把天平托起即处于关的状态，使刀口与刀承分开，以免磨损。

梁的两边装有 2 个螺丝，用来调节横梁的平衡位置（即粗调零点，太正，往正旋；太负，往负旋）。若微调，可用天平箱下面的拨杆。梁的正中间装有垂直的指针，用以指示平衡位置。

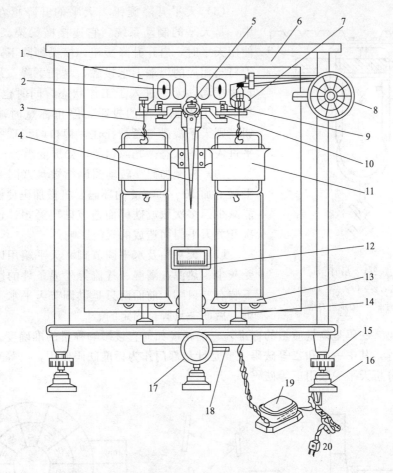

图 2-3　TG-328B 型半自动光电天平

1—横梁；2—平衡螺丝；3—吊耳；4—指针；5—支点；6—框罩；7—圈码；8—指数盘；
9—支柱；10—梁托架；11—阻尼器；12—投影屏；13—秤盘；14—盘托；15—螺旋脚；
16—脚垫；17—开关旋钮；18—零点微调杆；19—变压器；20—电源插头

（2）立柱　立柱是"天平的脊梁"，它是空心柱体，垂直固定在底座上，是横梁的起落架。柱的上方嵌有玛瑙平板，并与梁的中刀接触，柱上部装有能升降的托梁架，在天平不摆动时托住天平梁，使刀口脱离接触，减少磨损。

（3）悬挂系统

① 吊耳（见图 2-4）。两把边刀通过吊耳承受秤盘和砝码或被称量物体。吊耳中心面向下，嵌有玛瑙平板，并与梁两端的玛瑙刀口接触，使吊耳及挂盘能自由摆动。

② 空气阻尼器。它是由两个特制的金属圆筒构成，外筒固定在支柱上。内筒比外筒略小，悬于吊耳钩下，两筒间隙均匀，没有摩擦。当启动天平时，内筒能自由地上、下移动。由于筒内空气阻力的作用，使天平横梁能较快地停摆而达到平衡。

③ 秤盘。秤盘是悬挂在吊耳钩上，供放置砝码和被衡量物体用。

（4）读数系统　光学读数装置如图 2-5 所示。指针固定在天平梁中央，指针的下端装有缩微标尺。天平工作时，指针左右摆动。光源通过光学系统将缩微标尺上的刻度放大，再反射到光屏上。从屏上可以看到标尺的投影，中间为零，左负右正。屏中央有一条垂直刻线，标尺投影与刻线重合处即为天平的平衡位置。

23

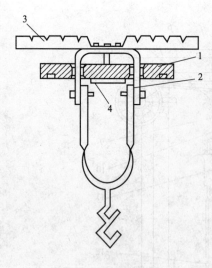

图 2-4 吊耳

1—承重板；2—十字头；3—加码
承重片；4—刀承边刀垫

（5）天平升降旋钮　天平的升降枢在天平台下正中，是天平的制动系统。它连接横梁架、盘托和光源。使用天平时，启开升降旋钮，横梁即降下，梁上的三个刀口与相应的玛瑙刀承接触，盘托下降，吊耳和天平盘自由摆动，天平进入了工作状态，同时也接通了光源，在屏幕上看到标尺的投影。停止称量时，关闭升降旋钮，则天平横梁与盘被托住，刀口与玛瑙平板离开，天平进入休止状态。光源切断，光屏变黑。

（6）机械加码　转动圈码指数盘（图 2-6），可往天平梁上加 10～990mg 的环码。机械加码使操作方便，并能减少因多次取放砝码而造成砝码磨损，也能减少因多次开关天平门而造成的气流影响。

（7）天平箱及水平调节脚　天平箱用以保护天平不受灰尘、热源、潮湿、气流等外界条件的影响。天平箱下装有三只脚，前面两只是供调节天平水平位置的螺旋脚，后面一只脚是固定的。

（8）砝码　砝码是衡量质量的标准，它的精度如何直接影响称量的准确度。目前我国把砝码分为五等，其中一等和二等砝码主要是计量部门作为标准砝码使用，三等至五等为工作砝码。双盘分析天平一般用三等砝码。

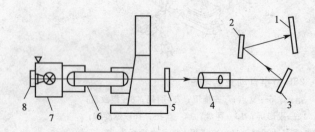

图 2-5　光学读数装置

1—投影屏；2—大反射镜；3—小反射镜；4—物镜筒；

5—指针；6—聚光镜；7—照明筒；8—灯座

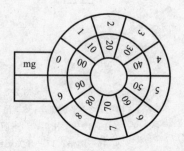

图 2-6　圈码指数盘

TG-328B 型半自动光电天平都附有一盒配套的砝码。盒内装有 1g、2g、2g、5g、10g、20g、20g、50g、100g 的三等砝码共九个，并按固定的顺序放在砝码盒中。由于面值相同的砝码间的重量仍有微小的差重，因此面值相同的砝码上其中一个打有"·"或"＊"标记以示区别。

国家标准中规定的砝码质量允差列于表 2-2（仅列出常量分析天平上使用的部分砝码）。

砝码产品均附有质量检定证书，无质量检定证书或其他合格印记的砝码不能使用。砝码在使用日久之后其质量或多或少总有些改变，所以必须按使用的频繁程度定期（一般为 1 年）予以校准或送计量部门检定。

砝码在使用及存放过程中要保持清洁，不得赤手拿取，要防止划伤或腐蚀砝码表面，应定期用无水乙醇或丙酮擦拭，擦拭时应使用真丝绸布或麂皮，要避免溶剂渗入砝码的调整腔。

表 2-2　各级砝码的质量允差（摘自 GB 4167—84）

标称质量	允差等级				
	1	2	3	4	5
100g	±0.4mg	±1.0mg	±2mg	±2mg	±25mg
50g	±0.3mg	±0.6mg	±2mg	±3mg	±15mg
20g	±0.15mg	±0.3mg	±1.0mg	±2mg	±10mg
10g	±0.10mg	±0.2mg	±0.8mg	±1mg	±5mg
5g	±0.05mg	±0.15mg	±0.4mg	±1mg	±5mg
2g	±0.05mg	±0.10mg	±0.4mg	±1mg	±5mg
1g	±0.05mg	±0.10mg	±0.4mg	±1mg	±5mg
500mg	±0.03mg	±0.05mg	±0.2mg	±1mg	±5mg
200mg	±0.03mg	±0.05mg	±0.2mg	±1mg	±5mg
100mg	±0.03mg	±0.05mg	±0.2mg	±1mg	±5mg
50mg	±0.02mg	±0.05mg	±0.2mg	±1mg	—
20mg	±0.02mg	±0.05mg	±0.2mg	±1mg	—
10mg	±0.02mg	±0.05mg	±0.2mg	±1mg	—

2. 分析天平操作规则

分析天平是精密仪器，每一个分析工作者都必须十分细心地使用和保护分析天平，才能保持天平应有的准确度和灵敏度，延长其使用年限，以保证称量结果的准确性。天平除了要注意防震、防潮（天平箱内置硅胶）、防腐、防尘（罩天平罩）、隔热、避免阳光直射和保持清洁外，使用时必须严格遵守天平的操作规则，严禁违反。否则，称量不准甚至损坏天平。

（1）水平调节　拿下天平罩，叠好放在天平箱右上方，检查天平是否正常，如天平是否水平（目视水准器，看气泡是否处于圆圈的中心，如偏离，则用手旋转天平底板下面的两个垫脚螺丝，调节天平两侧的高度直至达到水平为止。使用时不得随意挪动天平位置）；秤盘是否洁净（用软毛刷把天平盘及天平箱打扫干净）；圈码指数盘是否在"000"位；圈码有无脱位；吊耳是否错位等。

（2）零点调节　指空载的天平处于平衡状态时指针所处的位置。

接通电源，打开旋钮（也叫升降旋钮），旋转升降旋钮时必须缓慢、轻，此时在光屏上可看到标尺在移动，当标尺稳定后，如果屏幕中央的刻线与标尺上的"0.00"位置不重合，可拨动投影屏调节杆，移动屏的位置，移到尽头仍调不到零点，则关闭天平，调节横梁上的平衡螺丝，再开启天平继续拨动投影屏调节杆，直至调定零点，然后关闭天平，准备称量。

（3）试重　将欲称物体先放在药物天平粗称后，然后将被称物放在天平左盘中央，并将与粗称数相符的砝码放在天平右盘中央。缓慢开动升降旋钮，观察投影屏上小标尺投影移动的方向。小标尺投影右移，则砝码重；应立即关闭升降旋钮，减少砝码重量后再称量。小标尺投影左移，则：a. 若小标尺投影稳定后于刻线重合的地方在 10.0mg 以内，即可读数；b. 若小标尺投影迅速左移，则砝码太轻，应立即关闭升降旋钮，增加圈码后再称量。

注意：使用圈码时，要关好天平。

（4）称量　将欲称物体先放在药物天平粗称后，然后被称物放在天平左盘中央，并将与粗称数相符的砝码放在天平右盘中央。缓慢开动升降旋钮，观察投影屏上小标尺投影移动的方向：小标尺投影右移，则砝码重；应立即关闭升降旋钮，减少砝码重量后再称量。小标尺投影左移，则：a. 若小标尺投影稳定后于刻线重合的地方在 10.0mg 以内，即可读数；b. 若小标尺投影迅速左移，则砝码太轻；应立即关闭升降旋钮，增加圈码后再称量。

选取砝码时遵循"由大到小，中间截取，逐级试验"的原则，转动圈码指数盘时，动作要轻而缓慢，一挡一挡慢慢进行，防止砝码跳落或互撞。

（5）读数　标尺停稳后，即可读数，被称物的质量等于砝码总质量加标尺读数（均以克计），数据及时记在记录本上。轻轻地、缓慢地关上天平。

（6）复原　称量结束关闭天平后，取出被称物，将砝码夹回盒内并核对记录数据，圈码指数盘退回到"000"位，打扫天平盘，关好天平门，再完全打开天平观察屏中刻线，屏中刻线应在"0"线左右两格内，否则应重新称量。关闭天平，填好使用登记表，盖上天平罩。

3. 分析天平使用规则和注意事项

① 称量前应检查天平是否正常，是否处于水平位置，秤盘及玻璃框内外是否清洁；硅胶（干燥剂）容器是否靠住秤盘；圈码指数盘是否在"000"位，吊耳是否脱落、圈码是否错位等。

② 天平的前门不得随意打开，它主要供装卸、调节和维修用。称量过程中取放物体、加减砝码只能打开天平的左门及右门。称量物和砝码要放在天平盘的中央，以防盘的摆动。

③ 称量物不能超过天平最大载荷，被称物大致质量应在台秤上粗称一下。化学试剂和试样不得直接放在盘上，必须盛在干净的容器中称量。对于具有腐蚀性气体或吸湿性的物质，必须放在称量瓶或适当密闭的容器中称量。

④ 称量的物体必须与天平箱内的温度一致，不得把热的或冷的物体放进天平称量。为了防潮，在天平箱内放有吸湿用的干燥剂（如硅胶等）。

⑤ 开启升降旋钮（开关旋钮）时，一定要轻放，以免损伤玛瑙刀口。

⑥ 每次加减砝码、圈码或取放称量物时，一定要先关升降旋钮（关闭天平），加完后，再开启旋钮（开启天平）。

⑦ 砝码取用时必须用砝码专用镊子夹住砝码颈部，严禁用手直接拿取砝码。同时按量值大小，遵循"最少砝码个数"的原则，依次取换砝码。

⑧ 砝码除放在砝码盒内及天平秤盘上外，不得放在其他地方。不用时应"对号入座"地放回砝码盒空穴内（包括镊子），并随时关好盒盖，以防止灰尘落入。

⑨ 砝码和天平是配套检定的，同一砝码盒中的各个砝码的质量，彼此间都保持一定的比例关系，因此，不能将不同砝码盒内的砝码相互调换。

⑩ 砝码应轻放在秤盘中央，大砝码在中心，小砝码在大砝码四周，不要侧放或堆叠在一起。应先根据砝码盒内的砝码空穴，记录称量结果（对于具有相同示值的两个砝码应以"•"或"*"号区别），然后从秤盘中按由大到小的次序将砝码取下，并直接放回盒中原位，同时与原记录进行核对，以免发生错误。同时应检查盒内砝码是否完整无缺。

⑪ 使用机械加码装置时，不要将箭头对着两个读数之间，指数盘可以按顺时针或反时针方向旋转，但决不可用力快速转动，以免造成圈码变形、互相重叠、脱钩等。

⑫ 读数时，一定要将升降旋钮开关顺时针旋转到底，使天平完全开启；并应关闭天平的门，以免指针受空气流动的影响摆动。

⑬ 称量完毕，应检查天平梁是否托起，砝码是否已归位，指数盘是否转到"000"，电源是否切断，边门是否关好。

⑭ 天平使用完毕罩好天平，填写使用记录。

⑮ 同一化学分析试验中的所有称量，应自始至终使用同一架天平，使用不同天平会造成误差。

(三) 全机械加码分析天平

TG-328A 型分析天平系全机械加码电光天平，结构如图 2-7 所示。

这种分析天平（如 TG-328A 型）的结构与半机械加码电光天平基本相似，不同之处在于所有的砝码都是用机械加码装置（一般设置在天平的左侧）。全部砝码分为三组（10g 以上；1～9g；10～990mg），装在三个机械加砝码转盘的挂钩上，10mg 以下也是从光幕标尺直接读数。目前工厂实验室多用这种天平，使用方便，称量速度快。

(四) 单盘电光天平

单盘电光天平分等臂和不等臂两种类型，它们的另一个"盘"被配重铊所代替，并隐藏在顶罩内后部，起杠杆平衡作用。为减少天平的外观尺寸，承载臂设计的长度一般短于配重力臂，故市售的单盘天平多为不等臂的天平。

1. 技术规格及构造与原理

DT-100 型是不等臂横梁、全机械减码式电光分析天平。精度级别为四级，最小分度值为 0.1mg，最大载荷为 100g，机械减码范围 0.1～99g，标尺显示范围是－15～＋110mg，微读窗口显示 0.0～1.0mg。毫克组砝码的组合误差不大于 0.2mg，克组及全量砝码的组合误差不大于 0.5mg。

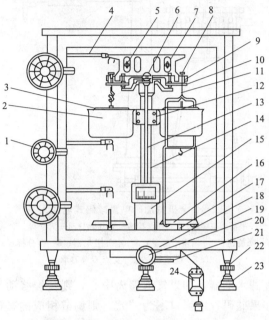

图 2-7 TG-328A 型全机械加码电光天平

1—指数盘；2—阻尼器外筒；3—阻尼器内筒；4—加码杆；5—平衡调节螺丝；6—中刀；7—横梁；8—吊耳；9—边刀盒；10—托翼；11—挂钩；12—阻尼架；13—指针；14—立柱；15—投影屏座；16—天平盒；17—托盘；18—底座；19—框罩；20—开关旋钮；21—调屏拉杆；22—调水平旋转脚；23—脚垫；24—变压器

图 2-8 是单盘天平的主要部件示意图，它可以表示不等臂天平的称量原理。横梁上只有一个力点刀，用来承载悬挂系统，内含砝码和秤盘都在这一悬挂系统中。横梁的另一端挂有配重铊和阻尼活塞，并安装了微缩标尺。天平空载时，砝码都挂在悬挂系统中的砝码架上，开启天平后，合适的配重铊使天平横梁处于水平平衡状态，当被称物放在秤盘上后，悬挂系统由于增加质量而下沉，横梁失去原有的平衡，为使天平保持平衡，必须减去与被称物质量相当的砝码，即用被称物替代了悬挂系统中的内含砝码，这就是不等臂单盘天平（即双刀替代天平）的称量原理，这种天平的称量方法属于"替代称量法"。

2. 性能特点

单盘天平的性能优于双盘天平，主要有以下特点。

(1) 感量（或灵敏度）恒定 杠杆式等臂天平的感量，空载时和重载时往往不完全一样，即随着横梁负载的改变而略有变化。而单盘天平在使用过程中使横梁的负载是不变的，因此感量也是不变的。

(2) 没有不等臂误差 双盘天平的两臂长度不完全相等，因此往往存在一定的不等臂误差。而单盘天平的砝码和被称物同在一个悬挂系统中，承重刀与支点刀之间的距离是一定

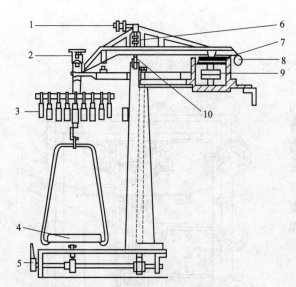

图2-8　全机械加码单盘减码式电光天平

1—平衡调节螺丝；2—补偿挂钩；3—砝码；4—天平盘；5—升

降旋钮；6—调重心螺丝；7—空气阻尼器；8—微分标尺；

9—配重铊；10—支点刀及刀承

的，所以不存在不等臂性误差。由于采用"替代称量法"，其称量误差主要来源于内含砝码，而这种天平的棒状砝码的精密度很高，优于二等砝码。

（3）称量速度快　天平设有半开机构，可以在半开状态下调整砝码，横梁在半开时可以轻微摆动，使光屏上的标尺投影能显示约15个分度，足以判断调整砝码的方向，明显地缩短了调整砝码的时间，又由于阻尼器（活塞式结构）效果好，使标尺平衡速度快（10～15s）。所以，称量速度明显快于双盘天平。

3. 使用方法

天平的外形及操作机构见图2-9和图2-10。

（1）准备工作　打开防尘罩，叠平后放在天平右上方；检查天平是否干净；检查圆水准器，如果气泡偏离中心，则缓慢移动左边或右边的调整脚螺丝，使气泡位于中心；如果砝码数字窗口不为"0"，则调节相应的减码手轮，使各窗口都显示"0"字；轻轻旋动微读手钮，使微读数字窗口也显示零位；将电源开关向上扳。

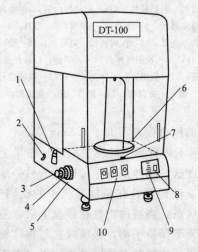

图2-9　DT-100型天平左侧外形

1—停动手柄；2—电源开关；3—0.1～0.9g减码手轮

4—1～9g减码手轮；5—10～90g减码手轮；6—秤盘

7—圆水准器；8—微读数字窗口；9—投影

屏；10—减码数字窗口

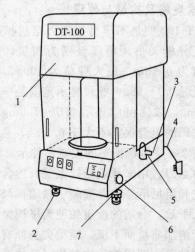

图2-10　DT-100型天平右侧外形

1—顶罩；2—减振脚垫；3—零调手钮；4—外接

电源线；5—停动手钮；6—微读手钮；

7—调整脚螺丝

（2）校正天平零点　停动手钮是天平的总开关，它控制托梁架和光源开关，该手钮位于垂直状态时，天平处于关闭状态。将停动手钮缓慢向前转动约90°（使尖端指向操作者），天平即呈开启状态，光屏上显示缓慢移动的标尺投影。当标尺平衡后，旋动天平右后方的零调手钮，使标尺上的"00"线位于光屏右边的夹线正中，即已调定零点，关闭天平。

（3）称量　推开天平侧门，放被称物于秤盘中心，关上侧门；将停动手钮向后（即操作者的前方）扳约30°，天平即呈半开状态，横梁稍倾斜，光屏上显示15mg左右。半开状态以供调整砝码使用；先顺时针转动10～90g减码手轮，同时观察光屏，当转动手轮至标尺向上移动并显负值时，随即退回一个数（例如最左边窗口的数字由2退为1），此时即调定10g组的砝码；继续如此操作，依次转动1～9g组的减码手轮和0.1～0.9g组减码手轮，直至调定所有砝码；全开天平（天平由半开经过关闭再至全开状态，动作一定要缓慢），待标尺停稳后，再按顺时针方向转动微读手钮使标尺中离夹线最近的一条分度线移至夹线中央。可重复一次关、开天平，若标尺的平衡位置没有改变（或变动不超过0.1mg）即可读数。标尺上每一分度为1mg，微读手钮转动10个分度，则标尺准确移动1个分度，微读数字窗口中，只读取1位数。记录读数后，随即关闭天平。

注意：不可将微读手钮向<0或>10的方向用力转动，否则，万一转动过度，只有拆开天平箱板才能复原。

（4）复原　取出被称物，关闭侧门，将各显示窗口均恢复为零位。

（五）电子天平

1. 电子天平工作原理

电子天平是最新一代的天平，是基于电磁学原理制造的，它是利用电子装置完成电磁力补偿的调节，使物体在重力场中实现力的平衡，或通过电磁力矩的调节，使物体在重力场实现力矩的平衡。有顶部承载式（吊挂单盘）和底部承载式（上皿式）两种结构。

一般的电子天平都装有小电脑，具有数字显示、自动调零、自动校正、扣除皮重、输出打印等功能，有些产品还具备数据储存与处理功能。电子天平操作简便，称量速度快。

常见电子天平的结构是机电结合式，核心部分是由载荷接受与传递装置、测量及补偿控制装置两部分组成。电子天平的结构如图2-11所示。

我们知道，把通电导线放在磁场中，导线将产生电磁力，力的方向用左手定则判定。当磁场强度不变时，力的大小与流过线圈的电流强度成正比。如果使重物的重力方向向下，电磁力方向向上，并与之平衡，则通过导线的电流与被称物的质量成正比。

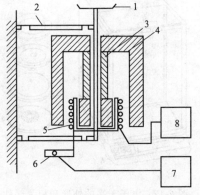

图2-11　电子天平基本结构
示意图（上皿法）

1—称量盘；2—簧片；3—磁钢；4—磁回路体；5—线圈及线圈架；6—位移传感器；7—放大器；8—电流控制电路

电子天平它是将秤盘通过支架与通电线圈相连接，置于磁场中，秤盘及被称物的重力通过连杆支架作用于线圈上，方向向下，线圈内有电流通过，产生一个向上的作用的电磁力，与重力大小相等方向相反。位移传感器处于预定的中心位置，当秤盘上的物体质量发生变化时，位移传感器检出位移信号，经调节器和放大器改变线圈的电流直至线圈回到中心位置为止。通过数字显示出物体质量。

2. 性能特点

① 电子天平支撑点采用弹性簧片，没有机械天平的宝石和玛瑙刀，取消了升降框装置，

采用数字显示方式代替指针刻度式显示，使用寿命长，性能稳定，灵敏度高，操作方便。

②电子天平采用电磁力平衡原理，称量时全量程不用砝码，放上被称物后，在几秒钟内即达到平衡显示读数，称量速度快，精度高。

③有的电子天平具有称量范围和读数精度可变的功能。如瑞士的梅特勒 AE240 天平，在 0～205g 称量范围，读数精度为 0.1mg；在 0～41g 称量范围内，读数精度为 0.01mg，可以一机多用。

④分析及半微量电子天平一般具有内部校正功能。天平内部装有标准砝码，使用校准功能时，标准砝码被启用，天平的微处理器将标准砝码的质量值作为校准标准，以获得准确的称量数据。

⑤电子天平是高智能化的，可在全量程范围内实现去皮、累加、超载显示、故障报警等。

⑥电子天平具有质量电信号输出，这是机械天平无法做到的。它可以连接打印机、计算机，实现称量、记录和计算的自动化。同时也可以在生产、科研中作为称量、监测的手段，或组成各种新仪器。

3. 电子天平的安装和使用方法

(1) 天平安装

①工作环境。电子天平为高精度测量仪器，故仪器安装位置应注意：安装平台稳定、平坦，避免震动；避免阳光直射和受热，避免在湿度大的环境工作；避免在空气直接流通的通道上。电子天平的外形和相关部件见图 2-12。

电子天平对天平室和天平台的要求与机械天平相同，同时应使天平远离带有磁性或能产生磁场的物体和设备。

②天平安装。严格按照仪器说明书操作。

(2) 天平使用

①调水平。天平开机前，应观察天平后部水平仪内的水泡是否位于圆环的中央，否则通过天平的地脚螺栓调节，左旋升高，右旋下降。

②预热。天平在初次接通电源或长时间断电后开机时，至少需要 30min 的预热时间。因此，实验室电子天平在通常情况下，不要经常切断电源。

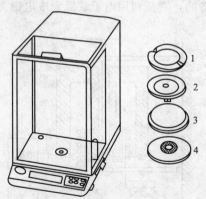

图 2-12　电子天平的外形和相关部件
1—秤盘；2—盘托；3—防风环；
4—防尘隔板

③校准。首次使用天平必须校准。将天平从一地移到另一地使用时，或在使用一段时间（30d 左右）后，应该对天平重新校准，为使称量更为准确，亦可对天平随时校准，校准可按说明书用内装标准砝码或外部自备有修正值的标准砝码进行。也可利用电子天平内部校准功能，当天平预热后，按一下"调零"键，显示器稳定"0.0000g"后，按一下校准键"CAL"，天平将自动进行校准，这时显示器显示为"CAL"，表示正在校准。10s 左右，"CAL"消失，表示核准完毕。

(3) 称量

①打开天平开关（按操纵杆或开关键 ON），等待仪器自检，使天平处于零位，否则按"调零"键。

②当显示器显示"0.0000g"时，自检过程结束，天平可进行称量。

③ 轻轻放置称量器皿于秤盘上，待数字稳定后，读取数值并记录，在称量器皿中加所要称量的试剂称量，并记录；或者按显示屏的"TAR"键去皮，待显示器显示零时，在称量器皿中加所要称量的试剂称量，并记录。例如用小烧杯称取样品时，可先将洁净干燥的小烧杯置于秤盘中央，显示数字稳定后按"去皮"键或"TAR"键，显示即恢复为零，再缓缓加样品至显示出所需样品的质量时，停止加样，直接记录称取样品的质量。

④ 将器皿连同样品一起拿出。

⑤ 按天平去皮键清零，以备再用。短时间（例如 2h）内暂不使用天平，可不关闭天平电源开关，以免再使用时重新通电预热。

⑥ 实验全部结束后，关闭显示器，切断电源。

4. 电子天平使用注意事项

① 电子天平的自重较小，容易被碰位移，从而造成水平改变，影响称量结果准确性。所以使用时应特别注意，动作要轻、缓，并时常检查水平是否改变。

② 要注意克服可能影响天平示值变动性的各种因素，例如，空气对流、温度波动、容器不够干燥、开门及放置被称物时动作过重等。

③ 其他注意事项与机械天平大致相同。

（六）称量误差分析

1. 被称物（容器或试样）在称量过程中条件发生变化

① 被称物表面吸附水分的变化。烘干的称量瓶、灼烧过的坩埚等一般放在干燥器内冷却到室温后进行称量，它们暴露在空气中会因吸湿而使质量增加，空气湿度不同，吸附水分也不同，故要求称量速度要快。

② 样品能吸附或放出水分，或具有挥发性，使称量质量变化，灼烧产物都有吸湿性，应盖上坩埚盖称量。

③ 被称物的温度与天平温度不一致。如果被称物温度较高，能引起天平臂不同程度的膨胀，且有上升的热气流，使称量结果小于真实值。应将烘干或灼烧过的器皿在干燥器中冷却至室温后称量，但在干燥器中不是绝对不吸附水分，所以热的物品如坩埚等应保持相同的冷却时间后才易于恒重。

2. 容器的影响

包括加试剂的塑料勺表面由于摩擦带电可能引起较大误差，这点常被操作者忽视。故天平室相对湿度应保持在 50%～70%，过于干燥使摩擦而积聚的电不易耗散。称量时要注意，如擦拭被称物后应多放置一段时间再称量。

3. 天平和砝码的影响

应对天平和砝码定期进行计量检定。双盘天平平衡存在不等臂性，给称量带来误差，但如果在合格范围内，因称量试样的量很小，其带来的误差亦小，可以忽略。

砝码的标准值与真实值之间存在误差，在精密的分析中，可以使用砝码修正值。在一般分析中不使用修正值，但要注意这样一个问题，质量大的砝码其质量允差也大，在称量时如果更换克组较大的砝码，而称量的试样量又较小，带进的称样量误差就较大。

4. 称量操作不当

称量操作不当是初学称量者误差的主要来源，如天平未调整水平，称量前后零点变动，开启天平动作过重，以及吊耳脱落，天平摆动受阻未被发现等，其中以开启天平动作过重、转动刻度盘动作过重，造成称量前后零点变动为主要误差，因此在称量前后检查天平零点是否变化，是保证称量数据有效的一个简易方法。

另外如读错砝码、记录错误等虽属于不应有的过失，但也是初学者称量失误的主要原因。

5. 环境因素的影响

震动、气流、天平室温度太低或湿度波动过大等，均使天平变动性增大。

6. 空气浮力的影响

一般分析工作中所称的物体其密度小于砝码的密度，其体积比相应质量砝码的体积大，在空气中的浮力也大，在精密的称量中要进行浮力校正，一般工作可忽略此项误差。

二、分析天平称量方法和练习

样品、试剂等其性质差别较大，如有的在空气中容易吸收水分、有的容易挥发，分析天平称取试样时，应根据不同的称量对象，采用相应的称量方法。常用天平称量方法有三种，直接称量法、差减称量法和固定称量法。

一般在称量前要做下列准备工作。

① 检查天平是否正常。取下防尘罩，叠平后放在天平箱上方，检查天平各部件是否正常，如天平是否水平；秤盘是否洁净；指数盘是否在零位；圈码有无脱位；吊耳和横梁是否错位等。

② 天平零点的调节。接通电源，慢慢打开升降旋钮（顺时针旋到底），此时在光屏上可以看到标尺的投影在移动。当标尺稳定后，如果屏幕中央的刻线与标尺的"0"线不重合，可拨动投影屏调节杆，移动屏的位置，使屏中刻线恰好与标尺中的"0"线重合，即调定零点。如果屏幕移到尽头仍调不到零点，则需关闭天平，调节横梁上的平衡螺丝（遵循右手螺旋法则：四指为螺丝旋转的方向，大拇指为螺丝前进的方向），再开启天平继续拨动投影屏调节杆，直至调定零点。然后关闭天平，准备称量。

（一）直接称量法练习

1. 方法原理

天平的零点调定好，将被称物直接放在秤盘上，所得读数即为被称物质量，这种称量方法称为直接称量法。该法适用于称量洁净干燥的器皿、棒状或块状的金属等。注意，不得用手直接取放物体，可采用戴细纱手套、垫纸条、用镊子或钳子等适宜的方法。

2. 仪器

双盘全机械加码电光天平（或其他类型天平）、托盘天平、称量瓶、表面皿、瓷坩埚和50mL 小烧杯等。

3. 练习步骤

① 练习天平水平的调节。

② 练习天平零点的调节。

③ 在托盘天平粗称称量瓶、50mL 小烧杯、瓷坩埚和表面皿质量后，在分析天平上称出称量瓶、50mL 小烧杯、瓷坩埚和表面皿的质量并记录。

④ 练习称量的结束工作。

⑤ 在不同类型天平重复上述称量过程。

4. 数据记录及处理

直接称量法数据记录及处理

天平	称量瓶质量/g	表面皿质量/g	瓷坩埚质量/g	小烧杯质量/g
机械天平				
电子天平				

5. 注意事项

① 调节水平时应注意不要将旋转方向旋反，且应边调边观察，否则可能会将天平的脚调离底垫。

② 调天平水平时，应先将天平关闭。

③ 读数或看零点时，天平的升降枢纽必须完全打开。

④ 读数或看零点时，要关闭天平的左右侧门。

⑤ 未近平衡时天平只能半开。

（二）差减称量法练习

1. 方法原理

在称量瓶中放入被称试样，准确称取瓶和试样质量后，向接受容器中倒出所需量的试样，再准确称取瓶和试样质量，两次称量的差值即为倒入接受容器中试样的质量。这种称量方法称为差减法，又称减量法。如此重复操作，可连续称取若干份试样。减量法适于称量一般的颗粒状、粉状及液态样品，由于称量瓶有磨口瓶塞，对于称量较易吸湿、较易吸收空气中二氧化碳或挥发性的试样很有利。

具体的操作如下：取一个洗净并干燥的称量瓶，将试样装入瓶中，试样的质量比所需称量略多，盖好瓶盖，用干净的纸条套住称量瓶瓶身（见图2-13），放在天平上准确称量，然后取出称量瓶，在接受容器的上方，用小纸片夹住瓶盖柄，打开瓶盖，将称量瓶慢慢地向下倾斜，并用瓶盖轻轻敲击瓶口，使试样慢慢落入容器内（见图2-14），注意不要撒在容器外。当倾出的试样接近所要称取的质量时（从体积上估计），将称量瓶慢慢竖起，同时用称量瓶瓶盖继续轻轻敲瓶口，使沾附在瓶口上的试样落入瓶内，再盖好瓶盖。然后将称量瓶放回天平盘上称量，两次称得质量之差即为试样的质量。如果一次倾出的样品量不到所需量范围，可再次倾倒样品，直到倾出的样品质量满足要求后，再记录天平的读数，但倾出样品的次数不要超过3次；并且倾出的质量应在所需质量的±10％范围内，如果倾出样品质量超出所需质量范围，则应洗净接收容器后重新称量。按上述方法可连续称取几份试样。如不用纸条或纸片持称量瓶操作，也可戴上洁净的细纱手套或薄尼龙手套进行称量操作。

图2-13　取拿称量瓶

图2-14　倾出样品的操作

称量液态样品时，可用小滴瓶代替称量瓶进行操作。

2. 仪器和试剂

（1）仪器 双盘全机械加码电光天平（或其他类型天平）、托盘天平、称量瓶、50mL烧杯等。

（2）试剂 NaCl固体（或其他固体试剂）。

3. 练习步骤

① 取两个50mL烧杯，在分析天平上称准其质量，记录为m_0和m_0'。

② 取两个称量瓶，先在台秤上粗称其大致质量，然后加入约1g NaCl固体在分析天平上精确称量，记录为m_1；估计一下样品的体积，转移0.3～0.4g样品（约1/3）至第一个烧杯中，称量并记录称量瓶的剩余量m_2；以同样方法再转移约0.3～0.4g样品至第二个烧杯中。

③ 分别精确称量两个已有样品的烧杯，记录其质量为m_1'和m_2'。

④ 记录称量数据，并计算称量瓶中敲出的质量、烧杯中试样的质量及称量偏差。

⑤ 完成以上操作后，进行计时常量练习。

4. 数据记录及处理

差减称量法数据记录及处理

项 目		示例	称量次数		
			1	2	3
称量瓶	敲样前称量瓶＋试样质量/g	$m_1 = 18.7589$			
	敲样后称量瓶＋试样质量/g	$m_2 = 18.4132$			
	敲出的试样质量/g	0.3457			
烧杯	烧杯＋样品质量/g	$m_1' = 39.6179$			
	烧杯质量/g	$m_0 = 29.2719$			
	烧杯中试样质量/g	0.3460			
绝对偏差/g		0.0003			

5. 注意事项

① 称量前要做好准备工作（调水平、检查各部件是否正常，清扫，调零点）。

② 纸条应在称量瓶的中部，不得太靠上。

③ 夹取称量瓶时，纸条不得碰称量口。

④ 注意不要将试样洒落在接受容器外面。

⑤ 敲样完成，对于在称量瓶口的试剂，应在称量瓶试剂倾入的上方回敲称量瓶，让瓶口试剂全部回到称量瓶。

⑥ 减量法称量时，要用纸条套住称量瓶和瓶盖操作；称量过程中，称量瓶不要随便放在实验台上，只能放在天平秤盘上或手里；敲出样品的次数不宜过多，敲出范围应重做。

⑦ 对于电子天平可以利用"去皮"功能直接读出敲出的试样质量，不必计算。

（三）固定质量称量法

1. 方法原理

在分析工作中，有时要求准确称取某一指定质量的样品。例如，用基准物质配制某一指定浓度的标准溶液时，便采用固定质量称量法称取基准物质。此法主要用来称取不易吸湿，且不与空气作用、性质较稳定的粉末状物质。这种直接称量固定质量的方法称为固定质量法，又叫增量法。

称量方法是：先在天平上准确称出干燥洁净的容器质量（如小表面皿、小烧杯、称量纸等），读数后适当调整砝码，用牛角匙将试样慢慢加入容器中，半开天平试重，直到所加试样质量与指定质量相差不到 10mg 时，全开天平，极其小心地将盛有试样的牛角匙伸向容器中心上方约 2～3cm 处，匙的另一端顶在掌心上，用拇指、中指及掌心拿稳牛角匙，并以食指轻弹匙柄，使试样慢慢地抖入容器中（如图 2-15 所示），这时眼睛既要注意角匙，同时也要注意标尺的读数，待标尺正好移动到所需刻度时，立即停止抖入试样，关闭天平，关上侧门，再次进行读数。

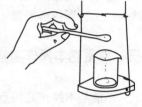

图 2-15　固定质量称量法

如果是电子天平，容器放到称量盘中，直接利用"去皮"调到读数为"零"，然后慢慢加入药品，并观察显示器读数达到所称取固定量即可。所以使用电子天平进行固定法称量就非常快捷。

2. 仪器和试剂

（1）仪器　双盘全机械加码电光天平（或其他类型天平）、托盘天平、称量瓶、角匙、50mL 烧杯。

（2）试剂　$CaCO_3$ 固体。

3. 练习步骤

① 先在分析天平上准确称出烧杯的质量。

② 通过指数盘再加入 500mg 砝码。

③ 用牛角匙将 $CaCO_3$ 慢慢加到烧杯中，半开天平试重，直到所加 $CaCO_3$ 质量与要求称量的质量相差不到 10mg 时，全开天平，极其小心地将试样抖入到烧杯中，待标尺正好移动到所需刻度时，关闭天平，关上侧门，再次读数。此时称取 $CaCO_3$ 的质量为 0.5000g，用同样的方法再称取 2～3 份。

实验结束后，按规范操作要求将天平复原，同时整理台面。

4. 数据记录及处理

固定质量称量法数据记录及处理

项　　目	次　数		
	1	2	3
烧杯质量+试样质量/g			
烧杯质量/g			
试样质量/g			

5. 注意事项

① 称量前先要检查天平是否能正常使用。

② 调节零点及记录称量读数后，应随手关闭天平；用平衡螺丝粗调零点、加减砝码和取放物体时，应先关闭天平。

③ 固定质量称量法进行称量时，加入试样一定要慢，试重时天平只能半开，当所加试样与指定的质量相差不到 10mg 时，应全开天平。

④ 读数保留四位小数。

6. 思考题

① 在什么情况下选用固定质量称量法？什么情况下选用减量法？用这两种方法称取样品时未完全调定天平的零点，对称量结果是否有影响？为什么？

② 在减量法称取样品的过程中，若称量瓶内的试样吸湿，对称量是否有影响？若试样倾入接受容器内再吸湿，对称量是否有影响？为什么？

三、称量基本操作考核

称量基本操作观测点可参照表 2-3 来进行考核评分。

表 2-3　称量基本操作观测点（固定称量法）

观测点	比例	操作要求		考核记录	扣分	得分
天平准备工作	10%	1. 预热				
		2. 水平				
		3. 清扫				
		4. 调零				
		每错一项扣 3 分，扣完为止				
称量操作	50%	1. 称量物放于盘中心				
		2. 在接受容器上方开、关称量瓶盖				
		3. 敲的位置正确				
		4. 手不接触称量物或称量瓶不接触样品接受容器				
		5. 称量物不得置于台面上				
		6. 边敲边竖				
		7. 及时盖干燥器				
		8. 添加样品次数≤三次				
		9. 试样有无洒落				
		10. 记录是否正确				
		每错一项扣 5 分，扣完为止				
称量误差	30%	±5%＜称量范围≤±10%	扣 10 分/个			
		称量范围＞±10%	扣 30 分/个			
		超时	扣 10 分/个			
		扣完为止				
结束工作	10%	1. 复原天平				
		2. 清扫天平盘				
		3. 登记				
		4. 放回凳子				
		每错一项扣 5 分，扣完为止				

注：由于使用天平的类型不同，可根据使用天平类型不同修改观测点。

单元二　　滴定分析法仪器与基本操作训练

一、滴定分析用玻璃仪器与洗涤技术

进入化学分析室，作为分析工作者的基本工具首先就是玻璃仪器，对它们的选择、使用、洗涤，洗涤达到什么要求不给分析结果带来误差，是为开展分析工作做好充分准备，因此，了解各类常用玻璃仪器的用途、规格以及正确使用和洗涤是开展分析任务的首要任务。

玻璃是多种硅酸盐、铝硅酸盐、硼酸盐和二氧化硅等物质的复杂混熔体，具有良好的透明度、相当好的化学稳定性（氢氟酸除外）、较强的耐热性、价格低廉、加工方便、适用面广等一系列优点。因此，分析化学实验中大量使用的仪器是玻璃仪器，定量分析用一般玻璃仪器和量器类玻璃仪器化学成分见表 2-4。

表 2-4　一般玻璃仪器和量器类玻璃仪器化学成分

仪　　　器	化学成分（质量分数）/%						
	SiO_2	Al_2O_3	B_2O_3	Na_2O	CaO	ZnO	K_2O
一般玻璃仪器	74	4.5	4.5	12	3.3	1.7	
量器类玻璃仪器	73	5	4.5	13.2	3.8	0.5	

这类仪器均为软质玻璃，具有良好的透明度、一定的机械强度和良好的绝缘性能。与硬质玻璃比较（SiO_2 79.1%，B_2O_3 12.5%），热稳定性、耐腐蚀性能差。

滴定分析用玻璃器皿较多，本单元对常用的进行主要介绍，有些进行简单介绍。

（一）实验室滴定分析常用玻璃仪器

1. 烧杯类

烧杯类玻璃仪器一般用硬质玻璃制成，亦称高硼硅玻璃，常用规格 20～500mL，2000mL。主要类型有：烧杯、锥形瓶、碘量瓶和烧瓶。

（1）烧杯　烧杯是实验室中常用的玻璃仪器，由于杯口宽敞，使用十分方便，可以溶解样品、配制溶液，也可作不挥发性物质的反应容器，在其中进行化学反应，用途非常广泛。但由于杯口大，在加热时杯内液体容易挥发损失，故不适合作易挥发性物质的加热反应容器。常用的规格有 50mL、100mL、150mL、200mL、250mL、300mL、500mL、1000mL、2000mL 等。

烧杯的选择，除实验中有明确的要求外，一般根据使用目的及所盛放的溶液体积确定所使用的烧杯的规格及种类。若要进行加热操作时，杯内的液体不能超过总容积的 2/3。用基准试剂配制已知浓度的标准溶液时，要在小烧杯中溶解。

（2）锥形瓶　是实验室常用的反应容器，由于锥形瓶的瓶口较烧杯小，在加热时，挥发损失的液体样品相对较少。在滴定分析中，用作反应容器，进行滴定反应。常用的规格有 25mL、50mL、100mL、150mL、250mL、500mL、1000mL 等。

锥形瓶的选择是根据实验中盛放试液的多少选择合适规格的锥形瓶。使用时应注意：

① 加入试液（剂）时，应将试液（剂）沿锥形瓶内壁加入，并用少量蒸馏水把瓶壁上的试液（剂）冲洗下去；

② 加热时，若需加热进行化学反应且要防止有关物质的挥发时，可在瓶口盖一直径稍

大于瓶口的表面皿，凸面向下，凹面朝上；

③ 摇动混匀时，一般用右手大拇指、食指及中指握住靠近锥形瓶颈的倾斜部位作旋转摇动，不要前后或左右摇动，更不能上下振动，瓶口尽量保持在原位。

（3）碘量瓶　碘量瓶的用途主要作为碘量法的专用滴定容器。

碘量瓶是在瓶口设置有斗形玻璃的具塞锥形瓶，在瓶口斗形玻璃处可放置被称之为封闭液的液体，以防止瓶内物质的挥发损失。在滴定分析中，被用作碘量法的反应容器。常用的规格有 50mL、100mL、250mL、500mL。

碘量瓶的使用应注意以下几方面。

① 检查磨口塞是否配套，即是否密合。

② 加入试液及有关反应物。将有关试液（剂）沿碘量瓶内壁加入，用少量蒸馏水冲洗瓶口，盖上瓶塞。

③ 在瓶口加液封口。在瓶口处加少量水或其他专用试液（如碘化钾溶液）封口，防止瓶内挥发性物质挥发损失。反应完毕后，先轻轻松动瓶塞，使瓶口的水或其他封口的溶液从瓶口慢慢流进碘量瓶内，充分吸收已挥发的气体物质，防止挥发物从瓶口溢出。并用少量的水在瓶塞和瓶口的空隙处冲洗瓶塞和瓶口。

④ 摇动混匀。在滴定时，用右手中指和无名指夹住瓶塞，用和摇动锥形瓶相同的方法进行摇动，但不可放下瓶塞。

2. 量器类

由软质玻璃制成，不宜火上直接如热。常用的主要有：量筒、容量瓶、移液管和滴定管。

对于滴定管、吸管、容量瓶、量筒和量杯等实验室常用玻璃量器按计量体积方式的不同分为量入式和量出式两种。量出式，用于测量自量器内排出的液体的体积，量出式符号用"Ex"表示；量入式，用于测量注入量器（内壁干燥）内液体的体积。量入式符号用"In"表示。

（1）量筒（杯）　量筒（杯）是测定液体体积的玻璃仪器，使用很方便，用途非常广泛。但精度不高，不能用作准确测定液体的体积。其中，量筒的精度稍高于量杯。

量筒（杯）的选择应根据量取液体的体积选择对应规格的量筒（杯）使用。一般情况下，量取少量的液体时首选量杯，量取大体积的液体时则要选用量筒。不能用大规格的量筒（杯）量取小体积的液体，也不要用小规格的量筒（杯）多次量取大体积的液体。易挥发的液体应选用具塞量筒量取。量杯的杯口较大，取放液体比量筒更方便。

（2）容量瓶、移液管和吸量管、滴定管　使用和详细内容介绍见本单元中的滴定分析操作的内容。

3. 瓶类

常用的有称量瓶、试剂瓶、滴瓶和洗瓶等，如表 2-5 所示。

表 2-5　常用玻璃器皿

仪　器	规　格	主要用途	注意事项
称量瓶	有扁形和高形，以外径/mm×高/mm 表示，如 25mm×40mm 等	扁形用作测定水分或干燥基准物质；高形用于称量基准物质或样品	不可盖紧磨口塞烘烤，瓶塞和瓶要配套，不可互换

仪　器	规　格	主要用途	注意事项
试剂瓶	玻璃或塑料材质,有无色和棕色、广口和细口。以容积/mL 表示,如 50mL、100mL、500mL 等	广口瓶盛装固体试剂,细口瓶盛装液体试剂,下口瓶主要用于盛放大体积的液体试剂或溶液	不能加热。取用试剂时瓶盖倒放在桌上;碱性物质要用橡皮塞或塑料塞;见光易分解的物质用棕色瓶;盛放溶液后,瓶内应留有一定的空间
滴瓶	有无色、棕色之分,以容积/mL 表示,如 30mL、60mL 等	用于盛装少量液体试剂	见光易分解的试剂应用棕色瓶,碱性试剂应用带橡皮塞的滴瓶
洗瓶	以容积/mL 表示,如 250mL、500mL 等	盛装蒸馏水用以洗涤	不能加热
试管　离心试管	分硬质试管、软质试管、普通试管和离心试管　普通试管以试管口外径/mm×长度/mm 表示,离心试管以其容积/mL 表示	普通试管用作少量试剂的反应器,便于操作和观察　离心试管还可用作定性中沉淀的分离	可以加热至高温(硬质的),但不能骤冷;加热时管口不能对人,且要不断移动试管,使其受热均匀。所盛溶液不能超过其容量的1/2
漏斗	以口径/mm 大小表示,如 40mm、30mm、60mm 等	用于过滤操作	不能直接加热
滴液漏斗和分液漏斗	以容积/mL 表示,如 50mL、100mL 等	用于分离互不相溶的液体;或用作发生气体装置中的加液漏斗	不得加热,活塞与漏斗配套,不能互换
表面皿	以口径/mm 大小表示,如 90mm、75mm、45mm 等	盖在烧杯上防止液体溅出或作其他用途	不能用火直接加热,直径要略大于所盖容器
干燥器	以直径/mm 大小表示,分普通干燥器和真空干燥器,内放干燥剂	存放物品,保持干燥	热的物品稍冷后才能放入,盖的磨口处涂适量凡士林,干燥剂要及时更换

（二）常用玻璃仪器的洗涤和干燥

在实验前后，都必须将所用玻璃仪器洗干净。玻璃仪器是否洗净，对实验结果的准确性和精密度有直接影响。因此，洗涤玻璃仪器，是实验室工作中的一个重要环节。仪器洗涤，要求掌握洗涤的一般步骤，洗净标准，洗涤剂种类、配制及选用。

1. 洗涤剂种类及选用

（1）常用洗涤剂及使用范围　实验室常用皂粉、去污粉、洗衣粉、洗液、稀盐酸-乙醇、有机溶剂等洗涤玻璃仪器。对于水溶性污物，一般可以直接用自来水冲洗干净后，再用蒸馏水洗 3 次即可。对于沾有污物用水洗不掉时，要根据污物的性质，选用不同的洗涤剂。

① 皂粉、皂液、去污粉等用于毛刷直接刷洗的仪器。洗涤剂直接刷洗如烧杯、锥形瓶、试剂瓶等形状简单的仪器，毛刷可以刷到的仪器，大部分是分析测定中用的非计量仪器。

② 洗液（酸性或碱性）多用于不便用毛刷或不能用毛刷洗刷的仪器，如滴定管、移液管、容量瓶、凯氏定氮仪等和计量有关的仪器。如油污可用无铬洗液、铬酸洗液、碱性高锰酸钾洗液及丙酮、乙醇等有机溶剂。碱性物质及大多数无机盐类可用 1＋1 稀 HCl 洗涤。$KMnO_4$ 沾污留下的 MnO_2 污物可用草酸洗液洗净，而 $AgNO_3$ 留下的黑褐色 Ag_2O，可用碘化钾洗液洗净。

③ 针对污物的类型不同，可选用不同的有机溶剂洗涤，如甲苯、二甲苯、氯仿、乙酸乙酯、汽油等。如果要除去洗净仪器上带的水分可以用乙醇、丙酮，最后再用乙醚。

（2）常见洗涤液的配制和使用方法　常见洗涤液的配制及使用方法见表 2-6。

表 2-6　常见洗涤液的配制及使用方法

洗涤液	洗涤液及配制	使 用 方 法
铬酸洗液	重铬酸钾 20g 溶于 40mL 水中，慢慢加入 360mL 浓硫酸。配好后放冷，装入有盖的玻璃器皿中备用	用于除去器壁残留油污，用少量洗液涮洗或浸泡，洗液可重复使用。重铬酸钾是致癌物，洗液废液经处理解毒方可排放
碱性高锰酸钾洗液	取 4g 高锰酸钾和水溶解，加入 10％NaOH 100mL。或者 4g $KMnO_4$ 溶于 80mL 水，加入 50％NaOH 溶液至 100mL，后者更有利于高锰酸钾的快速溶解	高锰酸钾洗液有很强的氧化性，可清洗油污及有机物。析出的 MnO_2 可用草酸、浓盐酸、盐酸羟胺等还原剂除去
碱性乙醇洗液	用 25g KOH 溶于少量水中，再用工业纯的乙醇稀释至 1L 或 120g NaOH 溶解于 150mL 水中，用 95％乙醇稀释至 1L。用于洗涤玻璃器皿上的油污及某些有机物沾污	用于去油污及某些有机物沾污
纯酸洗液	（1＋1）、（1＋2）或（1＋9）的盐酸或硝酸	用于除去微量的离子 常法洗净的仪器浸泡于纯酸洗液中 24h
碱性洗液	纯碱洗液多采用 10g/100mL 浓度以上的 NaOH、KOH、Na_2CO_3	溶液加热（可煮沸）使用，其去油效果较好；注意，煮的时间不宜太长，否则会腐蚀玻璃
草酸洗液	5～10g 草酸溶于 100mL 水中，加入少量浓盐酸	洗涤氧化性物质，如洗涤高锰酸钾沾污留下的二氧化锰，必要时可加热使用
碘-碘化钾洗液	1g 碘和 2g 碘化钾溶于水中，加水稀释至 100mL	用于洗涤 $AgNO_3$ 沾污的器皿和白瓷水槽
乙醇-硝酸洗液	（不可事先混合！）	对难于洗净的少量残留有机物，可于容器中加入 2mL 乙醇，再加 4mL 浓 HNO_3，在通风柜中静置片刻，待激烈反应放出大量 NO_2 后，用水冲洗。注意用时混合，并注意安全操作

洗涤液	洗涤液及配制	使 用 方 法
有机溶剂	汽油、二甲苯、丙酮、乙醚、二氯乙烷等	可洗去油污及可溶于溶剂的有机物。使用这类溶剂时，注意其毒性及可燃性。有机溶剂价格较高，毒性较大。较大的器皿沾有大量有机物时，可先用废纸擦净，尽量采用碱性洗液或合成洗涤剂洗涤。只有无法使用毛刷洗刷的小型或特殊的器皿才用有机溶剂洗涤，如活塞内孔和滴定管夹头等
合成洗涤剂	合成洗涤剂	高效、低毒，既能溶解油污，又能溶于水，对玻璃器皿的腐蚀性小，不会损坏玻璃，是洗涤玻璃器皿的最佳选择
洗消液	在食品检验中经常使用的洗消液有：1%或5%次氯酸钠（NaOCl）溶液、20% HNO_3 和2%$KMnO_4$ 溶液	检验致癌性化学物质的器皿，为了防止对人体的侵害，在洗刷之前应使用对这些致癌性物质有破坏分解作用的洗消液进行浸泡，然后再进行洗涤

注：新配制的铬酸洗液为红褐色，氧化能力很强，用久后变为黑绿色，说明六价铬变为三价铬，即说明洗液已无氧化能力。新配好的洗液及使用过程应随时盖紧瓶塞，以免洗液吸收空气中的水分而降低洗涤能力。

2. 常规玻璃仪器洗涤方法

首先用自来水冲洗 2～3 遍除去可溶性物质的污垢，根据沾污的程度、性质分别采用去污粉、洗液洗涤或浸泡，用自来水冲洗 3～5 次冲去洗液，再用蒸馏水荡洗 3 次，称量瓶、容量瓶、碘量瓶、干燥器等具有磨口塞盖的器皿，在洗涤时应注意各自的配套，切勿"张冠李戴"，以免破坏磨口处的严密性。

蒸馏水荡洗时采用"少量多次"的原则，为此常使用洗瓶。挤压洗瓶使其喷出一股细蒸馏水流，均匀地喷射在仪器内壁上并不断转动仪器再将水倒掉。如此反复几次即可。

洗干净的玻璃仪器，当倒置时，应该以仪器内壁均匀地被水润湿而不沾附水珠为准。如果仍有水珠沾附内壁，说明仪器还未洗净，需进一步进行清洗。

3. 玻璃仪器的干燥

不同实验对仪器是否干燥有不同的要求，一般定量分析中用的烧杯、锥形瓶等仪器洗净即可使用，而用于有机化学实验或有机分析的仪器很多是要求干燥的，有的要求没水迹，有的则要求无水。应根据不同的要求来干燥仪器。

（1）晾干　对于干燥程度要求不高而且不急需使用的仪器，洗净后倒置，控去水分，然后自然干燥。可用带有透气孔的玻璃柜放置仪器。

（2）烘干　洗净的仪器控去水分，可放在电热恒温干燥箱（简称烘箱）内加热烘干。电热恒温干燥箱是实验室常用的仪器，常用来干燥玻璃仪器或烘干无腐蚀性、热稳定性比较好的药品，但挥发性易燃品或刚用酒精、丙酮淋洗过的仪器切勿放入烘箱内，以免发生爆炸。

烘箱带有自动控温装置。使用时，先接通电源，开启加热开关后，再将控温旋钮由"0"位顺时针旋至所需温度，这时红色指示灯亮，烘箱处于升温状态，当温度升至所需温度时，红色指示灯灭，绿色指示灯亮，表明烘箱已处于该温度下的恒温状态，此时电加热丝已停止工作。过一段时间，由于散热等原因里面温度变低后，它又自动切换到加热状态。这样交替地不断通电、断电，就可以保持恒定温度。烘箱的最高使用温度可达 200℃，常用温度为100～120℃。

玻璃仪器干燥时，应先洗净并将水尽量倒干，放置时应注意平放或使仪器口朝上，带塞的瓶子应打开瓶塞，如果能将仪器放在托盘里则更好。一般在 105～120℃烘 1h 左右即可。称量用的称量瓶等在烘干后要放在干燥器中冷却和保存。砂芯玻璃滤器、带实心玻璃塞的及厚壁的仪器烘干时要注意慢慢升温并且温度不可过高，以免烘裂。玻璃量器的烘干温度不得超过 150℃，以免引起容积变化。

（3）吹干　急需干燥又不便于烘干的玻璃仪器，可以使用电吹风机吹干。

用少量乙醇、丙酮（或最后用乙醚）倒入仪器中润洗，流净溶剂，再用电吹风机吹。开始先用冷风，然后吹入热风至干燥，再用冷风吹去残余的溶剂蒸气。此法要求通风好，要防止中毒，并要避免接触明火。

（4）烤干　一些构造简单、厚度均匀的硬质玻璃器皿，若需急用，可用小火烤干。例如，烧杯和蒸发皿可置于石棉网上用小火烤干；试管可直接用小火烤干，操作时应将试管口略向下倾斜，以防水蒸气凝聚后倒流使试管炸裂，并不时来回移动试管，防止局部过热。待水珠消失后，再将管口朝上，以便水汽逸去。

（三）定量分析仪器清点、验收与洗涤的练习

1. 玻璃仪器的清点和验收

分析室所用的玻璃仪器种类很多，这类仪器的特点是容易破损。玻璃仪器的存放应分门别类、放置有序，建立管理制度。

① 建立入库、领用登记等制度。

② 玻璃仪器入库应分类分别存放，避免受压或碰撞损坏。

③ 成套专用玻璃仪器，应使用专用包装，并配套存放。如带磨口塞的仪器如容量瓶、比色管、分液漏斗用细线绳或皮筋套把塞子拴在管口，以免打破塞子或互相弄混。

④ 做实验之前，将要使用的玻璃器皿都清理出来洗净，为实验作准备；实验完毕将器皿放回原处。

⑤ 对于新购置的玻璃器皿，进行与购置单比对清点、验收，检查有无裂纹、玻璃质量、商标、水密性和气密性等；验收时，量器应具有如图 2-16 所示标记。

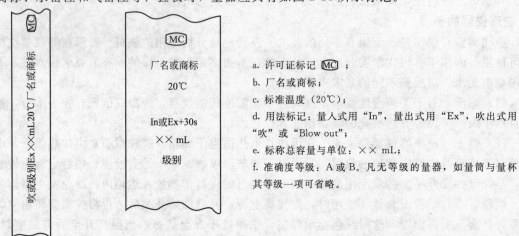

a. 许可证标记 MC ；

b. 厂名或商标；

c. 标准温度（20℃）；

d. 用法标记：量入式用 "In"，量出式用 "Ex"，吹出式用 "吹" 或 "Blow out"；

e. 标称总容量与单位：×× mL；

f. 准确度等级：A 或 B。凡无等级的量器，如量筒与量杯其等级一项可省略。

图 2-16　玻璃量器的标记

2. 洗涤

（1）洗涤原理　选择合适溶剂，利用洗涤剂与污物之间的化学反应或物理化学反应，使污物脱离器壁后与溶剂一起流走，最后用蒸馏水利用少量多次的原则洗涤干净，洁净玻璃器皿的洗净标准是透明不挂水珠。

（2）仪器与试剂

① 仪器：试剂瓶、烧杯、量筒、锥形瓶、容量瓶等待洗涤的玻璃器皿。

② 试剂：去污粉、皂液和铬酸洗液等。

（3）操作步骤　附着在玻璃仪器上的污物有尘土、可溶性物质、不溶性物质、有机物和油垢。洗涤时应针对不同的情况，选用合适的洗涤剂和洗涤方法。如用溶剂振荡洗涤、用溶剂浸泡洗涤、用毛刷刷洗等，荡洗和浸泡适用于各种口径的仪器洗涤，刷洗适用于广口仪器的洗涤，取几件大小不同口径的玻璃仪器，据其污物类型和程度，选用下列方法洗涤。

① 水洗：在玻璃仪器中加入适量的蒸馏水用合适的毛刷刷洗，如此重复洗涤 2～3 次，再用蒸馏水冲洗 2～3 次，直至玻璃器皿透明、壁上不挂水珠。水洗只能洗去尘土和可溶性物质，不能洗去有机物和油垢。

② 皂液和合成洗涤剂洗：若玻璃仪器上有有机物和油垢，可选用去污粉、皂液或洗涤剂洗涤。

洗涤具体方法是：先用水洗掉尘土和可溶性污物后，用毛刷蘸些去污粉或洗涤剂刷洗，再用自来水冲掉残留的洗涤剂，最后用少量蒸馏水淋洗 2～3 遍，直至干净为止。

③ 铬酸洗液：一些口径小而长的玻璃仪器，如滴定管、移液管、容量瓶等沾有油污和有机物等，不宜用刷子刷洗，可选用氧化能力和腐蚀能力强的铬酸洗液。

具体的洗涤方法是：先用水洗净尘土和水溶性污物，然后尽可能倾掉残留液，再在容器中加入少量铬酸洗液，慢慢转动容器，如果是移液管和滴定管，应平持使容器内壁全部浸润（注意不要使洗液流出来），旋转几周后，放出洗液，再依次用自来水冲洗、蒸馏水淋洗干净。如果洗涤仍没有达到要求，则要用铬酸洗液浸泡 24h，再进行自来水冲洗、蒸馏水淋洗。

二、滴定分析基本操作

化学分析中常用的精确至 0.01mL 的量器具为滴定管、吸量管和容量瓶，也称之滴定分析三大量器。只有正确地使用和选择，才能避免分析过程中一些不必要误差。例如，用酸式滴定管如何防止和检验在滴定时不漏液；对见光易分解的滴定剂选择棕色管还是无色管，滴定管如何读数；移液管的取液放液有什么要求等；这都是化学分析中必须掌握的基本技能。对于这些精密度要求准确至 0.01mL 的量器具，是否出厂时其标示的体积值就是准确的，如何校准，这些都是分析人员必须解决的问题。

（一）滴定管

滴定管是滴定时准确测量标准溶液体积的量器。滴定管一般分为两种（图 2-17）：一种是酸式滴定管，用于盛放酸类溶液或氧化性溶液；另一种是碱式滴定管，用于盛放碱类溶液，不能盛放氧化性溶液如高锰酸钾、碘和硝酸银等溶液。

常量分析的滴定管容积有 50mL 和 25mL，最小刻度为 0.1mL，读数可估计到 0.01mL。微量滴定管常用的有 5mL 和 10mL。

酸式滴定管在管的下端带有玻璃旋塞，碱式滴定管在管的下端连接一橡皮管，内放一玻璃珠，以控制溶液的流出，橡皮管下端再连接一个尖嘴玻璃管。

正确选用不同型号的滴定管。一般用量在 10mL 以下，选用 10mL 或 5mL 微量滴定管；

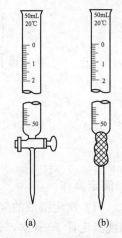

图 2-17　酸式滴定管（a）和碱式滴定管（b）

用量在 10~20mL 之间，选用 25mL 滴定管；若用量超过 25mL 则选用 50mL 滴定管。实际工作中，有人就不注意这方面的误差，有的标液用量不到 10mL 仍用 50mL 滴定管，有的标液用量超过 25mL 仍用 25mL 滴定管，分几次加入等，这些情况都是错误的做法，易引起较大误差。

1. 滴定管使用前的检查

（1）检查试漏　酸式滴定管的玻璃活塞转动是否灵活。碱式滴定管的橡皮管是否老化、变质；玻璃珠是否适当，玻璃珠过大，则不便操作，过小，则会漏水。试漏的方法是先将活塞关闭，在滴定管内充满水，将滴定管夹在滴定管夹上。放置 2min，观察管口及活塞两端是否有水渗出；将活塞转动 180°，再放置 2min，看是否有水渗出。若前后两次均无水渗出，活塞转动也灵活，即可使用。否则应将活塞取出，重新涂凡士林后再使用。

（2）滴定管的清洗　一般用自来水冲洗，零刻度线以上部位可用毛刷蘸洗涤剂刷洗，零刻度线以下部位如不干净，则采用洗液洗（碱式滴定管应除去乳胶管，用橡胶乳头将滴定管下口堵住）。少量的污垢可装入约 10mL 洗液，双手平托滴定管的两端，不断转动滴定管，使洗液润洗滴定管内壁，操作时管口对准洗液瓶口，以防洗液外流。洗完后，将洗液分别由两端放出。如果滴定管太脏，可将洗液装满整根滴定管浸泡一段时间。为防止洗液流出，在滴定管下方可放一烧杯。最后用自来水、蒸馏水洗净。洗净后的滴定管内壁应被水均匀润湿而不挂水珠。如挂水珠，应重新洗涤。

（3）酸式滴定管涂油　为了使酸式滴定管玻璃活塞转动灵活，必须在塞子与塞槽内壁涂少许凡士林。涂凡士林的方法（图 2-18）是将活塞取出，用滤纸将活塞及活塞槽内的水擦干净。用手指蘸少许凡士林在活塞的两端涂上薄薄一层，在活塞孔的两旁少涂一些，以免凡士林堵住活塞孔。将活塞直接插入活塞槽中，向同一方向转动活塞，直至活塞中油膜均匀透明。转动活塞时，应有一定的向活塞小头部分方向挤的力，以免来回移动活塞，使孔受堵。最后将橡皮圈套在活塞的小头沟槽上。酸式滴定管尖部出口被润滑油脂堵塞，快速有效的处理方法是热水中浸泡并用力下抖。

图 2-18　酸式滴定管旋塞涂凡士林操作

2. 滴定操作

（1）滴定溶液的装入　先将滴定溶液摇匀，使凝结在瓶壁上的水珠混入溶液。用该溶液润洗滴定管 2~3 次，每次 10~15mL，双手拿住滴定管两端无刻度部位，在转动滴定管的同时，使溶液流遍内壁，再将溶液由流液口放出，弃去。混匀后的滴定液应直接倒入滴定管中，不可借助于漏斗、烧杯等容器来转移。

（2）管嘴气泡的检查及排除　滴定管充满操作液后，应检查管的出口下部尖嘴部分是否充满溶液，如果留有气泡，需要将气泡排除。

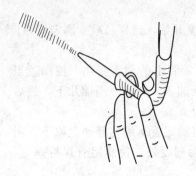 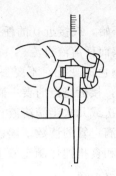 

图 2-19　碱式滴定管排气泡的方法　　图 2-20　酸式滴定管的操作　　图 2-21　碱式滴定管的操作

酸式滴定管排除气泡的方法是：右手拿滴定管上部无刻度处，并使滴定管倾斜30°，左手迅速打开活塞，使溶液冲出管口，反复数次，即可达到排除气泡的目的。

碱式滴定管排除气泡的方法是（图2-19）：将碱式滴定管垂直地夹在滴定管架上，左手拇指和食指捏住玻璃珠部位，使胶管向上弯曲并捏挤胶管，使溶液从管口喷出，即可排除气泡。

（3）滴定管的操作　使用酸式滴定管时（图2-20），左手握滴定管，无名指和小指向手心弯曲，轻轻贴着出口部分，其他三个手指控制活塞，手心内凹，以免触动活塞而造成漏液。

使用碱式滴定管时（图2-21），左手握滴定管，拇指和食指指尖捏挤玻璃珠周围一侧的胶管，使胶管与玻璃珠之间形成一个小缝隙，溶液即可流出。注意不要捏挤玻璃珠下部胶管，以免空气进入而形成气泡，影响读数。

滴定操作通常在锥形瓶内进行（图2-22）。滴定时，用右手拇指、食指和中指拿住锥形瓶，其余两指辅助在下侧，使瓶底离滴定台高2～3cm，滴定管下端伸入瓶口内约1cm，左手握滴定管，边滴加溶液，边用右手摇动锥形瓶，使滴下去的溶液尽快混匀。摇瓶时，应微动腕关节，使溶液向同一方向旋转。

 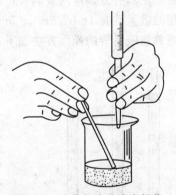

图 2-22　锥形瓶中的滴定操作　　　　　图 2-23　在烧杯中的滴定操作

有些样品宜于在烧杯中滴定（图2-23），将烧杯放在滴定台上，滴定管尖嘴伸入烧杯左后约1cm，不可靠壁，左手滴加溶液，右手拿玻璃棒搅拌溶液。玻璃棒作圆周搅动，不要碰到烧杯壁和底部。滴定接近终点时所加的半滴溶液可用玻璃棒下端轻轻沾下，再浸入溶液中搅拌。注意玻璃棒不要接触管尖。

（4）半滴的控制和吹洗　使用半滴溶液时，轻轻转动活塞或捏挤胶管，使溶液悬挂在出口管嘴上，形成半滴，用锥形瓶内壁将其沾落，再用洗瓶吹洗。

（5）滴定注意事项

① 最好每次滴定都从 0.00mL 开始，或接近 0 的任一刻度开始，这样可减少滴定误差。

② 滴定过程中左手不要离开活塞而任溶液自流。

③ 滴定时，要观察滴落点周围颜色的变化，不要去看滴定管上的刻度变化。控制适当的滴定速度，一般每分钟 10mL 左右，接近终点时要一滴一滴加入，即加一滴摇几下，最后还要加一次或几次半滴溶液直至终点。

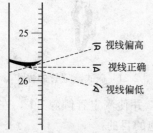

图 2-24 读数视线的位置

（6）滴定管的读数 读数时将滴定管从滴定管架上取下，用右手拇指和食指捏住滴定管上部无刻度处，使滴定管保持垂直，然后再读数。

读数原则：

① 注入溶液或放出溶液后，需等待 1～2min，使附着在内壁上的溶液流下来再读数。

② 滴定管内的液面呈弯月形，无色和浅色溶液读数时，视线应与弯月面下缘实线的最低点相切，即读取与弯月面相切的刻度（图 2-24）；深色溶液读数时，视线应与液面两侧的最高点相切，即读取视线与液面两侧的最高点呈水平处的刻度。

③ 使用"蓝带"滴定管时液面呈现三角交叉点，读取交叉点与刻度相交之点的读数。

④ 读数必须读到毫升小数后第二位，即要求估计到 0.01mL。

（二）移液管和吸量管及其使用

移液管和吸量管（图 2-25）都是用于准确移取一定体积溶液的量出式玻璃量器（量器上标有"Ex"字）。

移液管是一根细长而中间膨大的玻璃管，在管的上端有一环形标线，膨大部标有它的容积和标定时的温度。常用的移液管有 10mL、25mL 和 50mL 等规格。

吸量管是具有分刻度的玻璃管，用于移取非固定量的溶液，一般只用于量取小体积的溶液。常用的吸量管有 1mL、2mL、5mL、10mL 等规格。

移液管和吸量管的操作方法如下。

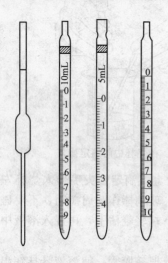

图 2-25 移液管和吸量管

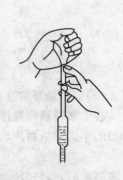

图 2-26 吸取溶液的操作

图 2-27 放出溶液的操作

第一次用洗净的移液管吸取溶液时，应先用滤纸将尖端内外的水吸净，否则会因水滴引入而改变溶液的浓度。方法是：用左手持洗耳球，将食指或拇指放在洗耳球的上方，其余手指自然地握住洗耳球，用右手的拇指和中指拿住移液管或吸量管标线以上的部分，无名指和小指辅助拿住移液管，将洗耳球对准移液管口（图2-26），将管尖伸入溶液或洗液中吸取，待吸液吸至球部的四分之一处（注意，勿使溶液流回，以免稀释溶液）时，移出、荡洗、弃去。如此反复荡洗三次，润洗过的溶液应从尖口放出、弃去。荡洗这一步骤很重要，它能保证使管的内壁及有关部位与待吸溶液处于同一浓度状态。吸量管的润洗操作与此相同。

用移液管自容器中移取溶液时，一般用右手的拇指和中指拿住颈标线上方，将移液管插入溶液中，移液管不要插入溶液太深或太浅（1~2cm处），太深会使管外黏附溶液过多，太浅会在液面下降时吸空。左手拿洗耳球，排除空气后紧按在移液管口上，慢慢松开手指使溶液吸入管内，移液管应随容器中液面的下降而下降。

当管口液面上升到刻线以上时，立即用右手食指堵住管口，将移液管提离液面，然后使管尖端靠着容器的内壁，左手拿容器，并使其倾斜30°。略微放松食指并用拇指和中指轻轻转动管身，使液面平稳下降，直到溶液的弯月面与标线相切时，按紧食指。

取出移液管，用干净滤纸擦拭管外溶液，把准备承接溶液的容器稍倾斜，将移液管移入容器中，使管垂直，管尖靠着容器内壁，松开食指，使溶液自由地沿器壁流下（见图2-27），待下降的液面静止后，再等待15~30s，左右旋转后，取出移液管。

管上未刻有"吹"字的，切勿把残留在管尖内的溶液吹出，因为在校正移液管时，已经考虑了末端所保留溶液的体积。

吸量管的操作方法与移液管相同。

移液管和吸量管使用后，应洗净放在移液管架上。

此外，还有一种"微量移液器"（见图2-28）在实验室中较普遍地使用着，主要应用于仪器分析、化学分析、生化分析中的取样和加液。它利用空气排代原理进行工作，可调式微量移液器的移液体积可以在一定范围内自由调节，由定位部件、容量调节指示、活塞套和吸液嘴等组成，其容量单位为微升级允许误差在1%~4%，重复性在0.5%~2%。固定式微量移液器的移液体积不可调，但准确度高于可调式。

移液器的使用方法为：根据所需用量调节好移取体积，将干净的吸嘴紧套在移液器的下端（需轻轻转动一下以保证可靠密封），将移液器握在手掌中，用大拇指压放按钮，吸取和排放被取液2~3次进行润洗。然后垂直握住移液器，将按钮压至第一停点，并将吸嘴插入液面下，缓慢地放松按钮，等待1~2s后再离开液面。

擦去吸嘴外的溶液（不得碰到吸嘴口以免带走溶液），将吸嘴口靠在需移入的容器内壁上，缓缓地将按钮再次压至第一停点，等待2~3s后再将按钮完全压下（不要使按钮弹回），将吸嘴从容器内壁移出后再松开拇指，使按钮复位。该移液器的吸嘴为一次性器件，换一个试样即应换一个吸嘴。

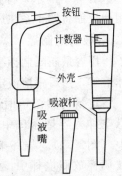

图2-28　微量移液器

（三）容量瓶

容量瓶（图2-29）是常用的测量容纳液体体积的一种量入式量器（量器上标有"In"

字），主要用途是配制准确浓度的溶液或定量地稀释溶液。

容量瓶是细颈梨形平底玻璃瓶，由无色或棕色玻璃制成，带有磨口玻璃塞或塑料塞，颈上有一标线。常用容量瓶有 50mL、100mL、250mL、500mL 等规格。

容量瓶的容量定义为：在 20℃时，充满至刻度线所容纳水的体积，以毫升计。

容量瓶主要用来配制或稀释一定量溶液到一定的体积的容量器具。但实际中往往有人用它来长期贮存溶液，尤其是碱性溶液，它会侵蚀瓶壁使瓶塞粘住，无法打开配制好的溶液，因此碱性溶液不能贮存在容量瓶中，而应及时倒入试剂瓶中保存，试剂瓶应先用配好的溶液荡洗 2～3 次。

熟悉各种量器的容量允差和标准容量等级，不同类型的容量允差不同，选择量器不当会造成量器本身引起的误差。

图 2-29　容量瓶

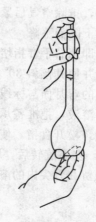

图 2-30　检查漏水和混匀溶液操作

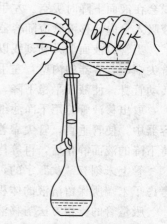

图 2-31　转移溶液操作

1. 容量瓶的检查

容量瓶使用前要检查瓶口是否漏水（图 2-30）。加自来水至标线附近，盖好瓶塞后，用左手食指按住塞子，其余手指拿住瓶颈标线以上部分，右手用指尖托住瓶底，将瓶倒立 2min，如不漏水，将瓶直立，转动瓶塞 180°后，再倒立 2min 检查，如不漏水，即可使用。用橡皮筋将塞子系在瓶颈上，防止玻璃磨口塞沾污或搞错。

2. 溶液的配制

用容量瓶配制标准溶液时，将准确称取的固体物质置于小烧杯中，加水或其他溶剂将固体溶解，然后将溶液定量转入容量瓶中。

定量转移溶液时，右手拿玻璃棒，左手拿烧杯，使烧杯嘴紧靠玻璃棒，而玻璃棒则悬空伸入容量瓶口中，棒的下端靠在瓶颈内壁上，使溶液沿玻璃棒和内壁流入容量瓶中（图2-31）。烧杯中溶液流完后，将烧杯沿玻璃棒轻轻上提，同时将烧杯直立，再将玻璃棒放回烧杯中。用洗瓶以少量蒸馏水吹洗玻璃棒和烧杯内壁 3～4 次，将洗出液定量转入容量瓶中。然后加水至容量瓶的 2/3 容积时，拿起容量瓶，按同一方向摇动，使溶液初步混匀，此时切勿倒转容量瓶。最后继续加水至距离标线 1cm 处，等待 1～2min 使附在瓶颈内壁的溶液流下后，用滴管滴加蒸馏水至弯月面下缘与标线恰好相切。盖上干的瓶塞，用左手食指按住塞子，其余手指拿住瓶颈标线以上部分，右手用指尖托住瓶底，将瓶倒转并摇动，再倒转过来，使气泡上升到顶，如此反复多次，使溶液充分混合均匀。

3. 稀释溶液

用容量瓶稀释溶液时，用移液管移取一定体积的溶液于容量瓶中，加水至标度刻线。

4. 容量瓶使用注意事项

① 热溶液应冷却至室温后，才能稀释至标线，否则可造成体积误差。

② 需避光的溶液应以棕色容量瓶配制。容量瓶不宜长期存放溶液，应转移到磨口试剂瓶中保存。

③ 容量瓶及移液管等有刻度的精确玻璃量器，均不宜放在烘箱中烘烤。如需使用干燥的容量瓶时，可将容量瓶洗净后，用乙醇等有机溶剂荡洗后晾干或用电吹风的冷风吹干。

④ 容量瓶如长期不用，磨口处应洗净擦干，并用纸片将磨口隔开。

(四) 练习一　滴定分析仪器基本操作

1. 仪器试剂

(1) 仪器　滴定管（50mL，酸式、碱式各 1 支）、容量瓶（250mL 1 支）、移液管（25mL 1 支）、锥形瓶（250mL 3 个）

(2) 试剂　$CuSO_4 \cdot H_2O$（固体）。

2. 练习步骤

(1) 移液管的使用练习

① 检查移液管的质量及有关标志。移液管的上管口应平整，流液口没有破损，主要的标示应有 Ⓜ️Ⓒ 标志、商标、标准温度、标称容量数字及单位、移液管的级别、有无规定等待时间。

② 移液管的洗涤。依次用自来水、洗涤剂或铬酸洗液，洗涤至不挂水珠并用蒸馏水淋洗 3 次以上。

③ 移液操作。用 25mL 移液管移取蒸馏水，练习移液操作。

a. 用待吸液润洗 3 次。

b. 吸取溶液。用洗耳球将待吸液吸至刻度线稍上方，堵住管口，用滤纸擦干外壁。

c. 调定液面。将弯月面最低点调至与刻线上缘相切。注意观察视线应水平，移液管要保持垂直，用一小烧杯在流液口下接取并注意处理管尖外的液滴。

d. 放出溶液。将移液管移至另一接受器中，保持移液管垂直，接受器倾斜，移液管的流液口紧触接受器的内壁。放松手指，让液体自然流出，流完后停留 15s，保持触点，将管尖在靠点处靠壁左右旋转。

e. 洗净移液管，放置在移液管架上。

以上操作反复练习，直至熟练为止。

(2) 容量瓶的操作

① 检查容量瓶的质量和有关标志。容量瓶应无破损，磨口瓶塞配套不漏液。

② 洗净容量瓶至不挂水珠。

③ 容量瓶的操作练习

a. 溶解。在小烧杯中用约 50mL 水溶解所称量的 $CuSO_4 \cdot H_2O$ 样品。

b. 移液。将 $CuSO_4$ 溶液沿玻璃棒注入容量瓶中（注意杯嘴和玻璃棒的靠点及玻璃棒和容量瓶颈的靠点），洗涤烧杯（在全部溶液转移至容量瓶后，最少用蒸馏水洗涤烧杯 3 次）并将洗涤液也注入容量瓶中。

c. 摇匀。加水至总体积的 3/4 左右时，摇动容量瓶（不要盖瓶塞，不能颠倒，水平转动摇匀）数圈。

d. 定容。注水至刻度线稍下方，放置 1～2min，调定弯月面最低点和刻度线上缘相切（注意容量瓶垂直，视线水平）。

e. 混匀。塞紧瓶塞，颠倒摇动容量瓶 14 次以上（注意要数次提起瓶塞），混匀溶液。

f. 复原。用毕后洗净，在瓶口和瓶塞间夹一纸片，放在指定位置。

（3）滴定管的使用练习

首先都要检查滴定管的质量和有关标志。

酸式滴定管的使用练习：涂油→试漏→洗净至滴定管不挂水珠→装溶液（润洗 3 次）→赶气泡→调零→滴定→读数。

碱式滴定管的使用练习：试漏→洗净至滴定管不挂水珠→装溶液（润洗 3 次）→赶气泡→调零→滴定→读数。

用毕后洗净，倒夹在滴定台上，或充满水夹在滴定台上。管口用小烧杯罩住。

3. 注意事项

① 用待吸溶液润洗移液管时，插入溶液之前要将移液管内外的水尽量沥干，或用滤纸吸干。

② 吸液后，将移液管外壁擦干再调节液面至刻度线。

③ 放溶液时注意移液管在接受容器中的位置，溶液流完后应停留 15s，最后再左右旋转。

④ 定量转移时注意玻璃棒下端和烧杯的位置。

（五）练习二　滴定终点练习

1. 方法原理

滴定终点的判断正确与否是直接影响滴定分析结果的准确性。因此，必须学会正确判断滴定终点。在酸碱滴定分析中，通常是利用酸碱指示剂的颜色突变来判断滴定终点。酸碱指示剂都具有一定的变色范围，HCl 溶液和 NaOH 溶液相互滴定时 pH 的突跃范围为 4.3～9.7，选用在此范围内变色的指示剂，如甲基橙（变色范围 3.1～4.4）或酚酞（变色范围 8.0～9.6）等均可作为指示剂来指示滴定终点。

一定浓度的 HCl 溶液和 NaOH 溶液相互滴定时，所消耗的体积比应是一定的，借此可以检验滴定操作技术和判断终点的能力。

2. 仪器和试剂

（1）仪器　滴定管（25mL，酸式、碱式各 1 支）、移液管（25mL 1 个）、锥形瓶（250mL 3 个）。

（2）试剂　$0.1mol \cdot L^{-1}$ HCl 溶液、$0.1mol \cdot L^{-1}$ NaOH 溶液、0.1％甲基橙指示剂、酚酞指示剂。

3. 练习步骤

① 用移液管移取 25.00mL $0.1mol \cdot L^{-1}$ NaOH 溶液于 250mL 锥形瓶中，加甲基橙指示剂一滴，用 0.1mol/L HCl 溶液滴定至黄色变为橙色，记录 HCl 溶液的用量 V(HCl)，平行测定 3 次。

② 用移液管移取 25.00mL $0.1mol \cdot L^{-1}$ HCl 溶液于 250mL 锥形瓶中，加酚酞指示剂

两滴，用 $0.1mol \cdot L^{-1}$ NaOH 溶液滴定至无色变为浅红色，30s 不褪色，记录 NaOH 溶液的用量 $V(NaOH)$，平行测定 3 次。

4. 数据记录及处理

（1）HCl 溶液滴定 NaOH 溶液　数据记录及处理见表 2-7。

表 2-7　HCl 溶液滴定 NaOH 溶液数据记录及处理　　　　　指示剂：甲基橙

项目	1	2	3
$V(NaOH)/mL$	25.00	25.00	25.00
$V(HCl)/mL$			
$V(HCl)/V(NaOH)$			
$V(HCl)/V(NaOH)$平均值			
相对平均偏差/%			

（2）NaOH 溶液滴定 HCl 溶液　数据记录及处理见表 2-8。

表 2-8　NaOH 溶液滴定 HCl 溶液数据记录及处理　　　　　指示剂：酚酞

项目	1	2	3
$V(HCl)/mL$	25.00	25.00	25.00
$V(NaOH)/mL$			
$V(HCl)/V(NaOH)$			
$V(HCl)/V(NaOH)$平均值			
相对平均偏差/%			

5. 注意事项

① 滴定时，注意控制滴定速度，开始滴定时，滴定速度可稍快，"见滴成线"，约每秒 3～4 滴，但不能成流水状放出；接近终点时，应改为一滴一滴加入，即加一滴摇几下，再滴再摇；最后是半滴加入，摇动锥形瓶，直至溶液颜色发生明显变化。

② 指示剂不得多加，否则终点难以观察。

③ 滴定过程中要注意观察溶液颜色变化，特别是甲基橙由黄到橙或由橙到黄时，对于初学者有一定难度，应仔细观察、反复练习。

6. 实验思考

① 在滴定分析实验中，滴定管、移液管为何需要用滴定剂和要移取的溶液润洗几次？滴定中使用的锥形瓶是否也要用滴定剂润洗？为什么？

② 用酚酞作指示剂，NaOH 溶液滴定 HCl 溶液时，终点为浅红色 30s 不褪色，时间长了，红色会褪去，为什么？要不要继续用 NaOH 溶液滴定？

三、滴定基本操作考核

滴定基本操作观测点可参照表 2-9 进行考核与评分。

表 2-9 滴定基本操作观测点

观 测 点		比例	操作要求	观测记录	扣分	得分
容量瓶操作25分	容量瓶洗涤	1%	洗涤干净			
	容量瓶试漏	2%	试漏方法正确			
	定量转移	15%	1. 溶样完全后转移(无固体颗粒)			
			2. 玻璃棒拿出前靠去所挂液			
			3. 玻璃棒插入瓶口深度为玻棒下端在磨口下端附近			
			4. 玻璃棒不碰瓶口			
			5. 烧杯离瓶口的位置(2cm 左右)			
			6. 烧杯上移动作			
			7. 玻璃棒不在杯内滚动(玻璃棒不放在烧杯尖嘴处)			
			8. 吹洗玻璃棒、容量瓶口			
			9. 洗涤次数至少 3 次			
			10. 溶液不洒落			
			每错一项扣 2 分,扣完为止			
	定容	7%	1. $\frac{2}{3}$ 水平摇动			
			2. 近刻线停留 2min 左右			
			3. 准确稀释至刻线			
			4. 摇匀动作正确			
			5. 摇动 7~8 次打开塞子并旋转 180°			
			6. 溶液全部落下后进行下一次摇匀			
			7. 摇匀次数≥14 次			
			每错一项扣 1 分,扣完为止			
移液管操作25分	移液管洗涤	1%	洗涤方法正确,洗涤干净			
	移液管润洗	5%	1. 溶液润洗前将水尽量沥(擦)干			
			2. 小烧杯与移液管润洗次数≥3 次			
			3. 溶液不明显回流			
			4. 润洗液量 1/4~1/3 球			
			5. 润洗动作正确			
			6. 润洗液从尖嘴放出			
			每错一项扣 1 分,扣完为止			
	吸溶液	7%	1. 插入液面下 1~2cm			
			2. 不能吸空			
			3. 溶液不得回放至原溶液			
			每错一项扣 2 分,扣完为止			
	调刻线	10%	1. 调刻线前擦干外壁			
			2. 调刻线时移液管竖直、下端尖嘴靠壁			
			3. 调刻线准确			
			4. 因调刻线失败重吸≤1 次			
			5. 调好刻线时移液管下端没有气泡且无挂液			
			每错一项扣 2 分,扣完为止			
	放溶液	2%	1. 移液管竖直、靠壁、停顿约 15s,旋转			
			2. 用少量水冲下接受容器壁上的溶液			
			每错一项扣 1 分,扣完为止			

观 测 点		比例	操作要求	观测记录	扣分	得分
滴定管操作48分	滴定管的洗涤	1%	洗涤方法正确,洗涤干净			
	滴定管的试漏	2%	试漏方法正确			
	滴定管的润洗	3%	1. 润洗前尽量沥干			
			2. 润洗量 10～15mL			
			3. 润洗动作正确			
			4. 润洗≥3 次			
			每错一项扣 1 分,扣完为止			
	装溶液	5%	1. 装溶液前摇匀溶液			
			2. 装溶液时标签对手心			
			3. 溶液不能溢出			
			4. 赶尽气泡			
			每错一项扣 1 分,扣完为止			
	调零点	2%	调零点正确			
	滴定操作	20%	1. 滴定前用干净小烧杯靠去滴定管下端所挂液			
			2. 终点后尖嘴处内没有气泡或挂液			
			3. 滴定操作与锥形瓶摇动动作协调			
			4. 没有漏液(活塞漏或滴到锥形瓶外)			
			5. 终点附近靠液次数≤4 次			
			6. 滴定速度不成直线(虚线)			
			每错一项扣 5 分,扣完为止			
	终点观察	10%	1. 过终点或欠滴			
			2. 终点后滴定管尖处没有悬滴或气泡			
			每错一个扣 5 分,扣完为止			
	读数与记录	5%	1. 停 30s 读数			
			2. 读数时取下滴定管			
			3. 读数姿态正确			
			4. 数据记录及时、真实、准确			
			5. 有效数字			
			每错一个扣 1 分,扣完为止			
结束工作2分		2%	1. 滴定残液处理			
			2. 仪器清洗及摆放			
			每错一个扣 1 分,扣完为止			

四、滴定分析仪器的校准

量器具的准确度对于一般分析已经满足要求,但在要求较高的分析工作中则必须进行校准。一些标准分析法规定对所用量器具必须进行校准，因此有必要掌握量器具的校准方法。

在实际工作中容量仪器的校准通常采用绝对校准和相对校准两种方法。

（一）绝对校准法（称量法）

绝对校准法是指称取滴定分析仪器某一刻度内放出或容纳纯水的质量，根据该温度下纯水的密度，将水的质量换算成体积的方法。其换算公式为：

$$V_t = m_t / \rho_水$$

式中　V_t——$t℃$时水的体积，mL；

　　　m_t——$t℃$时在空气中称得水的质量，g；

　　　$\rho_水$——$t℃$时在空气中水的密度，$g \cdot mL^{-1}$。

测量体积基本单位是"升"（L），1L是指在真空中质量为1kg的纯水，在3.98℃时所占的体积。滴定分析中常以"毫升"作为基本单位，即在3.98℃时，1mL纯水在真空中的质量为1.000g。如果校准工作也是在3.98℃和真空中进行，则称出纯水的质量（g）就等于纯水体积（mL）。但实际工作中不可能在真空中称量，也不可能在3.98℃时进行分析测定，而是在空气中称量，在室温下进行分析测定。国产的滴定分析仪器，其体积都是以20℃为标准温度进行标定的。例如，一个标有20℃、体积为1L的容量瓶，表示在20℃时，它的体积1L，即真空中1kg纯水在3.98℃时所占的体积。

将称出的纯水质量换算成体积时，必须考虑下列三方面的因素。

① 水的密度随温度的变化而改变。水在3.98℃的真空中相对密度为1，高于或低于此温度，其相对密度均小于1。

② 温度对玻璃仪器热胀冷缩的影响。温度改变时，因玻璃的膨胀和收缩，量器的容积也随之而改变。因此，在不同的温度校准时，必须以标准温度为基础加以校准。

③ 在空气中称量时，空气的浮力对纯水质量的影响。校准时，在空气中称量，由于空气浮力的影响，水在空气中称得的质量必小于在真空中称得的质量，这个减轻的质量应加以校准。

在一定温度下，上述3个因素的校准值是一定的，所以可将其合并为一个总的校准值。此值表示玻璃仪器中容积（20℃）为1mL的纯水在不同温度下，于空气中用黄铜砝码称得的质量，列于表2-10中。

表 2-10　不同温度下 1mL 纯水在空气中的质量（用黄铜砝码称量）

温度/℃	质量/g	温度/℃	质量/g	温度/℃	质量/g	温度/℃	质量/g
1	0.99824	11	0.99832	21	0.99700	31	0.99464
2	0.99832	12	0.99823	22	0.99680	32	0.99434
3	0.99839	13	0.99814	23	0.99660	33	0.99406
4	0.99844	14	0.99804	24	0.99638	34	0.99375
5	0.99848	15	0.99793	25	0.99617	35	0.99345
6	0.99851	16	0.99780	26	0.99593	36	0.99312
7	0.99850	17	0.99765	27	0.99569	37	0.99280
8	0.99848	18	0.99751	28	0.99544	38	0.99246
9	0.99844	19	0.99734	29	0.99518	39	0.99212
10	0.99839	20	0.99718	30	0.99491	40	0.99177

利用此值可将不同温度下水的质量换算成20℃时的体积，其换算公式为：

$$V_{20} = m_t / \rho_t$$

式中　m_t——$t℃$时在空气中用砝码称得玻璃仪器中放出或装入的纯水的质量，g；

ρ_t——1mL 的纯水在 t℃用黄铜砝码称得的质量，g；

V_{20}——将 m_t g 纯水换算成20℃时的体积，mL。

1. 滴定管的校准

准备好已洗净（内壁不挂水珠）的待校准的滴定管，并向滴定管中注入与室温达平衡的蒸馏水至零刻度以上，等待30s后调节液面至0.00刻度。

取一个洗净、外部干燥的具塞锥形瓶，在分析天平上称准至0.001g。然后按滴定时常用的速度（每分钟约7~8mL），从滴定管中以正确操作放出一定体积的蒸馏水于已称量过的具塞锥形瓶中，注意勿将水沾在瓶口上，盖上瓶塞，在分析天平上称量盛水的锥形瓶的质量，两次质量之差即为滴定管中放出水的质量。测量水温后从表2-10中查出该温度下的密度，即计算该体积下滴定管的实际容积。重复检定一次，两次检定所得同一刻度的体积相差不应大于0.01mL（注意：至少检定两次），算出各个体积处的校准值（二次平均），以滴定管读数为横坐标，以校准值为纵坐标，用直线连接各点，绘出校准曲线。

一般50mL滴定管每隔10mL测一个校准值，25mL滴定管每隔5mL测一个校准值，3mL微量滴定管每隔0.5mL测一个校准值。

在实际校准时有两种方法，一种是连续校准，即取一支滴定管装满水后，从零点开始放出定量水，进行称量校准，然后接着连续放出定量水，直至放完，分别算出各段校正值后，并计算出各段总校正值（累计校正值），记录表见表2-11；另一种是分段校准，即在分段后，每段校完，再装满水后从零点开始放出不同量水，直至全部校完，记录表见表2-12。比较两方法，前者操作简单，但易带入误差；后者操作繁琐，但符合实际滴定操作，不易带入误差，所以在实际中，一般采用后者。

表 2-11　50mL 滴定管连续校准的数据记录及处理

	实验温度＝　　℃,水的密度＝　　g·mL⁻¹								
滴定管读数/mL	放出体积读数/mL	称量记录/g		水的质量/g			实际容积/mL	校准值/mL	总校准值①/mL
		瓶＋水	瓶＋水	1	2	平均值			
0.00	0.00								
10.00	10.00								
20.00	10.00								
30.00	10.00								
40.00	10.00								
50.00	10.00								

① 总校准值为各段校正值之和。

表 2-12　50mL 滴定管分段校准的数据记录及处理

	实验温度＝　　℃,水的密度＝　　g·mL⁻¹								
滴定管读数 V/mL	放出体积读数/mL	称量记录/g				水的质量/g			实际容积 V_{20}/mL	校准值/mL $\Delta V = V_{20} - V$
		瓶	瓶＋水	瓶	瓶＋水	1	2	平均值		
0.00~10.00	10.00									
0.00~20.00	20.00									
0.00~30.00	30.00									
0.00~40.00	40.00									
0.00~50.00	50.00									

【例 2-1】 校准滴定管时，在 21℃ 由滴定管中放出 0.00～10.03mL 水，称得其质量为 9.981g，计算该段滴定管在 20℃ 时的实际体积及校准值各是多少？

解 查表 2-10，21℃ 时，$\rho_{21}=0.99700\text{g} \cdot \text{mL}^{-1}$

$$V_{20}=9.981/0.99700=10.01(\text{mL})$$

因此，该段滴定管在 20℃ 时的实际体积为 10.01mL。

体积校准值 $\Delta V=10.01-10.03=-0.02(\text{mL})$。

2. 移液管的校准

将移液管洗净不挂水珠，吸取已测温的纯水至零刻度，将移液管中的水放至已称重的锥形瓶中，再称量，根据水的质量计算在实验温度下移液管的实际容量。重复校正一次，两次校准值之差不得超过 0.02mL，否则重新校准。

【例 2-2】 如某只 25mL 移液管在 25℃ 时放出的纯水的质量为 24.921g，密度为 0.99617g·mL^{-1}，则该移液管在 20℃ 时的实际容积为：

$$V_{20}=\frac{24.921\text{g}}{0.99617\text{g} \cdot \text{mL}^{-1}}=25.02\text{mL}$$

该移液管的校正值为：25.02mL−25.00mL＝+0.02mL

特别提示：

① 校正时务必要正确、仔细，尽量减小校正误差；

② 校正次数≥2 次，取其平均值作为校正值。

3. 容量瓶的校准

将洗涤合格，并倒置沥干的容量瓶放在天平上称量。取已测水温的纯水充入已称重的容量瓶中至刻度，注意容量瓶颈臂即磨口处不得沾水，称量，根据该温度下的密度，计算真实体积。

【例 2-3】 15℃ 时，称得 250mL 容量瓶中至刻度线时容纳纯水的质量为 249.520g，计算该容量瓶在 20℃ 时的校准值是多少？

解 查表 2-10，15℃ 时，$\rho_{21}=0.99793\text{g} \cdot \text{mL}^{-1}$

$$V_{20}=249.520/0.99793=250.04 \ (\text{mL})$$

体积校准值为：$\Delta V=250.04-250.00=+0.04 \ (\text{mL})$

（二）相对校准法

相对校准法是相对比较两容器所盛液体体积的比例关系。许多定量分析实验要用容量瓶配制相关试剂的溶液，而后用移液管移取一定比例的试液供测试用。为保证移出的样品比例准确，就必须进行容量瓶-移液管的相对校正。因此，重要的不是要知道所用容量瓶和移液管的绝对体积，而是容量瓶与移液管的容积比是否正确，如用 25mL 移液管从 250mL 容量瓶中移出溶液体积是否是容量瓶体积的 1/10，一般只需要作容量瓶和移液管的相对校准。

用已校准的移液管进行相对校准。用 25mL 移液管移取蒸馏水至已洗净、干燥的 250mL 容量瓶（操作时切勿让水碰到容量瓶的磨口）中，移取 10 次后，仔细观察溶液弯月面下缘是否与标线相切，若正好相切，说明移液管与容量瓶体积比为 1∶10，若不相切，说明有误差，记下弯月面的位置，待容量瓶沥干后再校准一次；连续两次相符后，如果不一致，就需在容量瓶颈上作一新的标记。可用一平直的窄纸条贴在与弯月面相切处。并在纸条上刷蜡或贴一块透明胶布以此保护此标记。经相互校准后的容量瓶与移液管均做上相同标记，经过相对校准后的移液管和容量瓶应配套使用，因为此时移液管取一次溶液的体积是容量瓶容量的 1/10。

在分析工作中，滴定管一般采用绝对校准法，对于配套使用的移液管和容量瓶，可采用相对校准法，用作取样的移液管，则必须采用绝对校准法。绝对校准法准确，但操作比较麻烦。相对校准法简单，但必须配套使用。

（三）溶液体积的校准

滴定分析仪器都是以 20℃ 为标准温度来标定和校准的，但是在使用时往往不是 20℃，温度变化会引起仪器溶剂和溶液体积的变化，如果在某一温度下配制溶液，并在同一温度下使用，就不必校准，因为这是所引起的误差在计算时可以抵消。如果在不同的温度下使用，则需要校准。当温度变化不大时，玻璃容器容积变化的数值很小，可以忽略不计，但溶液体积的变化则不能忽略。溶液体积的变化是由于溶液密度的变化所致，稀溶液密度的变化和水相近。表 2-13 列出了不同温度下 1000mL 水或稀溶液换算到 20℃，其体积应增减的毫升数。

表 2-13 1000mL 不同浓度标准溶液的温度补正值　　　　　　　　　单位：mL

温度 /℃	水和 0.05mol·L^{-1} 以下的各种水溶液	0.1mol·L^{-1} 和 0.2mol·L^{-1} 各种水溶液	盐酸溶液 [$c(HCl)=$ 0.5mol·L^{-1}]	盐酸溶液 [$c(HCl)=$ 1mol·L^{-1}]	硫酸溶液 [$c\left(\frac{1}{2}H_2SO_4\right)=$ 0.5mol·L^{-1}] 氢氧化钠溶液 [$c(NaOH)=$ 0.5mol·L^{-1}]	硫酸溶液 [$c\left(\frac{1}{2}H_2SO_4\right)=$ 1mol·L^{-1}] 氢氧化钠溶液 [$c(NaOH)=$ 1mol·L^{-1}]
5	+1.38	+1.7	+1.9	+2.3	+2.4	+3.6
6	+1.38	+1.7	+1.9	+2.2	+2.3	+3.4
7	+1.36	+1.6	+1.8	+2.2	+2.2	+3.2
8	+1.33	+1.6	+1.8	+2.1	+2.2	+3.0
9	+1.29	+1.5	+1.7	+2.0	+2.1	+2.7
10	+1.23	+1.5	+1.6	+1.9	+2.0	+2.5
11	+1.17	+1.4	+1.5	+1.8	+1.8	+2.3
12	+1.10	+1.3	+1.4	+1.6	+1.7	+2.0
13	+0.99	+1.1	+1.2	+1.4	+1.5	+1.8
14	+0.88	+1.0	+1.1	+1.2	+1.3	+1.6
15	+0.77	+0.9	+0.9	+1.0	+1.1	+1.3
16	+0.64	+0.7	+0.8	+0.8	+0.9	+1.1
17	+0.50	+0.6	+0.6	+0.6	+0.7	+0.8
18	+0.34	+0.4	+0.4	+0.4	+0.5	+0.6
19	+0.18	+0.2	+0.2	+0.2	+0.2	+0.3
20	0.00	0.00	0.00	0.0	0.00	0.00
21	−0.18	−0.2	−0.2	−0.2	−0.2	−0.3
22	−0.38	−0.4	−0.4	−0.5	−0.5	−0.6
23	−0.58	−0.6	−0.7	−0.7	−0.8	−0.9
24	−0.80	−0.9	−0.9	−1.0	−1.0	−1.2
25	−1.03	−1.1	−1.1	−1.2	−1.3	−1.5
26	−1.26	−1.4	−1.4	−1.4	−1.5	−1.8
27	−1.51	−1.7	−1.7	−1.7	−1.8	−2.1
28	−1.76	−2.0	−2.0	−2.0	−2.1	−2.4
29	−2.01	−2.3	−2.3	−2.3	−2.4	−2.8
30	−2.30	−2.5	−2.6	−2.6	−2.8	−3.2
31	−2.58	−2.7	−2.9	−2.9	−3.1	−3.5
32	−2.86	−3.0	−3.2	−3.2	−3.4	−3.9
33	−3.04	−3.2	−3.5	−3.5	−3.7	−4.2
34	−3.47	−3.7	−3.8	−3.8	−4.1	−4.6
35	−3.78	−4.0	−4.1	−4.1	−4.4	−5.0
36	−4.10	−4.3	−4.4	−4.4	−4.7	−5.3

注：1. 本表数值是以 20℃ 为标准温度，用实测法测出的。

2. 表中带有 "+"、"−" 号的数值是以 20℃ 为分界。室温低于 20℃ 的补正值均为 "+"，高于 20℃ 的补正值均为 "−"。

3. 本表的用法，如下：

如 1L 硫酸溶液 [$c\left(\frac{1}{2}H_2SO_4\right)=1$mol·L^{-1}]，由 25℃ 换算为 20℃ 时，1L 的补正值为 −1.5mL，故 40.00mL 换算为 20℃ 时的体积为：$40.00-\dfrac{1.5}{1000}\times40.00=39.94$（mL）。

在实际工作中，滴定溶液的实际体积校准一般考虑两方面的校准，一是容量分析仪器的校准值，二是溶液温度变化引起的体积校准值。通常溶液校准后的体积（20℃）＝溶液体积读数＋容量分析仪器的校准值＋溶液浓度的温度补正值。

【例 2-4】 在 10℃进行滴定操作，用了 25.00mL 物质的量浓度为 0.1mol·L^{-1} 的标准盐酸滴定溶液，其中所用滴定管在本段校正值为＋0.02，计算 20℃时溶液的实际体积是多少。

解 查表 2-13 得，10℃时，1L 0.1mol·L^{-1} 的标准盐酸温度补偿值＋1.5mL

V_{20}＝溶液体积读数＋容量分析仪器的校准值＋溶液浓度的温度补正值

$$=25.00+(+0.02)+\left(+\frac{1.5}{1000}\times 25.00\right)=25.06(\text{mL})$$

【知识链接】

由于制造工艺的限制、试剂的侵蚀等原因，容量仪器的实际容积与它所标示的容积（标称容积）存在或多或少的差值，此值必须符合一定标准（容量允差）。若这种误差小于滴定分析所允许的误差，则不必进行校准，但在要求较高的分析工作中则必须进行校准，一些标准分析方法规定对所用量器必须校准，因此有必要掌握量器的校准方法。国家规定的容量仪器的容量允差见表 2-14（摘自国家标准 GB 12805—91）。

表 2-14 容量仪器的容量允差

滴定管			移液管			容量瓶		
容积/mL	容量允差(±)/mL		容积/mL	容量允差(±)/mL		容积/mL	容量允差(±)/mL	
	A	B		A	B		A	B
			2	0.010	0.020	25	0.03	0.06
5	0.010	0.020	5	0.015	0.030	50	0.05	0.10
10	0.025	0.050	10	0.020	0.040	100	0.10	0.20
25	0.05	0.10	25	0.030	0.060	250	0.15	0.30
50	0.05	0.10	50	0.050	0.100	500	0.25	0.50
100	0.10	0.20	100	0.080	0.160	1000	0.40	0.80

（四）练习 滴定分析仪器的校准

1. 方法原理

进行高精度的定量分析时，应使用经过校准的仪器，尤其是对所用仪器的质量有怀疑或需要使用 A 级产品而只能买到 B 级产品时，或不知道现有仪器的精密度时，都有必要对仪器进行容量校准。在实际工作中，用于产品质量检验的量器都必须经过校准。因此，容量的校准是一项不可忽视的工作。

校准方法是：称量被校准的量器中量入或量出纯水的质量，再根据当时水温下的表观密度计算出该量器在 20℃时的实际容量。这里应该考虑空气浮力作用和空气成分在水中的溶解、纯水在真空中和在空气中的密度值稍有差别等因素。

2. 仪器及试剂

校准是技术性强的工作，操作要正确规范。实验室要具备以下条件。

① 分析天平：具有足够承载范围和称量空间的分析天平，其分度值应小于被校量器容量误差的 1/10。

② 新制备的蒸馏水或去离子水。

58

③ 温度计：分度值为 0.1℃

④ 具塞锥形瓶，洗净晾干。

⑤ 乙醇（无水或 95％），供干燥容量瓶用。

3. 练习步骤

(1) 准备　室温最好控制在（20±5）℃，而且温度变化不超过 1℃·h⁻¹。

量入式量器校准前要进行干燥，可用热气流（最好用气流烘干机）烘干或用乙醇荡洗后晾干。干燥后再放到天平室平衡。

校准前，量器和纯水应在该室温下达到平衡。

(2) 移液管（单标线吸量管）的校准　取一个 125mL 的具塞锥形瓶，在分析天平上称量至毫克位。用已洗净的 25mL 移液管吸取纯水（盛在 100 烧杯中）至标线以上几毫米，用滤纸片擦干管下端的外壁，将流液口接触烧杯内壁，移液管垂直，烧杯倾斜 30°。调节液面使其最低点与标线上边缘相切，然后将移液管插入锥形瓶内，使流液口接触磨口以下的内壁让水沿壁留下，待液面静止后再等待 15s。在放水及等待过程中，移液管要始终保持垂直，流液口一直接触瓶壁，但不可接触瓶内的水，锥形瓶要保持倾斜。放完水要立即盖上瓶塞，称量到毫克位。两次称得质量之差即释出纯水的质量 m_t。重复操作一次，两次释出纯水质量之差应小于 0.01g。

将温度计插入水中 5～10min，测量水温读数时，不可将温度计的下端提出水面。从表 2-10 中查出该温度下的 ρ_t，并利用下式计算移液管的实际容量：

$$V_{20} = m_t / \rho_t$$

(3) 移液管、容量瓶的相对校正

将 250mL 容量瓶洗净、晾干（可用几毫升乙醇润洗内壁后倒挂在漏斗板上数小时），用洗净的 25mL 移液管准确吸取蒸馏水 10 次至容量瓶中，观察容量瓶中水的弯月面下缘是否与标线相切，若正好相切，说明移液管和容量瓶体积的比例为 1：10。若不相切（相差不超过 1mm），表示有误差，记下弯月面下缘的位置，待容量瓶晾干后再校准一次。连续两次实验相符后，可用一平直的窄纸条贴在与弯月面相切处，并在纸条上刷蜡或贴一块透明胶布以保护此标记。以后使用的容量瓶和移液管即可按所贴标记配套使用。

(4) 滴定管的校准　洗净一支 50mL 的酸式滴定管，用洁布擦干外壁，倒挂于滴定台上 5min 以上。打开旋塞，用洗耳球使水从管尖吸入，仔细观察液面上升过程中是否变形（液面边缘是否起皱），如果变形应重新洗涤。

将滴定管注水至标线以上 5mm 处，垂直挂在滴定台上，等待 30s 后调节液面至 0.00mL。取一个干净晾干的 125mL 具塞锥形瓶，在天平上称准至 0.001g。从滴定管中向锥形瓶排水，当液面降至被校分度线以上 5mm 时，等待 15s。然后在 10s 内将液面调整至被校分度线，随即用锥形瓶内壁靠下挂在滴定管上的液滴，立即塞上瓶塞进行称量。测量温度后，从表 2-10 查出该温度下的 ρ_t，利用 $V_{20} = m_t / \rho_t$ 计算被校分度线的实际体积，再计算出相应的校正值 $\Delta V =$ 实际体积－标称容量。

按照规定的容量间隔进行分段校准，每次都从滴定管的 0.00mL 标线开始，每支滴定管重复校准一次。

以滴定管被校分度线的标称容量为横坐标，相应的校正值为纵坐标，用直线连接各点绘制出校正曲线。

4. 数据记录及处理

（1）滴定管校准的数据记录及处理　见表 2-15。

表 2-15　滴定管校准的数据记录及处理

实验温度＝　　℃，水的密度＝　　g·mL^{-1}

滴定管分段读数 V/mL	称量记录/g				水的质量/g			实际容积 V$_{20}$/mL	校准值 ΔV/mL V	ΔV＝V$_{20}$－V ΔV
	瓶	瓶＋水	瓶	瓶＋水	1	2	平均值			

（2）移液管校准的数据记录及处理　见表 2-16。

表 2-16　移液管校准的数据记录及处理

实验温度＝　　℃，水的密度＝　　g·mL^{-1}

次数	移液管容积/mL	锥形瓶质量/g	瓶＋水的质量/g	水的质量/g	实际容积/mL	核准值/mL
1						
2						

5. 注意事项

① 一件仪器的校准应连续、迅速地完成，以避免温度波动和水的蒸发所引起的误差。校正不当和使用不当，都是产生误差的主要原因，其误差可能超过允差或量器本身固有的误差。凡是要使用校正值的，其校准次数不可少于两次，两次校准数据的偏差应不超过该量器容量允差的 1/4，并以其平均值为校准结果。

② 锥形瓶磨口部位不要沾到水。

③ 称量具塞锥形瓶时不得用手直接拿取。

④ 如果对校准的精确度要求很高，并且温度超出（20±5）℃、大气压力及湿度变化较大，则应根据实测的空气压力、温度求出空气密度，利用下式计算实际容量：

$$V_{20} = (I_L - I_E) \times \left(\frac{1}{\rho_W - \rho_A} \right) \times \left(1 - \frac{\rho_A}{\rho_B} \right) \times [1 - \gamma(t - 20)]$$

式中　I_L——盛水容器的天平读数，g；

　　　I_E——空容器的天平读数，g；

　　　ρ_A——空气的密度，g·mL^{-1}；

　　　ρ_W——t℃时水的密度，g·mL^{-1}；

　　　ρ_B——砝码在调整到其标称质量时的实际密度，g·mL^{-1}，在使用无砝码的电子天平时为已调整的砝码的基准密度；

　　　γ——受检量器玻璃的体积膨胀系数，K^{-1}；

　　　t——校准时使用的水的温度，℃。

产品质量中规定玻璃量器采用钠钙玻璃（体积膨胀系数为 25×10^{-6} K^{-1}）或硼硅玻璃（体积膨胀系数为 10×10^{-6} K^{-1}）制造。温度变化对玻璃体积的影响很小。例如用钠钙玻璃制造的量器，如果在 20℃时校准而在 27℃使用，由玻璃材料本身膨胀所引起的容量误差只有 0.02%（相对）。一般可以忽略。为了统一基准，国际标准和我国标准都规定以 20℃为标准温度，即量器的标称容量都是在 20℃时标定的。

但是，液体的体积受温度的影响往往是不可忽视的。水及稀溶液的热膨胀系数比玻璃大 10 倍左右，在校准和使用量器时必须注意温度对液体体积的影响，所以，在实际工作中，校准和使用量器时一般主要考虑仪器体积校准和溶液自身温度补偿两项因素的影响。

模块三
滴定分析用标准溶液浓度标定训练

学习目标

能力目标	知识目标	素质目标
1. 能进行基准物质处理与准确称量 2. 能进行标准溶液配制与标定 3. 能进行标准溶液数据记录与处理	1. 掌握四大滴定标准溶液标定原理 2. 熟悉标准溶液标定指示剂选择 3. 掌握滴定分析应用技术	1. 通过配制和标定标准溶液的训练，培养学生"标准化"的意识和强烈的分析检验质量意识 2. 养成认真负责、严谨求实的工作态度

考核观测点

观 测 点	比 例	备 注
1. 基准物质	1.20%	1. 基准物质主要是基准物质的处理与称量
2. 配制溶液	2.10%	2. 配制溶液主要是配制普通溶液
3. 终点判断	3.30%	3. 终点判断主要是指滴定终点控制及颜色的观察
4. 分析结果	4.40%	4. 分析结果包括误差与偏差是否符合要求

实训项目一　盐酸标准滴定溶液的配制与标定

（一）项目任务

1. 正确处理并准确称量 Na_2CO_3 基准物质。

2. 用无水碳酸钠标定盐酸溶液。

3. 正确记录与处理实训项目结果数据。

（二）背景知识

市售盐酸试剂密度为 $1.19g \cdot mL^{-1}$，含量约 37%，其浓度约为 $12mol \cdot L^{-1}$。浓盐酸

易挥发，不能直接配制成准确浓度的盐酸溶液。因此，常将浓盐酸稀释成所需近似浓度，然后用基准物质进行标定（考虑到浓 HCl 的挥发性，应适当多取一点）。标定 HCl 溶液常用的基准物质是无水 Na_2CO_3，反应为：

$$Na_2CO_3 + 2HCl \longrightarrow 2NaCl + H_2O + CO_2\uparrow$$

以甲基橙作指示剂，用 HCl 溶液滴定至溶液显橙色为终点；用甲基红-溴甲酚绿混合指示剂时，终点由绿色变为暗红色。

（三）项目准备

1. HCl（密度 $1.19g \cdot mL^{-1}$）。

2. 无水碳酸钠（基准物）。在 270～300℃烘至质量恒重，密封保存在干燥器中。

3. 甲基橙指示液（$1g \cdot L^{-1}$）：1g 甲基橙溶于 1000mL 水中。

4. 甲基红-溴甲酚绿混合指示液：甲基红乙醇溶液（$2g \cdot L^{-1}$）与溴甲酚绿乙醇溶液（$1g \cdot L^{-1}$）按 1∶3 体积比混合。

（四）项目实施

1. $0.1mol \cdot L^{-1}$ HCl 溶液的配制

用量杯量取 9mL 浓盐酸，倾入预先盛有 200mL 水的试剂瓶中，加水稀释至 1000mL，摇匀，待标定。

2. 标定

（1）用甲基橙指示液指示终点　以减量法称取预先烘干的无水碳酸钠 0.15～0.2g（称准至 0.0001g）置于 250mL 锥形瓶中，加 25mL 水溶解，再加甲基橙指示液 1～2 滴，用欲标定的 $0.1mol \cdot L^{-1}$ HCl 标准滴定溶液进行滴定，直至溶液由黄色转变为橙色时即为终点。读数并记录，平行测定三次，同时作空白。

（2）用甲基红-溴甲酚绿混合指示液指示终点（国标法）　准确称取 0.15～0.2g（称准至 0.0001g）的无水 Na_2CO_3，溶于 50mL 水中，加 10 滴甲基红-溴甲酚绿混合指示液，用 HCl 标准滴定溶液滴定至溶液由绿色变为暗红色，煮沸 2min，冷却后继续滴定至溶液呈暗红色，读数并记录，平行测定三次，同时作空白。

（五）数据记录及处理

将实验数据填入下表，并进行计算。

项　　目	次　数		
	1	2	3
$m(Na_2CO_3)/g$			
$V(HCl)/mL$			
$V(空白)/mL$			
$c(HCl)/mol \cdot L^{-1}$			
$c(HCl)$平均值$/mol \cdot L^{-1}$			
相对偏差			
相对平均偏差			

计算公式

$$c(\text{HCl}) = \frac{m(\text{Na}_2\text{CO}_3) \times 1000}{[V(\text{HCl}) - V_{\text{空白}}]M\left(\frac{1}{2}\text{Na}_2\text{CO}_3\right)}$$

式中 $c(\text{HCl})$——HCl 标准滴定溶液的浓度，$\text{mol} \cdot \text{L}^{-1}$；

          $V(\text{HCl})$——滴定时消耗 HCl 标准滴定溶液的体积，mL；

          $V_{\text{空白}}$——空白实验滴定时消耗 HCl 标准滴定溶液的体积，mL；

$m(\text{Na}_2\text{CO}_3)$——$\text{Na}_2\text{CO}_3$ 基准物的质量，g；

$M\left(\frac{1}{2}\text{Na}_2\text{CO}_3\right)$——$\frac{1}{2}\text{Na}_2\text{CO}_3$ 的摩尔质量，$\text{g} \cdot \text{mol}^{-1}$。

（六）注意事项

用无水碳酸钠标定盐酸时反应产生碳酸会使滴定突跃不明显，致使指示剂颜色变化不够敏锐。因此，在接近滴定终点时应剧烈摇动或最好把溶液加热至沸，并摇动以赶出 CO_2，冷却后再继续滴定。

（七）思考题

1. 为什么把碳酸钠放在称量瓶中称量？称量瓶是否要预先称准？称量时盖子是否要盖好？
2. 还可用哪些基准物质标定盐酸？
3. 分析一下，盐酸溶液浓度标定引入的个人操作误差。

实训项目二   氢氧化钠标准滴定溶液的配制与标定

（一）项目任务

1. 正确处理并准确称量邻苯二甲酸氢钾基准物质。
2. 用邻苯二甲酸氢钾基准物质标定氢氧化钠溶液。
3. 正确记录与处理实训项目结果数据。

（二）背景知识

氢氧化钠易吸收 CO_2 和水，不能用直接法配制标准滴定溶液，应先配成近似浓度的溶液，再进行标定。标定 NaOH 溶液所用基准物质为邻苯二甲酸氢钾，反应如下：

反应终点呈碱性，酚酞作指示剂，由无色变为浅粉红色30s不褪为终点。

（三）项目准备

1. NaOH 固体。
2. 邻苯二甲酸氢钾（基准物）：105～110℃烘至质量恒重。
3. 酚酞指示液（$10\text{g} \cdot \text{L}^{-1}$）：1g 酚酞溶于 100mL 乙醇中。

（四）项目实施

1. $0.1\text{mol} \cdot \text{L}^{-1}$ NaOH 溶液的配制

称取 100g 固体 NaOH，溶于 100mL 水中，摇匀，注入聚乙烯容器中，密封放置至溶液清亮。取其 5mL 上层清液，用不含 CO_2 的水稀释至 1000mL，摇匀，待标定。

2. 标定

用减量法称取邻苯二甲酸氢钾三份，每份重量为 0.5～0.6g（称准至 0.0001g），分别置于三个 250mL 锥形瓶中，各加 50mL 不含二氧化碳的蒸馏水使之溶解，加酚酞指示液 2 滴，用欲标定的 NaOH 溶液滴定，直至溶液由无色变为浅粉色 30s 不褪即为终点。记录滴定时消耗 NaOH 溶液的体积，平行测定三次，同时作空白。计算 NaOH 溶液的浓度及标定的精密度。

（五）数据记录及处理

将实验数据填入下表，并进行计算。

项　　目	次　　数		
	1	2	3
$m(KHC_8H_4O_4)$/g			
$V(NaOH)$/mL			
$V_{空白}$			
$c(NaOH)$/mol·L^{-1}			
NaOH 溶液平均浓度/mol·L^{-1}			
相对偏差			
相对平均偏差			

计算公式

$$c(NaOH) = \frac{m(KHC_8H_4O_4) \times 1000}{[V(NaOH) - V_{空白}] \times M(KHC_8H_4O_4)}$$

式中　$c(NaOH)$——NaOH 标准滴定溶液的浓度，mol·L^{-1}；

$V(NaOH)$——滴定时消耗 NaOH 标准滴定溶液的体积，mL；

$V_{空白}$——空白实验滴定时消耗 NaOH 标准滴定溶液的体积，mL；

$m(KHC_8H_4O_4)$——邻苯二甲酸氢钾基准物的质量，g；

$M(KHC_8H_4O_4)$——邻苯二甲酸氢钾（$KHC_8H_4O_4$）的摩尔质量，g·mol^{-1}。

（六）思考题

1. 称取基准物的锥形瓶，其内壁是否必须干燥？为什么？溶解基准物所用水的体积是否需要精确？为什么？

2. 用邻苯二甲酸氢钾标定 NaOH 为什么用酚酞作指示剂而不用甲基橙？

3. 根据标定结果，分析一下本次标定引入的个人操作误差。

实训项目三　EDTA 标准滴定溶液的配制与标定

（一）项目任务

1. 正确处理并准确称量 ZnO 基准物质。

2. 能够熟练进行 EDTA 标准溶液的配制和标定。

3. 正确记录与处理实训项目结果数据。

（二）背景知识

EDTA 制成溶液后，可用 ZnO 基准物标定。当用缓冲溶液控制溶液酸度为 pH＝10 时，ED-TA 可与 Zn^{2+} 反应生成稳定的配合物。铬黑 T 为指示剂，终点由酒红色变为纯蓝色。反应如下：

$$HIn^{2-} + Zn^{2+} \longrightarrow ZnIn^- + H^+$$
$$Zn^{2+} + H_2Y^{2-} \longrightarrow ZnY^{2-} + 2H^+$$
$$ZnIn^- + H_2Y^{2-} \longrightarrow ZnY^{2-} + HIn^{2-} + H^+$$

（三）项目准备

1. EDTA（分析纯）。

2. 氧化锌（基准物）：于 800℃ 灼烧至恒重。

3. 浓 HCl。

4. 氨水（1＋1）。

5. NH_3-NH_4Cl 缓冲溶液（pH＝10）：称取 54.0g NH_4Cl，溶于 200mL 水中，加 350mL 氨水，用水稀释至 1000mL，摇匀。

6. 铬黑 T（$5g \cdot L^{-1}$）：称取 0.5g 铬黑 T 和 2.0g 盐酸羟胺，溶于乙醇，用乙醇稀释至 100mL，摇匀。（使用前新配）

（四）项目实施

1. EDTA 标准滴定溶液 c(EDTA)＝0.02mol·L^{-1} 的配制

称取 EDTA 二钠盐 7.5g，溶于 200mL 水中，加热促其溶解，冷却至室温用水稀释至 1L，摇匀备用。

2. 标定

准确称取 0.4g 已恒重的基准 ZnO，放入 100mL 烧杯中，用少量水润湿，滴加浓 HCl（1～2mL）至 ZnO 全部溶解。加入 25mL 水，定量转移入 250mL 容量瓶中，用水稀释至刻度，摇匀。用移液管吸取上述溶液 25.00mL，置于锥形瓶中，加 50mL 水，滴加（1＋1）氨水至刚出现白色浑浊（此时溶液 pH 应为 7～8），再加 10mL NH_3-NH_4Cl 缓冲溶液及 4 滴铬黑 T 指示液，用 ED-TA 标准滴定溶液滴定，由酒红色变为纯蓝色为终点。平行测定三次，同时作空白。

（五）数据记录及处理

将实验数据填入下表，并进行计算。

项　目	次　数		
	1	2	3
m(ZnO)/g			
取试液体积/mL			
V(EDTA)/mL			
$V_{空白}$/mL			
c(EDTA)/mol·L^{-1}			
EDTA 溶液平均浓度/mol·L^{-1}			
相对偏差			
相对平均偏差			

计算公式

$$c(\text{EDTA}) = \frac{m(\text{ZnO}) \times \frac{25}{250} \times 1000}{[V(\text{EDTA}) - V_{\text{空白}}]M(\text{ZnO})}$$

式中　$c(\text{EDTA})$——EDTA 标准滴定溶液的浓度，$\text{mol} \cdot \text{L}^{-1}$；

　　　$V(\text{EDTA})$——滴定时消耗 EDTA 标准滴定溶液的体积，mL；

　　　　　$V_{\text{空白}}$——空白实验滴定时消耗 EDTA 标准滴定溶液的体积，mL；

　　　　$m(\text{ZnO})$——基准物 ZnO 的质量，g；

　　　　$M(\text{ZnO})$——ZnO 的摩尔质量，$\text{g} \cdot \text{mo}^{-1}$。

（六）思考题

1. 加氨缓冲溶液的目的是什么？
2. 铬黑 T 指示剂最适用的 pH 范围是什么？
3. 用氨水调节 pH 时，先出现白色沉淀，后又溶解，解释现象并写出反应式。

实训项目四　高锰酸钾标准滴定溶液的配制与标定

（一）项目任务

1. 正确处理并准确称量 $\text{Na}_2\text{C}_2\text{O}_4$ 基准物质。
2. KMnO_4 标准溶液的配制和保存。
3. 应用 $\text{Na}_2\text{C}_2\text{O}_4$ 基准物标定 KMnO_4 溶液浓度。
4. 正确记录与处理实训项目结果数据。

（二）背景知识

因为高锰酸钾试剂中常含有少量的 MnO_2 和其他杂质，KMnO_4 与还原性物质会发生缓慢的反应生成 $\text{MnO}(\text{OH})_2$ 沉淀，$\text{MnO}(\text{OH})_2$ 和 MnO_2 又能进一步促进 KMnO_4 分解。所以 KMnO_4 标准溶液不能直接配制，通常先配制成近似浓度的溶液后再进行标定。标定 KMnO_4 的基准物质有 $\text{Na}_2\text{C}_2\text{O}_4$、$\text{H}_2\text{C}_2\text{O}_4 \cdot 2\text{H}_2\text{O}$、$(\text{NH}_4)_2\text{Fe}(\text{SO}_4)_2 \cdot 6\text{H}_2\text{O}$、$\text{As}_2\text{O}_3$ 和纯铁丝等。其中最常用的是 $\text{Na}_2\text{C}_2\text{O}_4$，它易于提纯，性质稳定，不含结晶水。

KMnO_4 在强酸性条件下，可以获得 5 个电子还原成为 Mn^{2+}，利用其氧化性，在 H_2SO_4 介质中可以与基准物 $\text{Na}_2\text{C}_2\text{O}_4$ 发生反应，以 KMnO_4 为自身指示剂。其反应式为：

$$2\text{MnO}_4^- + 5\text{C}_2\text{O}_4^{2-} + 16\text{H}^+ \longrightarrow 10\text{CO}_2 + 2\text{Mn}^{2+} + 8\text{H}_2\text{O}$$

根据基准物 $\text{Na}_2\text{C}_2\text{O}_4$ 的质量及所用 KMnO_4 溶液的体积，计算 KMnO_4 标准溶液的浓度。

（三）项目准备

1. P_{16} 微孔玻璃漏斗。
2. 固体 KMnO_4。
3. $\text{Na}_2\text{C}_2\text{O}_4$（基准物）：$105 \sim 110\,^{\circ}\text{C}$ 烘至恒重。
4. H_2SO_4 溶液，$c(\text{H}_2\text{SO}_4) = 3\,\text{mol} \cdot \text{L}^{-1}$。

（四）项目实施

1. $KMnO_4$ 标准滴定溶液 $c\left(\dfrac{1}{5}KMnO_4\right)=0.1mol \cdot L^{-1}$ 的配制

称取 1.6g 高锰酸钾，溶于 520mL 水中，缓缓煮沸 15min，冷却后置于暗处保存两周。以 P_{16} 玻璃滤埚过滤于干燥的棕色瓶中。过滤高锰酸钾溶液所使用的 P_{16} 玻璃滤埚预先应以同样的高锰酸钾溶液缓缓煮沸 5min，收集瓶也要用此高锰酸钾溶液洗涤 2~3 次。

2. $KMnO_4$ 溶液的标定

称取 0.2g 于 105~110℃ 烘至恒重的基准草酸钠，精确至 0.0001g。放入 250mL 锥形瓶中，加 100mL 硫酸溶液，用配制好的高锰酸钾滴定，近终点时加热至 65℃，继续滴定到溶液呈粉红色保持 30s。平行测定三次，同时做空白试验。

（五）数据记录及处理

将实验数据填入下表，并进行计算。

项　　目	次　　数		
	1	2	3
$m(Na_2C_2O_4)/g$			
$V(KMnO_4)/mL$			
$V_{空白}/mL$			
$c\left(\dfrac{1}{5}KMnO_4\right)/mol \cdot L^{-1}$			
$KMnO_4$ 溶液平均浓度/mol·L^{-1}			
相对偏差			
相对平均偏差			

计算公式

$$c\left(\frac{1}{5}KMnO_4\right)=\frac{m(Na_2C_2O_4)\times 1000}{M\left(\dfrac{1}{2}Na_2C_2O_4\right)\times \left[V(KMnO_4)-V_{空白}\right]}$$

式中　$c\left(\dfrac{1}{5}KMnO_4\right)$——$KMnO_4$ 标准滴定溶液的浓度，$mol \cdot L^{-1}$；

$V(KMnO_4)$——滴定时消耗 $KMnO_4$ 标准滴定溶液的体积，mL；

$V_{空白}$——空白试验滴定时消耗 $KMnO_4$ 标准滴定溶液的体积，mL；

$m(Na_2C_2O_4)$——基准物 $Na_2C_2O_4$ 的质量，g；

$M\left(\dfrac{1}{2}Na_2C_2O_4\right)$——$\dfrac{1}{2}Na_2C_2O_4$ 的摩尔质量，$g \cdot mol^{-1}$。

（六）思考题

1. 配制 $KMnO_4$ 溶液时，为什么要煮沸一定时间，再放置几天？能否用滤纸过滤？

2. 用 $Na_2C_2O_4$ 标定 $KMnO_4$ 溶液，有哪些因素影响反应速率？如何控制反应速率？

3. 高锰酸钾应放在哪种滴定管？应怎样读数？

实训项目五　硫代硫酸钠标准溶液的配制与标定

（一）项目任务

1. 正确处理并准确称量 $K_2Cr_2O_7$ 基准物质。

2. 进行 $Na_2S_2O_3$ 溶液的配制。

3. 应用间接滴定法标定 $Na_2S_2O_3$ 溶液。

4. 正确记录与处理实训项目结果数据。

（二）背景知识

硫代硫酸钠（$Na_2S_2O_3 \cdot 5H_2O$）容易风化，且含有少量杂质（如 S、Na_2SO_4、NaCl、Na_2CO_3）等，配制的溶液不稳定、易分解，因此先配制所需近似浓度的溶液，加少量 Na_2CO_3（0.02%）使溶液呈弱碱性，以抑制细菌的生长，放置一定时间待溶液稳定后，再进行标定，标定 $Na_2S_2O_3$ 溶液多用 $K_2Cr_2O_7$ 基准物，反应式为：

$$K_2Cr_2O_7 + 6KI + 7H_2SO_4 \longrightarrow 3I_2 + Cr_2(SO_4)_3 + 4K_2SO_4 + 7H_2O$$

析出的 I_2，用 $Na_2S_2O_3$ 溶液滴定

$$I_2 + 2Na_2S_2O_3 \longrightarrow 2NaI + Na_2S_4O_6$$

淀粉作指示剂，滴定至近终点时加指示剂，继续滴定至蓝色消失，溶液呈亮绿色为终点。

（三）项目准备

1. 固体 $Na_2S_2O_3 \cdot 5H_2O$。

2. 固体 KI。

3. 基准 $K_2Cr_2O_7$。

4. H_2SO_4 溶液（$3mol \cdot L^{-1}$）。

5. 淀粉溶液（$5g \cdot L^{-1}$）：称取 0.5g 可溶性淀粉，放于小烧杯中，加水 10mL 调成糊状，在搅拌下倒入 90mL 沸水中，微沸 2min，冷却。使用期为两周。若加几滴甲醛，使用期可延长数月。

（四）项目实施

1. $Na_2S_2O_3$ 标准滴定溶液 $c(Na_2S_2O_3) = 0.1mol \cdot L^{-1}$ 的配制

称取 26g $Na_2S_2O_3 \cdot 5H_2O$ 溶于 1000mL 水中，缓缓煮沸 10min，冷却，放置两周后过滤，待标定。

2. $Na_2S_2O_3$ 标准滴定溶液的标定

准确称取于 120℃烘至恒重的基准 $K_2Cr_2O_7$ 0.12~0.15g，置于 500mL 碘量瓶中，加 25mL 水溶解，加 2g KI 及 20mL H_2SO_4 溶液（$3mol \cdot L^{-1}$），盖上瓶塞摇匀，瓶口可封以少量蒸馏水，于暗处放置 10min。取出，用水冲洗瓶塞和瓶壁，加 150mL 蒸馏水。用 $c(Na_2S_2O_3) = 0.1mol \cdot L^{-1}$ $Na_2S_2O_3$ 标准滴定溶液滴定，近终点时（溶液为浅黄绿色）加 3mL 淀粉指示液，继续滴定至溶液由蓝色变为亮绿色为终点，平行测定三次，同时作空白。

（五）数据记录及处理

将实验数据填入下表，并进行计算。

项　　目	次　　数		
	1	2	3
$m(K_2Cr_2O_7)/g$			
$V(Na_2S_2O_3)/mL$			

项 目	次 数		
	1	2	3
$V_{空白}$/mL			
$c(Na_2S_2O_3)$/mol·L^{-1}			
$Na_2S_2O_3$ 溶液平均浓度/mol·L^{-1}			
相对偏差			
相对平均偏差			

计算公式

$$c(Na_2S_2O_3) = \frac{m(K_2Cr_2O_7) \times 1000}{V(Na_2S_2O_3) - V_{空白} M\left(\frac{1}{6}K_2Cr_2O_7\right)}$$

式中　$c(Na_2S_2O_3)$——$Na_2S_2O_3$ 标准滴定溶液的浓度，mol·L^{-1}；

$\qquad V(Na_2S_2O_3)$——滴定时消耗 $Na_2S_2O_3$ 标准滴定溶液的体积，mL；

$\qquad\qquad V_{空白}$——空白实验滴定时消耗 $Na_2S_2O_3$ 标准滴定溶液的体积，mL；

$\qquad m(K_2Cr_2O_7)$——基准物 $K_2Cr_2O_7$ 的质量，g；

$\qquad M\left(\frac{1}{6}K_2Cr_2O_7\right)$——$\frac{1}{6}K_2Cr_2O_7$ 的摩尔质量，g·mol^{-1}。

（六）注意事项

1. 配制 $Na_2S_2O_3$ 溶液时，需要用新煮沸（除去 CO_2 和杀死细菌）并冷却了的蒸馏水，或将 $Na_2S_2O_3$ 试剂溶于蒸馏水中，煮沸 10min 后冷却，加入少量 Na_2CO_3 使溶液呈碱性，以抑制细菌生长。

2. 配好的 $Na_2S_2O_3$ 溶液贮存于棕色试剂瓶中，放置两周后进行标定。硫代硫酸钠标准溶液不宜长期贮存，使用一段时间后要重新标定，如果发现溶液变浑浊或析出硫，应过滤后重新标定，或弃去再重新配制溶液。

3. 用 $Na_2S_2O_3$ 滴定生成 I_2 时应保持溶液呈中性或弱酸性。所以常在滴定前用蒸馏水稀释，降低酸度。用基准物 $K_2Cr_2O_7$ 标定时，通过稀释，还可以减少 Cr^{3+} 绿色对终点的影响。

4. 滴定至终点后，经过 5～10min，溶液又会出现蓝色，这是由于空气氧化 I^- 所引起的，属正常现象。若滴定到终点后，很快又转变为 I_2，使淀粉变为蓝色，则可能是由于酸度不足或放置时间不够使 $K_2Cr_2O_7$ 与 KI 的反应未完全，此时应弃去重做。

（七）思考题

1. 加入 KI 后为何要在暗处放置 10min？

2. 为什么不能在滴定一开始就加入淀粉指示液，而要在溶液呈黄绿色时加入？黄绿色是什么物质的颜色？

3. 碘量法滴定到终点后溶液很快变蓝说明什么问题？如果放置一些时间后变蓝又说明什么问题？

实训项目六　硝酸银标准滴定溶液的配制与标定

（一）项目任务

1. 正确处理并准确称量 NaCl 基准物质。

2. $AgNO_3$ 溶液的配制和标定。

3. 正确记录与处理实训项目结果数据。

（二）背景知识

$AgNO_3$ 标准滴定溶液可用基准物 $AgNO_3$ 直接配制。但对于一般市售 $AgNO_3$，常因含有 Ag、Ag_2O、有机物和铵盐等杂质，故需用基准物标定。标定 $AgNO_3$ 溶液的基准物质多用 NaCl，K_2CrO_4 作指示剂。反应式为：

$$NaCl + AgNO_3 \longrightarrow AgCl\downarrow + NaNO_3$$
$$（白色）$$
$$K_2CrO_4 + 2AgNO_3 \longrightarrow Ag_2CrO_4\downarrow + 2KNO_3$$
$$（砖红色）$$

当反应达化学计量点，Cl^- 定量沉淀为 AgCl 后，利用微过量的 Ag^+ 与 CrO_4^{2-} 生成砖红色 Ag_2CrO_4 沉淀，指示滴定终点。因此注意以下两点：

① K_2CrO_4 溶液浓度至关重要，一般以 $5\times10^{-3}\,mol\cdot L^{-1}$ 为宜；

② 滴定反应必须在中性或弱碱性溶液中进行，最适宜的酸度为 pH＝6.5～10.5。

（三）项目准备

1. 固体 $AgNO_3$。

2. 基准 NaCl：于 500～600℃灼烧至恒重。

3. K_2CrO_4 指示液（$50g\cdot L^{-1}$）：称取 5g K_2CrO_4，溶于适量水中，稀释至 100mL。

（四）项目实施

1. $AgNO_3$ 溶液 $c(AgNO_3)＝0.1mol\cdot L^{-1}$ 的配制

称取 8.5g $AgNO_3$，溶于 500mL 不含 Cl^- 的蒸馏水中，贮于棕色瓶中，摇匀。置暗处保存，待标定。

2. $AgNO_3$ 溶液的标定

准确称取 0.12～0.15g 基准 NaCl 于锥形瓶中，加 50mL 水，加 1mL K_2CrO_4 指示液，在不断摇动下，用 $AgNO_3$ 标准滴定溶液滴定至溶液微呈淡橙色即为终点，平行测定三次，同时作空白。

（五）数据记录及处理

将实验数据填入下表，并进行计算。

项 目	次 数		
	1	2	3
$m(NaCl)/g$			
$V(AgNO_3)/mL$			
$V_{空白}/mL$			
$c(AgNO_3)/mol\cdot L^{-1}$			
$AgNO_3$ 溶液平均浓度$/mol\cdot L^{-1}$			
相对偏差			
相对平均偏差			

计算公式

$$c(AgNO_3) = \frac{m(NaCl) \times 1000}{M(NaCl)[V(AgNO_3) - V_{空白}]}$$

式中　$c(AgNO_3)$——$AgNO_3$ 标准滴定溶液的浓度，$mol \cdot L^{-1}$；

　　　$V(AgNO_3)$——滴定时消耗 $AgNO_3$ 标准滴定溶液的体积，mL；

　　　$V_{空白}$——空白实验滴定时消耗 $AgNO_3$ 标准滴定溶液的体积，mL；

　　　$m(NaCl)$——基准物质 $NaCl$ 的质量，g；

　　　$M(NaCl)$——$NaCl$ 的摩尔质量，$g \cdot mol^{-1}$。

（六）思考题

1. 用 $AgNO_3$ 滴定 $NaCl$ 时，在滴定过程中，为什么要充分摇动溶液？否则，会对测定结果有什么影响？

2. K_2CrO_4 指示剂的浓度为什么要控制？浓度过大或过小对测定有什么影响？

3. 为什么溶液的 pH 需控制在 $6.5 \sim 10.5$？

实训项目七　碘标准溶液的配制与标定

（一）项目任务

1. 碘标准滴定溶液的配制和保存。

2. 碘标准滴定溶液的标定。

3. 正确记录与处理实训项目结果数据。

（二）背景知识

碘微溶于水，易溶于 KI 溶液中形成 I_3^-：

$$I_2 + I^- \longrightarrow I_3^-$$

配制成溶液后，用基准 As_2O_3 标定。As_2O_3 难溶于水，可溶于碱溶液中，与 NaOH 反应生成亚砷酸钠，用碘溶液进行滴定。反应式为：

$$As_2O_3 + 6NaOH \longrightarrow 2Na_3AsO_3 + 3H_2O$$

$$Na_3AsO_3 + I_2 + H_2O \longrightarrow Na_3AsO_4 + 2H^+ + 2I^-$$

I_2 与 AsO_3^{3-} 反应为可逆反应。为使反应进行完全，加固体 $NaHCO_3$ 以中和反应生成的酸，保持溶液 pH 在 8 左右。淀粉作指示剂，滴定至溶液恰显蓝色。由于 As_2O_3 为剧毒物，实际工作中常用 $Na_2S_2O_3$ 标准溶液标定碘溶液。

用 $Na_2S_2O_3$ 标准溶液标定 I_2 溶液（比较法）其反应式为：

$$2Na_2S_2O_3 + I_2 \longrightarrow Na_2S_4O_6 + 2NaI$$

（三）项目准备

1. 固体碘、KI。

2. 固体 $NaHCO_3$。

3. 基准 As_2O_3（在硫酸干燥器中干燥至恒重）。

4. NaOH 溶液（$1mol \cdot L^{-1}$）。

5. 淀粉指示剂（$5g \cdot L^{-1}$）。

6. H_2SO_4 溶液（0.5mol·L^{-1}）。

7. 酚酞指示剂（5g·L^{-1}）。

8. $Na_2S_2O_3$ 标准溶液 $c(Na_2S_2O_3)=0.1mol·L^{-1}$。

（四）项目实施

1. I_2 溶液 $c\left(\dfrac{1}{2}I_2\right)=0.1mol·L^{-1}$ 的配制

称取 13g 碘及 35g KI，溶于 100mL 水中，稀释至 1000mL，摇匀，保存于棕色瓶中。

2. As_2O_3 标定 I_2 溶液

准确称取 0.15g 基准 As_2O_3（称准至 0.0001g）放于 250mL 碘量瓶中，加入 4mL NaOH 溶液溶解，加 50mL 水、2 滴酚酞指示液，用硫酸溶液中和至恰好无色。加 3g $NaHCO_3$ 及 3mL 淀粉指示液。用配好的碘溶液滴定至溶液呈蓝色。记录消耗碘标准溶液的体积 V_1，平行测定三次，同时做空白实验。

3. 用 $Na_2S_2O_3$ 标准溶液标定（比较法）

用滴定管准确加入已知浓度的 $Na_2S_2O_3$ 标准溶液 30.00～35.00mL 于碘量瓶中，加 150mL 水、3mL 淀粉指示液，以待标定的碘溶液滴定至溶液呈蓝色为终点。记录消耗碘标准溶液的体积 V_2，平行测定三次。

（五）数据记录及处理

将 $Na_2S_2O_3$ 标准溶液标定 I_2 溶液实验数据填入下表，并进行计算。

项　　目	次　　数		
	1	2	3
$c(Na_2S_2O_3)$/mol·L^{-1}			
$V(Na_2S_2O_3)$/mL			
$V_{空白}$/mL			
$c\left(\dfrac{1}{2}I_2\right)$/mol·$L^{-1}$			
I_2 溶液平均浓度/mol·L^{-1}			
相对偏差			
相对平均偏差			

用 As_2O_3 标定 I_2 溶液

项　　目	次　　数		
	1	2	3
$m(As_2O_3)$/g			
$V(As_2O_3)$/mL			
$V_{空白}$/mL			
$c\left(\dfrac{1}{2}I_2\right)$/mol·$L^{-1}$			
I_2 溶液平均浓度/mol·L^{-1}			
相对偏差			
相对平均偏差			

计算公式

用 As_2O_3 标定时，碘标准滴定溶液浓度计算：

$$c\left(\frac{1}{2}I_2\right)=\frac{m(As_2O_3)\times1000}{(V_1-V_{空白})M\left(\frac{1}{4}As_2O_3\right)}$$

式中　$c\left(\dfrac{1}{2}I_2\right)$——$I_2$ 标准滴定溶液的浓度，mol·L^{-1}；

V_1——滴定时消耗 I_2 标准滴定溶液的体积，mL；

$V_{空白}$——空白实验时，消耗 I_2 标准滴定溶液的体积，mL；

$M\left(\dfrac{1}{4}As_2O_3\right)$——$\dfrac{1}{4}As_2O_3$ 的摩尔质量，g·mol^{-1}；

$m(As_2O_3)$——称取基准物质 As_2O_3 的质量，g。

用 $Na_2S_2O_3$ 标准滴定溶液标定时，碘标准滴定溶液浓度计算：

$$c\left(\frac{1}{2}I_2\right)=\frac{c(Na_2S_2O_3)V(Na_2S_2O_3)}{V_2}$$

式中　$c(Na_2S_2O_3)$——$Na_2S_2O_3$ 标准滴定溶液的浓度，mol·L^{-1}；

$V(Na_2S_2O_3)$——加入 $Na_2S_2O_3$ 标准滴定溶液的体积，mL；

V_2——标定消耗 I_2 标准滴定溶液的体积，mL。

（六）思考题

1. I_2 溶液应装在何种滴定管中？为什么？

2. 配制 I_2 溶液时，为什么要加 KI？为什么要在溶液非常浓的情况下将 I_2 与 KI 一起研磨，当 I_2 与 KI 溶解后才能用水稀释？如果过早稀释会发生什么情况？

3. 以 As_2O_3 为基准物标定碘溶液为什么加 NaOH？其后为什么用 H_2SO_4 中和？滴定前为什么加 $NaHCO_3$？

标准溶液的配制与标定评分细则（参考）

项目	考核内容	分值	考核记录（以"√"表示）	得分
基准物质称量（20分）	天平检查(零点、水平、秤盘清扫)	2	正确进行，得 2 分	
			未检查水平，扣 1 分	
			未清扫秤盘，扣 0.5 分	
			未调零，扣 0.5 分	
			扣完为止	
	标样取放	5	正确进行，得 2 分	
			用手直接碰到称量瓶，一次扣 1 分	
			称量瓶未放在秤盘中央，一次扣 1 分	
			扣完为止	
	称量操作(减量法、开关天平门、称量操作、读数记录)	10	正确进行，得 3 分	
			拿称量瓶手势不正确，扣 1 分	
			不能正确应用减量法称量，扣 2 分	
			称量中药品洒落天平内，一次扣 1 分	
			称量中药品洒落天平外，一次扣 1 分	
			未做到随手开关天平门，一次扣 1 分	
			称量前未及时将天平回零，一次扣 0.5 分	
			未及时记录或用铅笔记录数据，一次扣 0.5 分	
			扣完为止	
	称量结束后样品、天平复位	3	正确进行，得 3 分	
			未将样品放回干燥器，扣 1 分	
			未将天平回零，扣 1 分	
			未关天平门，扣 0.5 分	
			未关天平开关，扣 0.5 分	
			未清扫天平，扣 0.5 分	
			未登记使用记录，扣 0.5 分	
			扣完为止	

项目	考 核 内 容	分值	考 核 记 录(以"√"表示)		得分
标准溶液配制(10分)	称量固体或量取液体	3	正确进行,得 3 分		
			未调平台秤扣 1 分		
			未洗涤量器扣 1 分		
			称取或量取有洒落或溅出扣 1 分		
	溶解或稀释	3	正确进行,得 3 分		
			固体溶解不完全扣 2 分		
			特殊试剂未特殊处理(避光、过滤、放置)扣 1 分		
	定容	2	正确进行,得 2 分		
			定容操作不规范扣 1 分		
	混匀	2	正确进行,得 2 分		
			混匀操作不规范扣 1 分		
标准溶液标定(20分)	滴定管的准备	5	正确进行,得 5 分		
			洗涤不合要求,扣 1 分		
			没有试漏,扣 1 分		
			润洗时待装液用量不合适,扣 1 分		
			润洗时姿势不正确,扣 0.5 分		
			润洗次数不足 3 次,扣 0.5 分		
			润洗后废液未正确排放,扣 0.5 分		
			未排空气,扣 1 分		
			没有调零,扣 1 分		
	滴定操作	15	正确进行,得 12 分		
			滴定管的握持姿势不正确,扣 1 分		
			摇锥形瓶时的动作不正确,扣 1 分		
			滴定速度控制不当,扣 1 分		
			滴定后补加溶液操作不当,扣 1 分		
			半滴溶液的加入控制不当,扣 1 分		
			有旋松活塞漏液的现象,扣 2 分		
			有滴出锥形瓶外的现象,扣 2 分		
			终点判断不准确,扣 1 分		
			读数操作不正确,扣 1 分		
			数据记录不正确,扣 1 分		
测定结果精密度(20分)	相对平均偏差	20	≤0.25%	得 20 分	
			0.25%～0.5%	得 18 分	
			0.5%～1%	得 15 分	
			1%～1.5%	得 10 分	
			1.5%～2%	得 6 分	
			2%～2.5%	得 3 分	
			≥2.5%	得 0 分	
测定准确度(20分)	$\dfrac{\text{平均值}-\text{对照值}}{\text{对照值}}\times100\%$	20	≤±0.25%	得 20 分	
			±0.25%～±0.5%	得 18 分	
			±0.5%～±1%	得 15 分	
			±1%～±1.5%	得 12 分	
			±1.5%～±2%	得 10 分	
			±2%～±2.5%	得 8 分	
			±2.5%～±3%	得 6 分	
			±3%～±4%	得 4 分	
			±4%～±5%	得 2 分	
			±5%～±6%	得 1 分	
			≥±6%	得 0 分	

项目	考 核 内 容	分值	考 核 记 录(以"√"表示)		得分
原始记录(5分)	数据填在原始记录上(征得老师同意,每改1次扣0.5分)	2	清楚、正确、无涂改,得2分		
			征得老师同意,每改1次扣1分		
	计算过程	3	正确,得2分		
			公式正确但代入数据不正确,扣3分		
完成时间(5分)	共用( )min 开始:_____ 结束:_____	5	提前,得5分		
			按时,得5分		
			超时,每超5min扣2分,最多扣5分		

模块四

滴定分析法在常量分析中的应用

学习目标

能力目标	知识目标	素质目标
1. 能运用滴定分析技术原理进行真实样品分析 2. 能够正确取样与制样 3. 能运用滴定分析原理正确选择滴定方法、滴定指示剂、滴定条件 4. 进行滴定分析结果计算	1. 掌握四大滴定原理 2. 熟悉滴定指示剂选择 3. 掌握常用滴定分析方法	1. 通过滴定分析应用实例训练，培养学生认真负责、严谨求实的工作态度 2. 通过理论联系实际培养学生获取信息、提出问题、分析问题、解决问题等综合能力

观 测 点

观测点	比例	备 注
1. 基本操作	1. 20%	1. 基本操作主要指滴定基本操作符合规范要求
2. 滴定条件	2. 10%	2. 滴定条件主要指控制酸碱度、干扰的消除等
3. 终点判断	3. 20%	3. 终点判断主要指滴定终点控制及终点颜色的观察
4. 分析结果	4. 50%	4. 分析结果包括误差与偏差是否符合要求

单元一　　酸碱滴定法应用

实训项目一　混合碱含量的测定

（一）项目任务

1. 制备 HCl 标准溶液。

2. 运用双指示剂法测定混合碱中两种组分。

3. 根据测定结果判断混合碱样品的成分，并能计算各组分含量。

（二）背景知识

在化工产品生产中，工业中 $NaOH$ 由于吸收空气中 CO_2 或其他原因而混入 Na_2CO_3 与 $NaHCO_3$，这就成为混合碱，一般来说，混合碱是指 $NaOH$、Na_2CO_3 与 $NaHCO_3$ 中两种组分 $NaOH$ 与 Na_2CO_3 或 Na_2CO_3 与 $NaHCO_3$ 的混合物。

测定混合碱含量，一般有两种方法：双指示剂法和氯化钡法。所谓双指示剂法就是分别以酚酞和甲基橙为指示剂，在同一份溶液中用盐酸标准溶液作滴定剂进行连续滴定，根据两个终点所消耗的盐酸标准溶液的体积计算混合碱中各组分的含量。氯化钡法是在测 $NaOH$ 和 Na_2CO_3 混合物时，取两份等体积的试液，一份以甲基橙为指示剂，用 HCl 滴至橙红色。另一份加入 $BaCl_2$ 溶液后，以酚酞作指示剂，用 HCl 标至终点。当测 $NaHCO_3$ 和 Na_2CO_3 混合物时，需先加准确浓度的 $NaOH$ 将 $NaHCO_3$ 转化为 Na_2CO_3，其后步骤相同。本实验采用双指示剂法。

在试液中，先加酚酞指示剂，用盐酸标准滴定溶液滴定至溶液由红色恰好褪去，消耗 HCl 溶液体积为 V_1。反应式如下：

$$NaOH + HCl \longrightarrow NaCl + H_2O$$
$$Na_2CO_3 + HCl \longrightarrow NaHCO_3 + NaCl$$

然后在试液中再加甲基橙指示剂，继续用 HCl 标准滴定溶液滴定至溶液由黄色变橙色，消耗 HCl 溶液体积为 V_2，反应式为：

$$NaHCO_3 + HCl \longrightarrow NaCl + H_2O + CO_2 \uparrow$$

双指示剂定性：

若 1. $V_1 = 0$，$NaHCO_3$；

2. $V_2 = 0$，$NaOH$；

3. $V_1 = V_2$，Na_2CO_3；

4. $V_1 > V_2$，$NaOH + Na_2CO_3$；

5. $V_1 < V_2$，$NaHCO_3 + Na_2CO_3$。

（三）项目准备

1. HCl 标准溶液 $c(HCl) = 0.1mol \cdot L^{-1}$。

2. 甲基橙指示剂（$1g \cdot L^{-1}$）。

3. 酚酞指示剂（$10g \cdot L^{-1}$）。

（四）项目实施

准确称取 1.5～2.0g 碱试样于 250mL 烧杯中，加水使之溶解后，定量转入 250mL 容量瓶中，用水稀释至刻度，充分摇匀。

用移液管移取 25.00mL 试液于锥形瓶中，加酚酞指示剂 2 滴，用 $0.1mol \cdot L^{-1}$ HCl 标准滴定溶液滴定至溶液由红色恰好变为无色，记下 HCl 溶液用量 V_1，然后，加入甲基橙指示液 1～2 滴，继续用 HCl 标准滴定溶液滴定至溶液由黄色变为橙色。记下 HCl 溶液用量 V_2（即终读数减去 V_1）。平行测定三次，并做空白实验。

根据 V_1、V_2 判断混合碱组成，并计算各组分的含量。

（五）数据记录及处理

将混合碱的测定实验数据填入下表，并进行计算。

项　目	次　数			相对平均偏差/%
	1	2	3	
V_1/mL				
V_2/mL				
$c(HCl)$/mol·L^{-1}				
混合碱组成				
$w(NaOH)$				
平均值				
$w(Na_2CO_3)$				
平均值				
$w(NaHCO_3)$				
平均值				

计算公式

1. 若 $V_1 > V_2$，混合碱则为 NaOH 和 Na$_2$CO$_3$ 的混合物；

$$w(Na_2CO_3) = \frac{c(HCl)V_2(HCl)M(Na_2CO_3)}{1000m_s} \times 100\%$$

$$w(NaOH) = \frac{c(HCl)[V_1(HCl) - V_2(HCl)] \times M(NaOH)}{1000m_s} \times 100\%$$

2. 若 $V_1 < V_2$，混合碱则为 Na$_2$CO$_3$ 和 NaHCO$_3$ 的混合物；

$$w(Na_2CO_3) = \frac{c(HCl)V_1(HCl)M(Na_2CO_3)}{1000 \times m_s} \times 100\%$$

$$w(NaHCO_3) = \frac{c(HCl)[V_2(HCl) - V_1(HCl)]M(NaHCO_3)}{1000m_s} \times 100\%$$

式中　$w(Na_2CO_3)$ ——混合碱中 Na$_2$CO$_3$ 含量（质量分数），%；

$w(NaOH)$ ——混合碱中 NaOH 含量（质量分数），%；

$w(NaHCO_3)$ ——混合碱中 NaHCO$_3$ 含量（质量分数），%；

$c(HCl)$ ——HCl 标准滴定溶液的浓度，mol·L^{-1}；

$V_1(HCl)$ ——酚酞终点时消耗 HCl 标准滴定溶液的体积，mL；

$V_2(HCl)$ ——甲基橙终点时消耗 HCl 标准滴定溶液的体积，mL；

m_s ——试样的质量，g；

$M(NaOH)$ ——NaOH 的摩尔质量，g·mol^{-1}；

$M(Na_2CO_3)$ ——Na$_2$CO$_3$ 的摩尔质量，g·mol^{-1}；

$M(NaHCO_3)$ ——NaHCO$_3$ 的摩尔质量，g·mol^{-1}。

（六）思考题

1. 什么叫"双指示剂法"？

2. 什么叫混合碱？Na$_2$CO$_3$ 和 NaHCO$_3$ 的混合碱能不能采用"双指示剂法"测定其含量？测定结果的计算方式如何表示？

3. 本实验中为什么要把试样溶解制成 250mL 溶液后再吸取 25.00mL 进行测定？为什么不直接称取 0.13～0.15g 进行测定？

实训项目二　食用醋乙酸含量的测定

（一）项目任务

1. 制备氢氧化钠标准溶液。
2. 进行食醋中总酸度的测定。
3. 进行项目数据记录与处理。

（二）背景知识

食用醋的主要成分是乙酸，此外还含有少量其他弱酸如乳酸等。一般乙酸的含量为3%～5%，浓度大时，滴定前要适当稀释。稀释会使食用醋本身的颜色变浅，便于观察终点颜色变化。也可以选择白醋作试样。

醋酸为有机弱酸（$K_a = 1.8 \times 10^{-5}$），用 NaOH 标准溶液滴定，在化学计量点时溶液呈弱碱性，滴定突跃在碱性范围内，选用酚酞作指示剂，以醋酸的质量浓度（$g \cdot mL^{-1}$）表示。

（三）项目准备

1. 白醋（市售）。
2. 氢氧化钠标准溶液：$0.1 mol \cdot L^{-1}$。
3. 酚酞：$2 g \cdot L^{-1}$ 乙醇溶液。

（四）项目实施

准确移取食用白醋 25.00mL 置于 250mL 容量瓶中，用蒸馏水稀释至刻度摇匀。用25mL 移液管分别取 3 份上述溶液置于 250mL 锥形瓶中，加入 2～3 滴酚酞指示剂，用NaOH 标准溶液滴定至呈微红色并保持 30s 不褪即为终点。计算每 100mL 食用白醋中含醋酸的质量。

（五）数据记录及处理

将食用白醋含量的测定实验数据填入下表，并进行计算。

项　　目	次　数			备注
	1	2	3	
$V(HAc)/mL$				
$c(NaOH)/mol \cdot L^{-1}$				
$V(NaOH)/mL$				相对平均偏差控制在 0.3% 内
$\rho(HAc)/g \cdot 100mL^{-1}$				
平均 $\rho(HAc)/g \cdot 100mL^{-1}$				
相对偏差				
相对平均偏差				

食用白醋含量计算公式：

$$\rho(HAc) = \frac{c(NaOH)V(NaOH) \times 0.060}{V(HAc)} \times 100$$

式中　$\rho(HAc)$ ——HAc 的质量浓度，g·100mL^{-1}；

$c(NaOH)$ ——NaOH 标准滴定溶液的浓度，mol·L^{-1}；

$V(NaOH)$ ——NaOH 标准滴定溶液的体积，mL；

$V(HAc)$ ——HAc 溶液的体积，mL；

0.060——乙酸毫摩尔质量，g·mmol^{-1}。

（六）思考题

1. 测定食用白醋含量时，为什么选用酚酞为指示剂？能否选用甲基橙或甲基红？
2. 强碱滴定弱酸与强碱滴定强酸相比，滴定过程中 pH 变化有哪些不同点？

实训项目三　铵盐、氨基酸中的氮含量测定

子项目一　铵盐中氮含量的测定（甲醛法）

（一）项目任务

1. 制备氢氧化钠标准溶液。
2. 用甲醛法测定铵盐中氮。
3. 进行项目数据记录与处理。

（二）背景知识

铵盐是常见的无机化肥，是强酸弱碱盐，可用酸碱滴定法测定其含量，但由于 NH_4^+ 的酸性太弱（$K_a = 5.6 \times 10^{-10}$），直接用 NaOH 标准溶液滴定有困难，生产和实验室中广泛采用甲醛法测定铵盐中的含氮量。

甲醛法是基于甲醛与一定量铵盐作用，生成相当量的酸（H^+）和六亚甲基四铵盐（$K_a = 7.1 \times 10^{-6}$）反应如下：

$$4NH_4^+ + 6HCHO \longrightarrow (CH_2)_6N_4H^+ + 6H_2O + 3H^+$$

所生成的 H^+ 和六亚甲基四胺盐，可以酚酞为指示剂，用 NaOH 标准溶液滴定。

（三）项目准备

1. NaOH 标准溶液，0.1mol·L^{-1}。
2. 酚酞：0.2％乙醇溶液。
3. 甲醛（20％）。

（四）项目实施

1. 甲醛溶液的处理

甲醛中常含有微量甲酸是由甲醛受空气氧化所致，应除去，否则产生正误差。处理方法如下：取原装甲醛（40％）的上层清液于烧杯中，用水稀释一倍，加入 1～2 滴 0.2％酚酞指示剂，用 0.1mol·L^{-1} NaOH 溶液中和至甲醛溶液呈淡红色。

2. 试样中含氮量的测定

准确称取 0.4～0.5g 的 NH_4Cl 或 1.6～1.8g 的（NH_4）$_2SO_4$ 于烧杯中，用适量蒸馏水

溶解，然后定量地移至 250mL 容量瓶中，最后用蒸馏水稀释至刻度，摇匀。用移液管移取试液 25mL 于锥形瓶中，加 1～2 滴甲基红指示剂，溶液呈红色，用 0.1mol·L⁻¹ 的写法——$0.1mol \cdot L^{-1}$ NaOH 溶液中和至红色转为金黄色，然后加入 8mL 已中和的 1：1 甲醛溶液，再加入 1～2 滴酚酞指示剂摇匀，静置 1min 后，用 $0.1mol \cdot L^{-1}$ NaOH 标准溶液滴定至溶液淡红色持续 0.5min 不褪，即为终点，记录读数。平行做 2～3 次。根据 NaOH 标准溶液的浓度和滴定消耗的体积，计算试样中氮的含量。

（五）数据记录及处理

将实验数据填入下表，并进行计算。

项　　目	次　　数			备注
	1	2	3	
m_s/g				
$c(NaOH)/mol \cdot L^{-1}$				相对平均偏差控制在 0.2% 内
$V(NaOH)/mL$				
含氮量				
平均值				
相对偏差				
相对平均偏差				

计算含量公式

$$w(N) = \frac{c(NaOH)V(NaOH)M(N)}{m_s 1000} \times 100\%$$

式中　$M(N)$ ——氮原子的摩尔质量，14.01g·mol⁻¹；

$\quad c(NaOH)$ ——NaOH 标准滴定溶液的浓度，mol·L⁻¹；

$\quad V(NaOH)$ ——NaOH 标准滴定溶液的体积，mL；

$\quad m_s$ ——试样的质量，g。

（六）注意事项

1. 甲醛常以白色聚合状态存在，称为多聚甲醛。甲醛溶液中含有少量多聚甲酸不影响滴定。

2. 由于溶液中已经有甲基红，再用酚酞为指示剂，存在两种变色不同的指示剂，用 NaOH 滴定时，溶液颜色是由红转变为浅黄色（pH 约为 6.2），再转变为淡红色（pH 约为 8.2）。终点为甲基红的黄色和酚酞红色的混合色。

（七）思考题

1. 铵盐中氮的测定为何不采用 NaOH 直接滴定法？

2. 为什么中和甲醛试剂中的甲酸以酚酞作指示剂；而中和铵盐试样中的游离酸则以甲基红作指示剂？

3. NH_4HCO_3 中含氮量的测定，能否用甲醛法？

子项目二　凯氏定氮法测定牛奶中蛋白质的含量

（一）项目任务

1. 制备氢氧化钠标准溶液。

2. 样品的消化与蒸馏。

3. 牛奶中蛋白质的测定。

4. 进行项目数据记录与处理。

（二）背景知识

蛋白质是含一定量氮的有机化合物，蛋白质样品在凯氏烧瓶中（见图 4-1），经过浓 H_2SO_4 消化后，有机物炭化生成碳，碳将硫酸还原为 SO_2，本身则变成 CO_2，SO_2 使 N 还原为 NH_3，本身则氧化为 S_2O_3，而消化过程中生成 H_2，又加速了 NH_3 的形成。在反应过程中，生成的 H_2O 和 S_2O_3 溢出，而 NH_3 则与 H_2SO_4 结合成 $(NH_4)_2SO_4$ 存在溶液中，加入 NaOH 并蒸馏，使 NH_3 溢出，用 H_3BO_3 吸收后，以标准酸溶液滴定，根据标准酸溶液消耗的量计算样品中的含氮量，从而可以折算出蛋白质含量。

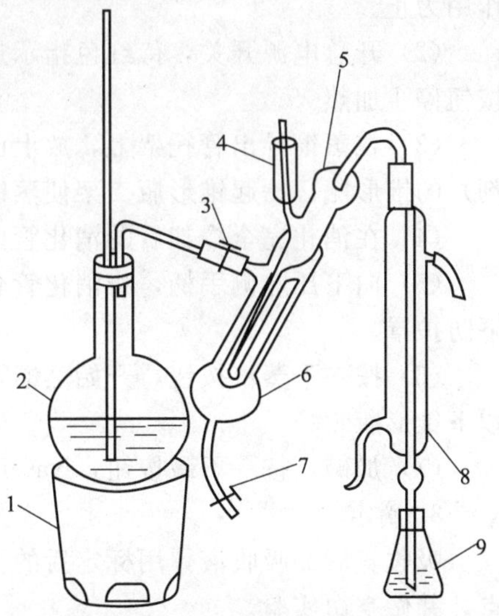

图 4-1　凯氏定氮蒸馏装置
1—电炉；2—水蒸气发生器（2L 平底烧瓶）；
3—螺旋夹；4—小漏斗及棒状玻塞；5—反应室；
6—反应室外层；7—橡皮管及螺旋夹；
8—冷凝管；9—蒸馏液接收瓶

（三）项目准备

1. 材料

浓 H_2SO_4、K_2SO_4、$CuSO_4 \cdot 5H_2O$、NaOH、HCl、H_3BO_3、甲基红、乙醇、溴甲酚绿、牛奶、定量滤纸等。

2. 试剂

（1）40％NaOH 溶液　40g NaOH 溶于 100mL 水中。

（2）0.05000mol·L^{-1} HCl 标准溶液。

（3）2％H_3BO_3 溶液　H_3BO_3 2mL 溶于 100mL 水中。

（4）加速剂 K_2SO_4 150g，$CuSO_4 \cdot 5H_2O$ 10g 仔细混匀研磨。

（5）甲基红-溴甲酚绿混合指示剂　甲基红溶于乙醇配成 0.1％乙醇溶液，溴甲酚绿溶于乙醇配成 0.5％乙醇溶液，两种溶液等体积混合，阴凉处保存（保存期 3 个月以内）。

（四）项目实施

1. 样品消化

（1）准确量取牛奶 5mL 置于消化管内，加入加速剂 5g，并沿烧瓶壁缓缓加入 20mL 浓硫酸，加入玻璃珠 2～3 粒，摇动烧瓶使全部样品浸没于硫酸。

（2）消化管放在消化炉支架上，套上毒气罩，压下毒气罩锁住两面拉钩。

（3）把支架连同装有试样的消化管一起移至电热炉上保持消化管在电炉中心，设定温度在 420℃保持消化管中液体连续沸腾，硫酸在瓶颈部下冷凝回流。待溶液消煮至无微小碳粒、呈蓝绿色时继续消煮 5min 左右。

（4）消化结束，将支架连同消化管一同移回消化管托底上，冷却至室温。注意，在冷却过程中，毒气罩必须保持吸气状态（切忌放入冷水中冷却）放置，防止废气溢出。

2. 样品蒸馏

（1）打开自来水，使自来水经过给水口进入冷凝管。注意水流量以保证冷凝管起到冷却作用为止。

（2）开总电源开关，待红色指示灯亮起，按一下汽按钮待蒸汽导出管放出蒸汽，按消除按钮停止加热。

（3）在蒸馏导出管托架上，放上已经加入适量（15mL 左右）吸收液（硼酸和混合指示剂）的锥形瓶。抬起锥形瓶支架使蒸馏导出管的末端浸入接受液内。

（4）在消化完全冷却后的消化管内，逐个加入 10mL 左右蒸馏水稀释样品。

（5）向下压左侧手柄，将消化管套在防溅管密封圈上，稍加旋转使其保持接口密封，拉下防护罩。

（6）按一下蒸汽按钮，开始蒸馏，到时或到量时自动停止。用洗瓶将蒸馏水冲洗接收，取下锥形瓶。

（7）加碱：按一下碱按钮，NaOH 溶液量必须至蒸馏液碱性颜色变黑为止。

3. 滴定

吸收氨后的吸收液，用标定后的盐酸溶液进行滴定，溶液由蓝绿色变为灰紫色为滴定终点，并做空白实验。

（五）数据记录及处理

将实验数据填入下表，并进行计算。

项 目	次数			备注
	1	2	3	
m/g				
V_1/mL				
V_0/mL				相对平均偏
$c(\text{HCl})$/mol·L^{-1}				差控制在
粗蛋白质含量				0.3%内
相对偏差				
相对平均偏差				

粗蛋白质含量计算公式

$$w(\text{粗蛋白质}) = \frac{(V_1 - V_0)c(\text{HCl}) \times 0.014K}{m \times \dfrac{V}{V'}} \times 100\%$$

式中　V_0——滴定空白时消耗酸标准溶液的体积，mL；

　　　V_1——滴定样品时消耗酸标准溶液的体积，mL；

　　　V'——试样消解液蒸馏用体积，mL；

　　　V——样品分解液总体积，mL；

　$c(\text{HCl})$——盐酸标准溶液浓度，mol·L^{-1}；

　　　K——氮换算成粗蛋白质的系数，牛奶为 6.25；

　　　m——样品质量，g；

　　0.014——氮的毫摩尔质量，g·mmol^{-1}。

（六）思考题

1. 能否使用碱溶液进行滴定，应如何设计实验？

2. 凯氏定氮法是否适用于所有含氮化合物的测定？

3. 何谓样品消化？在定氮仪的反应室内将发生什么化学反应？

【相关链接】

三聚氰胺是怎么加到牛奶中的呢？

牛奶中的蛋白质含量是用凯氏定氮法测定的，而凯氏定氮法实际上测的不是蛋白质含量，而是通过测氮含量来推算蛋白质含量，显然，如果样品中还有其他化合物含有氮，这个方法就不准确了。在通常情况下，这不是问题，因为食物中的主要成分只有蛋白质含有氮，其他主要成分（碳水化合物、脂肪）都不含氮，因此凯氏定氮法是一种很准确的测定蛋白质含量的方法。但是如果有人往样品中偷加含氮的其他物质，就可以骗过凯氏定氮法获得虚假的蛋白质高含量，用兑水牛奶冒充原奶。

常用的一种冒充蛋白质的含氮物质是尿素。不过尿素的含氮量不是很高（46.6%），溶解在水中会发出刺鼻的氨味，容易被觉察，而且用一种简单的检测方法（格里斯试剂法）就可以查出牛奶中是否加了尿素。所以后来造假者就改用三聚氰胺了。三聚氰胺含氮量高达66.6%（含氮量越高意味着能冒充越多的蛋白质），白色、无味，没有简单的检测方法（要采用"高效液相色谱"这种高科技去检测），是理想的蛋白质冒充物。三聚氰胺是一种重要的化工原料，广泛用于生产合成树脂、塑料、涂料等，目前的价格大约是1吨12000元。在生产三聚氰胺过程中，会出现废渣，废渣中还含有70%的三聚氰胺。造假者用来冒充蛋白质的就是三聚氰胺渣，有些"生物技术公司"在网上推销"蛋白精"，其实就是三聚氰胺渣。在饲料、奶制品中添加"蛋白精"冒充蛋白质。

三聚氰胺是怎么加到牛奶中的呢？有两种可能途径。一种是奶站加到原奶中。这样做有一定的局限，因为三聚氰胺微溶于水，常温下溶解度为3.1g/L。也就是说，100mL水可以溶解0.31g三聚氰胺，含氮0.2g，相当于1.27g蛋白质，由此可以算出，要达到100mL含≥2.95g蛋白质的要求，100mL牛奶最多只能兑75mL水（并加入0.54g三聚氰胺）。另一种途径是在奶粉制造过程中加入三聚氰胺，这就不受溶解度限制了，想加多少都可以。

三聚氰胺之所以被不法之徒当成"蛋白精"来用，可能是因为觉得它毒性很低，吃不死人。大鼠口服三聚氰胺，半致死量（毒理学常用指标，指能导致一半的实验对象死亡）大约为每千克体重3g，和食盐相当。大剂量喂食大鼠、兔、狗也未观察到明显的中毒现象。三聚氰胺进入体内后似乎不能被代谢，而是从尿液中原样排出，但是，动物实验也表明，长期喂食三聚氰胺能出现以三聚氰胺为主要成分的肾结石、膀胱结石。我们无法拿人体做试验，而即使患肾结石的人曾经服用过偷加了三聚氰胺的食物，也很难确定三聚氰胺就是罪魁祸首，除非患者的食物来源很单一，例如，只吃配方奶粉的婴儿——没想到还真有人敢拿婴儿来做试验证明了它能吃死人！

有人认为既然蛋白质检测法的缺陷导致了致命的造假，还不如干脆取消蛋白质检测，默许牛奶兑水得了。其实凯氏定氮法的缺陷并不难弥补，只要多一道步骤即可：先用三氯乙酸处理样品。三氯乙酸能让蛋白质形成沉淀，过滤后，分别测定沉淀和滤液中的氮含量，就可以知道蛋白质的真正含量和冒充蛋白质的氮含量。这是生物化学的常识，也早成为检测牛奶氮含量的国际标准（ISO 8968）。"蛋白精"骗局在国内出现已有一些年头，"三鹿奶粉"事件不过是把这一"行业秘密"摆在了公众面前。只有改进国家标准，堵住漏洞，才能挽回人们对国产乳业的信心。

摘自 BBS. GXSKY. com

实训项目四　阿司匹林药片中乙酰水杨酸含量的测定

（一）项目任务

1. 制备氢氧化钠和盐酸标准溶液。
2. 样品的处理与消解。
3. 样品中乙酰水杨酸含量的测定。
4. 项目数据记录与处理。

（二）背景知识

乙酰水杨酸（阿司匹林）是最常用的解热镇疼药之一，是有机弱酸（$pK_a=3.0$），摩尔质量为$180.16g \cdot mol^{-1}$，微溶于水，易溶于乙醇；干燥中稳定，遇潮水解。阿司匹林片剂在强碱性溶液中溶解并分解［乙酰水杨酸中的酯结构在碱性溶液中很容易水解为水杨酸（邻羟基苯甲酸）和乙酸盐］，水杨酸（邻羟基苯甲酸）易升华，随水蒸气一同挥发。水杨酸的酸性较苯甲酸强，与Na_2CO_3或$NaHCO_3$中和去羧基上的氢，与$NaOH$中和去羟基上的氢。由于药片中一般都添加一定量的赋形剂如硬脂酸镁、淀粉等不溶物（不溶于乙醇），不宜直接滴定。因此其含量的测定经常采用返滴定法。将药片研磨成粉状后加入过量的$NaOH$标准溶液，加热一段时间使乙酰基水解完全。再用HCl标准溶液回滴过量的$NaOH$（碱液在受热时易吸收CO_2，用酸回滴时会影响测定结果，故需要在同样条件下进行空白校正）滴定至溶液由红色变为接近无色（或恰褪至无色）即为终点。此时，$pH=7～8$。在这一滴定反应中，总的反应结果是$1mol$乙酰水杨酸消耗$2mol$ $NaOH$。

本法误差来源：无事先中和去游离酸，乙酰水杨酸片剂中由于含有少量稳定剂酒石酸和枸橼酸，制剂工艺过程中又可能水解产生水杨酸和醋酸。

（三）项目准备

$0.500mol \cdot L^{-1}NaOH$标准溶液、$0.1000mol \cdot L^{-1}HCl$标准溶液、酚酞指示剂（$2g \cdot L^{-1}$乙醇溶液）、阿司匹林药片。

（四）项目实施

将阿司匹林药片研成粉末后，准确称取约$0.6g$(约两片)药粉，于干燥$100mL$烧杯中，用移液管准确加入$50.00mL$ $0.5000mol \cdot L^{-1}NaOH$标准溶液后，盖上表面皿，轻摇几下，水浴加热$15min$，迅速用流水冷却（防水杨酸挥发，防热溶液吸收空气中的CO_2，防淀粉、糊精等进一步水解），将烧杯中的溶液定量转移至$250mL$容量瓶中，用蒸馏水稀释至刻度线，摇匀。

准确移取上述试液$25.00mL$于$250mL$锥形瓶中，加入2滴酚酞指示剂，用$0.1000mol \cdot L^{-1}$ HCl标准溶液滴至红色刚刚消失即为终点。根据所消耗的HCl溶液的体积计算药片中乙酰水杨酸的质量分数（％）。

（五）数据记录及处理

将药片中乙酰水杨酸含量的测定实验数据填入下表，并进行计算。

项 目	次 数			备 注
	1	2	3	
m/g				
$V(NaOH)/mL$				
$c(HCl)/mol \cdot L^{-1}$				控制相对平均偏差≯0.3%
$V(HCl)/mL$				
w（乙酰水杨酸）				
w（乙酰水杨酸）的平均值				
相对偏差				
相对平均偏差				

计算公式

$$w（乙酰水杨酸）=\frac{M\left[V(NaOH)\times 0.5-V(HCl)c(HCl)\right]}{m\times\frac{25}{250}}\times 100\%$$

式中　w（乙酰水杨酸）——药片中乙酰水杨酸含量（质量分数），%；

　　　　$V(HCl)$——滴定时消耗酸标准溶液的体积，mL；

　　　　$c(HCl)$——盐酸标准溶液浓度，mol·L^{-1}；

　　　$V(NaOH)$——样品中加入氢氧化钠标准溶液的体积，mL；

　　　　　M——乙酰水杨酸的摩尔质量，g·mol^{-1}；

　　　　　m——样品阿司匹林的质量，g。

（六）思考题

1. 在测定药片的实验中，为什么 1mol 乙酰水杨酸消耗 2mol NaOH，而不是 3mol NaOH？回滴后的溶液中，水解产物的存在形式是什么？

2. 为什么不采用直接滴定法？

单元二　　配位滴定法应用

实训项目一　水的总硬度及钙镁含量测定

（一）项目任务

1. 制备 EDTA 标准溶液。
2. 水中总硬度的测定。
3. 水中钙硬度的测定。
4. 项目数据记录与处理。

（二）背景知识

水的硬度主要由于水中含有钙盐和镁盐，其他金属离子如铁、铝、锰、锌等离子也形成

87

硬度，但一般含量甚少，测定工业用水总硬度时可忽略不计。测定水的硬度常采用配位滴定法，用乙二胺四乙酸二钠盐（EDTA）的标准溶液滴定水中 Ca、Mg 总量，然后换算为相应的硬度单位［我国采用 mmol·L^{-1} 或 mgCaCO$_3$·L^{-1} 为单位表示水的硬度或以每升水含 10mg CaO 为 1 度（1°）］。

按国际标准方法测定水的总硬度：在 pH＝10 的 NH$_3$-NH$_4$Cl 缓冲溶液中，以铬黑 T（EBT）为指示剂，用 EDTA 标准溶液滴定至溶液由紫红色变为纯蓝色即为终点。滴定过程反应如下。

滴定前 $\quad\quad\quad\quad\quad$ EBT＋Mg^{2+} $\longrightarrow$ Mg-EBT

$\quad\quad\quad\quad\quad\quad$（蓝色）$\quad\quad\quad\quad$（紫红色）

滴定时 $\quad\quad\quad\quad\quad$ EDTA＋Ca^{2+} $\longrightarrow$ Ca-EDTA

$\quad\quad\quad\quad\quad\quad\quad\quad\quad\quad\quad\quad\quad$（无色）

$\quad\quad\quad\quad\quad\quad\quad$ EDTA＋Mg^{2+} $\longrightarrow$ Mg-EDTA

$\quad\quad\quad\quad\quad\quad\quad\quad\quad\quad\quad\quad\quad$（无色）

终点时 $\quad\quad\quad\quad\quad$ EDTA＋Mg-EBT $\longrightarrow$ Mg-EDTA＋EBT

$\quad\quad\quad\quad\quad\quad$（紫红色）$\quad\quad\quad\quad\quad\quad\quad\quad\quad$（蓝色）

到达计量点时，呈现游离指示剂的纯蓝色。

若水样中存在 Fe^{3+}、Al^{3+} 等微量杂质时，可用三乙醇胺进行掩蔽，Cu^{2+}、Pb^{2+}、Zn^{2+} 等重金属离子可用 Na$_2$S 或 KCN 掩蔽。

钙硬度测定，可控制 pH 介于 12～13 之间（此时氢氧化镁沉淀），选用钙指示剂进行测定，终点颜色由红色变为蓝色。

镁硬度可由总硬度减去钙硬度求出。

（三）项目准备

HCl（1＋1）、三乙醇胺（1＋1）、NH$_3$-NH$_4$Cl 缓冲溶液（pH＝10）、0.02mol·L^{-1} EDTA标准溶液、铬黑 T 指示剂（0.5％）、钙指示剂、水样。

（四）项目实施

1. 自来水总硬度的测定

移取水样 100.0mL 于 250mL 锥形瓶中，加入 1～2 滴 HCl 微沸数分钟以除去 CO$_2$，冷却后，加入 3mL 三乙醇胺（若水样中含有重金属离子，则加入 1mL 2％Na$_2$S 溶液掩蔽）、5mL 氨性缓冲溶液、2～3 滴铬黑 T（EBT）指示剂，EDTA 标准溶液滴定至溶液由紫红色变为纯蓝色，即为终点。注意接近终点时应慢滴多摇。平行测定三次，计算水的总硬度，以 mgCaCO$_3$·L^{-1} 表示分析结果。

2. 钙硬度和镁硬度的测定

取水样 100.0mL 于 250mL 锥形瓶中，加入 2mL 6mol·L^{-1}NaOH 溶液，摇匀，再加入 0.01g 钙指示剂，摇匀后用 0.02mol·L^{-1}EDTA 标准溶液滴定至溶液由酒红色变为纯蓝色即为终点。计算钙硬度。由总硬度和钙硬度求出镁硬度。

（五）数据记录及处理

将水的总硬度及钙镁含量测定实验数据填入下表，并进行计算。

项　目	次　数			备　注
	1	2	3	
$c(EDTA)/mol \cdot L^{-1}$				
V_1/L				
V_2/L				
V/L				
总硬度$/mgCaCO_3 \cdot L^{-1}$				
平均值				相对平均偏
相对偏差				差控制在
相对平均偏差				0.3％内
钙硬度$/mgCaCO_3 \cdot L^{-1}$				
平均值				
相对偏差				
相对平均偏差				
镁硬度$/mgCaCO_3 \cdot L^{-1}$				

总硬度计算公式

$$总硬度(mgCaCO_3 \cdot L^{-1}) = \frac{c(EDTA)V_1 M(CaCO_3)}{V} \times 1000$$

钙硬度计算公式

$$钙硬度(mgCaCO_3 \cdot L^{-1}) = \frac{c(EDTA)V_2 M(CaCO_3)}{V} \times 1000$$

$$镁硬度 = 总硬度 - 钙硬度$$

式中　$c(EDTA)$——EDTA 标准滴定溶液浓度，$mol \cdot L^{-1}$；

　　　　V_1——测总硬度时消耗 EDTA 标准溶液的体积，L；

　　　　V_2——测定钙硬度时消耗 EDTA 标准滴定溶液的体积，L；

　　$M(CaCO_3)$——$CaCO_3$ 摩尔质量，$g \cdot mol^{-1}$；

　　　　V——水样体积，L。

（六）注意事项

1. 铬黑 T 与 Mg^{2+} 显色灵敏度高，与 Ca^{2+} 显色灵敏度低，当水样中 Ca^{2+} 含量高而 Mg^{2+} 很低时，得到不敏锐的终点，可采用 K-B 混合指示剂。

2. 水样中含铁量超过 $10mg \cdot mL^{-1}$ 时用三乙醇胺掩蔽有困难，需用蒸馏水将水样稀释到 Fe^{3+} 不超过 $10mg \cdot mL^{-1}$ 即可。

（七）思考题

1. 铬黑 T 指示剂是怎样指示滴定终点的？

2. 配位滴定中为什么要加入缓冲溶液？

3. 用 EDTA 法测定水的硬度时，哪些离子的存在有干扰？如何消除？

4. 配位滴定与酸碱滴定法相比，有哪些不同点？操作中应注意哪些问题？

5. 根据测定结果，判断水样硬度（°）的属类。

【相关链接】

水质硬度分类

在日常应用中，根据我国生活饮用水卫生标准中规定硬度（以 $CaCO_3$ 计）不得超过 450mg/L。除了生活饮用水，我国目前水质分类按度（°）分为七类，见表 4-1。

表 4-1 水质分类

总硬度	$0°\sim4°$	$4°\sim8°$	$8°\sim16°$	$16°\sim25°$	$25°\sim40°$	$40°\sim60°$	$60°$以上
水质	很软水	软水	中硬水	硬水	高硬水	超硬水	特硬水

实训项目二 钙制剂中钙含量的测定

（一）项目任务

1. 制备 EDTA 标准溶液。

2. 样品的称量与消解。

3. 样品钙含量的测定。

4. 项目数据记录与处理。

（二）背景知识

钙制剂一般用酸来溶解，并加入少量的三乙醇胺，以消除铁、铜、锌等离子的干扰，调节 pH 为 12～13，以钙指示剂（铬蓝黑 R）作指示剂，它与钙生成红色配位物，当用 EDTA 滴定至化学计量点时，游离出指示剂，使溶液呈现蓝色。

（三）项目准备

EDTA 标准溶液（$0.01mol \cdot L^{-1}$）、NaOH（$5mol \cdot L^{-1}$）、HCl（$6mol \cdot L^{-1}$）、三乙醇胺（$200g \cdot L^{-1}$）、钙指示剂（铬蓝黑 R）：乙醇溶液（$5g \cdot L^{-1}$）。

（四）项目实施

准确称取补钙制剂（根据补钙制剂的标示量，可以估算需要称取的量，本节以葡萄糖酸钙为例）2g 左右（精确到 0.0001g），置于 100mL 烧杯中，加入 5mL HCl，适当加热至完全溶解后，冷至室温，定量转移至 250mL 容量瓶中，用水稀释至刻度，摇匀。

用移液管移取上述溶液 25.00mL 于锥形瓶中，加三乙醇胺 5mL，加 NaOH 5mL，加水 25mL，摇匀，加钙指示剂溶液 3～4 滴，用 EDTA 标准溶液滴定至由红色变为蓝色即为终点。记录所消耗 EDTA 标准溶液的体积。按下式计算结果。平行测定 3 份，若它们的相对偏差不超过 0.2%，则可以取其平均值作为最终结果。否则，不要取平均值，而要查找原因，作出合理解释。

(五) 数据记录及处理

将钙制剂中钙含量的测定实验数据填入下表, 并进行计算。

项 目	次 数			备 注
	1	2	3	
$c(\text{EDTA})/\text{mol} \cdot \text{L}^{-1}$				
m/g				
$V(\text{EDTA})/\text{mL}$				相对平均偏
$w(\text{Ca})$				差控制在
$w(\text{Ca})$平均值				0.2%内
相对偏差				
相对平均偏差				

计算公式

$$w(\text{Ca}) = \frac{c(\text{EDTA})V(\text{EDTA})M(\text{Ca}) \times 10^{-3}}{m \times \dfrac{25}{250}} \times 100\%$$

式中 $w(\text{Ca})$——钙制剂中钙的含量 (质量分数);

  $c(\text{EDTA})$——EDTA 标准滴定溶液浓度, $\text{mol} \cdot \text{L}^{-1}$;

  $V(\text{EDTA})$——消耗 EDTA 标准溶液的体积, L;

    $M(\text{Ca})$——Ca 的摩尔质量, $\text{g} \cdot \text{mol}^{-1}$;

      m——样品补钙制剂的质量, g。

(六) 思考题

1. 根据你所掌握的知识, 还能设计出其他测定钙制剂中钙的方法吗?
2. 简述钙指示剂的变色原理。

实训项目三　铝盐中铝含量的测定

(一) 项目任务

1. 制备 EDTA 和 Zn^{2+} 标准溶液。
2. 样品的称量与溶解。
3. 用返滴定法测定样品铝含量。
4. 项目数据记录与处理。

(二) 背景知识

明矾 $[\text{KAl}(\text{SO}_4)_2 \cdot 12\text{H}_2\text{O}]$ 中 Al 的测定, 可采用 EDTA 配位滴定法。由于 Al^{3+} 易形成一系列多核羟基配位物, 这些多核羟基配位物与 EDTA 配位缓慢, 且 Al^{3+} 对二甲酚橙指示剂有封闭作用, 故通常采用返滴定法测定铝。加入定量且过量的 EDTA 标准溶液, 所以调节溶液 pH 为 3~4, 煮沸几分钟, 使 Al^{3+} 与 EDTA 配位反应完全。所以冷却后, 再调节溶液 pH 为 5~6 (此时 AlY 稳定, 也不会重新水解析出多核配位物），以二甲酚橙为指示剂，用 Zn^{2+} 标准溶液滴定至溶液由黄色变为紫红色，即为终点。

(三) 项目准备

明矾试样、EDTA 标准溶液（$0.02mol \cdot L^{-1}$）、二甲酚橙指示剂（$2g \cdot L^{-1}$）、六亚甲基四胺溶液（$200g \cdot L^{-1}$）、盐酸溶液（1+1）、$ZnSO_4 \cdot 7H_2O$ 标准溶液（$0.02mol \cdot L^{-1}$）、pH＝3.5 的缓冲溶液（参见附录6）。

(四) 项目实施

准确称取明矾试样 [$KAl(SO_4)_2 \cdot 12H_2O$，$M_r = 474.4$] $0.95 \sim 1.0g$ 于小烧杯中，加热使其完全溶解，待冷却后将溶液定量转移至 100mL 容量瓶中，用蒸馏水稀释至刻度，摇匀备用。

用移液管移取 25.00mL 明矾试样标准溶液置于 250mL 锥形瓶中，用滴定管准确加入 EDTA 标准溶液 50.00mL，然后加入 10mL，pH＝3.5 的缓冲溶液，在电炉上加热煮沸近 10min，然后放置冷却至室温。

在锥形瓶中加入六亚甲基四胺 10mL，二甲酚橙指示剂 $3 \sim 4$ 滴，用 Zn^{2+} 标准溶液返滴定至溶液由黄色变为橙色即为终点。

根据所消耗的 Zn^{2+} 标准溶液体积，计算所测明矾中铝的含量。平行测定 $3 \sim 4$ 次。

(五) 实验记录及处理

将明矾中 Al 含量的测定实验数据填入下表，并进行计算。

项　　目	次　数			备　注
	1	2	3	
m/g				
$c(EDTA)/mol \cdot L^{-1}$				
$V(EDTA)/mL$				
$c(Zn^{2+})/mol \cdot L^{-1}$				相对平均偏差控制在 0.2%内
$V(Zn)/mL$				
$w(Al)$				
$w(Al)$平均值				
相对偏差				
相对平均偏差				

计算公式

$$w(Al) = \frac{[c(EDTA) \times 50.00 - c(Zn^{2+})V(Zn^{2+})]M(Al)}{m \times \frac{25}{100}} \times 100\%$$

式中　$w(Al)$ ——明矾中铝含量（质量分数）；

$c(EDTA)$ ——EDTA 标准滴定溶液浓度，$mol \cdot L^{-1}$；

$c(Zn^{2+})$ ——Zn^{2+} 标准滴定溶液浓度，$mol \cdot L^{-1}$；

$V(Zn^{2+})$ ——滴定 EDTA 时消耗 Zn^{2+} 标准溶液的体积，L；

$M(Al)$ ——Al 的摩尔质量，$g \cdot mol^{-1}$；

m——样品的质量，g。

1. 明矾溶于水后，因缓慢溶解而显浑浊，在加入过量 EDTA 并加热后，即可溶解，不影响滴定。

2. pH<6 时，游离的二甲酚橙呈黄色，滴定至 Zn^{2+} 稍微过量时，Zn^{2+} 与部分二甲酚橙生成紫红色配合物，黄色与紫红色混合呈橙色，故终点颜色为橙色。

（七）思考题

1. 用 EDTA 测定铝盐的含量，为什么不能用直接滴定法？

2. Al^{3+} 对二甲酚橙有封闭作用，为什么在本实验中还能采用二甲酚橙作指示剂？

实训项目四　铅铋合金中 Bi、Pb 连续滴定

（一）项目任务

1. 制备 EDTA 标准溶液。

2. 铅铋合金溶解。

3. 铅铋合金中 Bi、Pb 连续滴定。

4. 项目数据记录与处理。

（二）背景知识

Bi^{3+} 和 Pb^{2+} 均能与 EDTA 形成稳定的 1∶1 配合物，$\lg K$ 分别为 27.94 和 18.04，$\Delta \lg K_{MY}=6$，BiY 与 PbY 两者的稳定常数相差很大，故可利用控制 pH 分别进行滴定。通常在 pH≈1 时滴定 Bi^{3+}，pH 为 5～6 时滴定 Pb^{2+}。在 pH≈1 时，以二甲酚橙作指示剂，Bi^{3+} 与二甲酚橙形成紫红色配合物（Pb^{2+} 在此条件下不与指示剂作用），用 EDTA 滴定至溶液突变为亮黄色即为 Bi^{3+} 的终点。在此溶液中加入六亚甲基四胺，调节溶液的 pH 为 5～6，此时 Pb^{2+} 与二甲酚橙形成紫红色配合物，用 EDTA 滴定至溶液再变为亮黄色即为 Pb^{2+} 的终点。

（三）项目准备

1. EDTA 标准滴定溶液（0.02mol·L⁻¹）。

2. HNO₃（1+3）。

3. 二甲酚橙指示剂：0.2%水溶液。

4. 六亚甲基四胺：20%水溶液。

（四）项目实施

用移液管移取 25.00mL Bi^{3+}，Pb^{2+} 混合溶液三份，分别置于 250mL 锥形瓶中（如果样品为铅铋合金，可准确称取试样 0.15～0.18g，加 HNO₃ 10mL，微热溶解后，稀至100mL），此时 pH=1，加二甲酚橙指示剂 1～2 滴，用 EDTA 标准溶液滴定至溶液由紫红色变为亮黄色，记下消耗的 EDTA 标准溶液的体积 V_1（mL）。滴加 20% 的六亚甲基四胺溶液到滴定完 Bi^{3+} 的溶液中，至呈稳定的紫红色后，再过量 5mL，此时溶液的 pH 为 5～6，

继续用 EDTA 标准溶液滴定至由紫红色变为亮黄色即为 Pb^{2+} 的终点，记下消耗的 EDTA 的体积 V_2(mL)，计算 Bi^{3+} 和 Pb^{2+} 的浓度（g/L）（若为固体样品则计算含量）及相对平均偏差。

（五）实验记录及处理

将铅、铋混合溶液的连续测定实验数据填入下表，并进行计算。

项 目	次 数			备 注
	1	2	3	
$c(EDTA)/mol \cdot L^{-1}$				
V/mL				
V_1/mL				
$\rho(Bi)/g \cdot L^{-1}$				
平均 $\rho(Bi)/g \cdot L^{-1}$				相对平均偏差控制在 0.3% 内
相对偏差				
相对平均偏差				
V_2/mL				
$\rho(Pb)/g \cdot L^{-1}$				
平均 $\rho(Pb)/g \cdot L^{-1}$				
相对偏差				
相对平均偏差				

铅、铋含量计算公式

$$\rho(Bi) = \frac{c(EDTA)V_1M(Bi)}{V}$$

$$\rho(Pb) = \frac{c(EDTA)V_2M(Pb)}{V}$$

式中　$\rho(Bi)$ ——铋的质量浓度，$g \cdot L^{-1}$；

　　　$\rho(Pb)$ ——铅的质量浓度，$g \cdot L^{-1}$；

　$c(EDTA)$ ——EDTA 标准滴定溶液浓度，$mol \cdot L^{-1}$；

　　　　　V ——试液的体积，mL；

　　　　V_1 ——滴定铋时消耗 EDTA 标准溶液的体积，mL；

　　　　V_2 ——滴定铅时消耗 EDTA 标准溶液的体积，mL；

　　$M(Bi)$ ——Bi 的摩尔质量，$g \cdot mol^{-1}$；

　　$M(Pb)$ ——Pb 的摩尔质量，$g \cdot mol^{-1}$。

（六）注意事项

1. 滴定 Bi^{3+} 时，若酸度过低，Bi^{3+} 将水解，产生白色浑浊。

2. 滴定至近终点时，滴定速度要慢，并充分摇动溶液，以免滴过终点。

（七）思考题

1. 本实验中，能否先在 pH＝5～6 的溶液中滴定 Pb^{2+}，然后再调节溶液的 pH＝1 来滴定 Bi^{3+}？

2. Bi^{3+}，Pb^{2+} 连续滴定时，为什么用二甲酚橙指示剂？用铬黑 T 指示剂可以吗？

单元三　　　氧化还原滴定法应用

实训项目一　药品 $FeSO_4 \cdot 7H_2O$ 含量测定

(一) 项目任务

1. 制备高锰酸钾标准溶液。
2. 药品的称量、溶解与过滤。
3. 用高锰酸钾法测定药品 $FeSO_4 \cdot 7H_2O$ 含量。
4. 项目数据记录与处理。

(二) 背景知识

药品硫酸亚铁片或硫酸亚铁缓释片,在医药上作补血剂。高锰酸钾是强氧化剂,在酸性条件下容易把+2价的铁氧化成+3价,锰自身变为+2价,使溶液由浅绿色变为粉红色。滴定反应式为:

$$MnO_4^- + 5Fe^{2+} + 8H^+ \longrightarrow Mn^{2+} + 5Fe^{3+} + 4H_2O$$

(三) 项目准备

水(新沸放置至室温)、稀硫酸(1+10)、高锰酸钾标准溶液 $\left[c\left(\frac{1}{5}KMnO_4\right) = 0.02 \right.$ $\left. mol \cdot L^{-1} \right]$、药品。

(四) 实验内容

取本品10片,除去薄膜衣精密称定,置50mL烧杯,加稀硫酸溶解,转移至200mL容量瓶中用新沸过的冷水稀释至刻度,摇匀,用干燥滤纸迅速滤过,精密量取续滤液30mL,立即用高锰酸钾标准滴定液滴定溶液呈粉红色,并保持30s不褪色为终点。记录消耗高锰酸钾标准溶液的体积。平行测定三次。

(五) 数据记录及处理

将药品 $FeSO_4 \cdot 7H_2O$ 含量测定实验数据填入下表,并进行计算。

项　　目	次　数			备　注
	1	2	3	
$c\left(\frac{1}{5}KMnO_4\right)/mol \cdot L^{-1}$				相对平均偏差控制在0.3%内
$V(KMnO_4)/mL$				
$w(FeSO_4 \cdot 7H_2O)$				
平均铁含量				
相对偏差				
相对平均偏差				

计算公式

$$w(FeSO_4 \cdot 7H_2O) = \frac{c\left(\frac{1}{5}KMnO_4\right)V(KMnO_4)M(FeSO_4 \cdot 7H_2O) \times 10^{-3}}{\frac{30}{200} \times 10 \times 标示量(g \cdot 片^{-1})} \times 100\%$$

式中　$w(FeSO_4 \cdot 7H_2O)$——药品中 $FeSO_4 \cdot 7H_2O$ 含量;

$c\left(\frac{1}{5}KMnO_4\right)$——高锰酸钾标准滴定溶液浓度,$mol \cdot L^{-1}$;

$V(KMnO_4)$——消耗高锰酸钾滴定液的体积,mL;

$M(FeSO_4 \cdot 7H_2O)$——$FeSO_4 \cdot 7H_2O$ 摩尔质量,$g \cdot mol^{-1}$。

实训项目二　双氧水中 H_2O_2 含量的测定

(一) 项目任务

1. 制备高锰酸钾标准溶液。
2. 样品的稀释。
3. 用高锰酸钾法测定样品 H_2O_2 含量。
4. 项目数据记录与处理。

(二) 背景知识

双氧水是一种重要医药化工原料,它具有较强的渗透性和氧化作用,医学上常用双氧水来清洗创口和局部抗菌,添加入食品中可分解放出氧,起漂白、防腐和除臭等作用。

H_2O_2 在酸性溶液中是强氧化剂,但遇 $KMnO_4$ 时表现为还原剂。在酸性溶液中 H_2O_2 很容易被 $KMnO_4$ 氧化,反应式如下:

$$2MnO_4^- + 5H_2O_2 + 6H^+ \longrightarrow 2Mn^{2+} + 8H_2O + 5O_2 \uparrow$$
(紫红色)　　　　　　　　　　　(肉色)

开始时,反应很慢,待溶液中生成了 Mn^{2+},反应速度加快(自动催化反应),故能顺利地、定量地完成反应。稍过量的滴定剂($2 \times 10^{-6} mol \cdot L^{-1}$)显示它本身颜色(自身指示剂),即为终点。

(三) 项目准备

$KMnO_4$ 标准溶液 $\left[c\left(\frac{1}{5}KMnO_4\right) = 0.02 mol \cdot L^{-1}\right]$、30% 的 H_2O_2 水溶液等。

(四) 项目实施

1. 稀释

用 1mL 移液管吸取原装双氧水(原装 H_2O_2 约 30%)1mL 于 250mL 容量瓶中(容量瓶中先装入半瓶水),用水稀释至标线充分摇匀。

2. 测定

用 25mL 移液管吸取待测溶液 25mL 于 250mL 锥形瓶中,加 75mL 水,6mol $\cdot$ L^{-1} H_2SO_4 15mL,用 $KMnO_4$ 标准溶液滴定至溶液显粉红色,经过 30s 不消褪,即达终点。再重复测定两份。

（五）实验记录及处理

将实验数据填入下表，并进行计算。

项　目	次　数			备　注
	1	2	3	
$c\left(\dfrac{1}{5}KMnO_4\right)/mol\cdot L^{-1}$				
$V(H_2O_2)/mL$				相对平均偏
$V(KMnO_4)/mL$				差控制在
$\rho(H_2O_2)/g\cdot L^{-1}$				0.3％内
平均 $\rho(H_2O_2)/g\cdot L^{-1}$				
相对偏差				
相对平均偏差				

计算试样中 H_2O_2 的质量浓度（$g\cdot L^{-1}$）公式

$$\rho(H_2O_2)=\frac{c\left(\dfrac{1}{5}KMnO_4\right)V(KMnO_4)M\left(\dfrac{1}{2}H_2O_2\right)}{V(H_2O_2)\times\dfrac{25}{250}}$$

式中　$\rho(H_2O_2)$——H_2O_2 的质量浓度，$g\cdot L^{-1}$；

$c\left(\dfrac{1}{5}KMnO_4\right)$——基本单元为 $\dfrac{1}{5}KMnO_4$ 标准滴定溶液的浓度，$mol\cdot L^{-1}$；

$V(KMnO_4)$——滴定时消耗 $KMnO_4$ 标准滴定溶液的体积，mL；

$M\left(\dfrac{1}{2}H_2O_2\right)$——基本单元为 $\dfrac{1}{2}H_2O_2$ 的过氧化氢的摩尔质量，$g\cdot mol^{-1}$；

$V(H_2O_2)$——H_2O_2 试样体积，mL。

（六）注意事项

1. 标定 $KMnO_4$ 溶液浓度时，整个滴定过程要注意控制溶液的酸度、温度、滴定速度。

2. 温度不宜太高。

3. $KMnO_4$ 滴定的终点是不太稳定的，由于空气中含有还原性气体及尘埃等杂质，落入溶液中能使 $KMnO_4$ 慢慢分解，而使粉红色消失，所以经过 30s 不褪色，即可认为已达终点。

（七）思考题

1. 在 $KMnO_4$ 法中，如果 H_2SO_4 用量不足，对结果有何影响？

2. 用 $KMnO_4$ 滴定双氧水时，溶液是否可以加热？

实训项目三　铁矿石中铁含量的测定

（一）项目任务

1. 制备 $K_2Cr_2O_7$ 标准溶液。

2. 样品的溶解。

3. 用重铬酸钾法测定样品铁含量。

4. 项目数据记录与处理。

（二）背景知识

铁矿石中的铁，主要以氧化物形式存在。对铁矿石来说，HCl 溶液是很好的溶剂，溶解后生成 Fe^{3+}，必须用还原剂将它预先还原，才能用氧化剂 $K_2Cr_2O_7$ 溶液滴定。经典的 $K_2Cr_2O_7$ 法测定铁时，一般用 $SnCl_2$ 作为预还原剂，过量的 $SnCl_2$ 用 $HgCl_2$ 除去消除 Sn^{2+} 的干扰，然后用 $K_2Cr_2O_7$ 标准溶液滴定生成的 Fe^{2+}。此方法操作简便，结果准确。但 $HgCl_2$ 有剧毒，对环境造成严重污染，近年来推广采用各种不用汞盐测定铁的方法。本实验采用甲基橙指示 $SnCl_2$ 还原 Fe^{3+}。其原理是在热 HCl 溶液中，以甲基橙为指示剂，Sn^{2+} 将 Fe^{3+} 还原完后，过量的 Sn^{2+} 可将甲基橙还原为氢化甲基橙而褪色，不仅指示了还原的终点，Sn^{2+} 还能继续使氢化甲基橙还原成 N,N-二甲基对苯二胺和对氨基苯磺酸钠，过量的 Sn^{2+} 则可以被除去。其反应方程式为：

$$2FeCl_4^- + SnCl_4^{2-} + 2Cl^- \longrightarrow 2FeCl_4^{2-} + SnCl_6^{2-}$$

$(CH_3)_2N$—〈〉—N＝N—〈〉—$SO_3Na + 2H^+ \longrightarrow (CH_3)_2N$—〈〉—$NH$—$NH$—〈〉—$SO_3Na$

$(CH_3)_2N$—〈〉—NH—NH—〈〉—$SO_3Na + 2H^+ \longrightarrow (CH_3)_2N$—〈〉—$NH_2 + NH_2$—〈〉—$SO_3Na$

以上为不可逆反应，甲基橙的还原产物不消耗 $K_2Cr_2O_7$。

若 HCl 溶液浓度大于 $6mol \cdot L^{-1}$，Sn^{2+} 会先将甲基橙还原为无色，无法指示 Fe^{3+} 的还原反应；而若 HCl 溶液浓度低于 $2mol \cdot L^{-1}$，则甲基橙褪色缓慢。因此 HCl 溶液浓度应控制在 $4mol \cdot L^{-1}$ 左右。

因为 $K_2Cr_2O_7$ 易获得 99.99% 以上的纯品，其溶液也非常稳定，故可用直接法配制 $K_2Cr_2O_7$ 标准溶液。

在酸性介质中，$K_2Cr_2O_7$ 可以将 Fe^{2+} 定量地氧化，其反应方程式为：

$$Cr_2O_7^{2-} + 6Fe^{2+} + 14H^+ \longrightarrow 2Cr^{3+} + 6Fe^{3+} + 7H_2O$$

因此，可以用 $K_2Cr_2O_7$ 标准溶液直接滴定溶液中的 Fe^{2+}，滴定突跃范围为 $0.93 \sim 1.34V$。而以二苯胺磺酸钠作指示剂，其变色范围为 $0.82 \sim 0.88V$，为此滴定在 H_3PO_4 与 H_2SO_4 混合溶液中进行。H_3PO_4 使滴定生成的 Fe^{3+} 形成无色的 $[Fe(HPO_4)_2]^-$ 而降低 Fe^{3+}/Fe^{2+} 电对的电位，使突跃范围变成 $0.71 \sim 1.34V$，二苯胺磺酸钠的变色范围全部落入此突跃范围内，同时也消除了 $FeCl_4^-$ 的黄色对终点观察的干扰，从而减小滴定终点的误差。终点时，溶液呈紫色或蓝紫色。$Sb(V)$、$Sb(Ⅲ)$ 干扰本实验，不应存在。

（三）项目准备

1. 铁矿石粉样品。

2. 二苯胺磺酸钠溶液（$2g \cdot L^{-1}$）。

3. 甲基橙水溶液（$2g \cdot L^{-1}$）。

4. H_2SO_4-H_3PO_4 混酸：将 15mL 浓 H_2SO_4 溶液缓慢加至 70mL 水中，冷却后加入 15mL 浓 H_3PO_4 溶液混匀。

5. $SnCl_2$（$100g \cdot L^{-1}$）：10g $SnCl_2 \cdot 2H_2O$ 溶于 40mL 浓的热 HCl 溶液中，加水稀释至 100mL。

6. $SnCl_2$（$50g \cdot L^{-1}$）。

7. $K_2Cr_2O_7$ 标准溶液 $\left[c\left(\frac{1}{6}K_2Cr_2O_7 \right) = 0.05000mol \cdot L^{-1} \right]$：将 $K_2Cr_2O_7$ 在 $150 \sim 180℃$ 干燥 2h。置于干燥器中冷却至室温。用固定质量称量法准确称取 $0.6129g\ K_2Cr_2O_7$ 于小烧杯中，加水溶解，定量转移至 250mL 容量瓶中，加水稀释至刻度，摇匀。

（四）项目实施

准确称取铁矿石粉 $1.0 \sim 1.5g$，加入 250mL 烧杯中，用少量水润湿后，加入 20mL 浓 HCl 溶液，盖上表面皿，在通风橱中低温加热，分解试样。若有带色不溶残渣，滴加 $20 \sim 30$ 滴 $100g \cdot L^{-1}\ SnCl_2$ 助溶。残渣接近白色（SiO_2），则试样分解完全。用少量水吹洗表面皿及烧杯壁，待冷却后，转移至 250mL 容量瓶中，稀释、定容至刻度，摇匀。

准确移取上述溶液 25.00mL 于锥形瓶中，加入 8mL 浓 HCl 溶液，加热溶液接近沸腾。然后滴加 6 滴甲基橙指示剂，趁热逐滴加入 $100g \cdot L^{-1}\ SnCl_2$ 还原 Fe^{3+}，边加边摇动，溶液由橙色变为红色，慢慢滴加 $50g \cdot L^{-1}\ SnCl_2$ 至溶液变为粉色，再摇几下直至粉色褪去。立即用流水冷却，加 50mL 蒸馏水、20mL H_2SO_4-H_3PO_4 混酸、4 滴二苯胺磺酸钠溶液，立即用 $K_2Cr_2O_7$ 标准溶液滴定到溶液呈稳定的紫色，即为终点。平行测定 3 次，计算矿石中铁的质量分数。

（五）数据记录及处理

将铁矿石中铁含量的测定实验数据填入下表，并进行计算。

项　目	次　数			备　注
	1	2	3	
$c\left(\frac{1}{6}K_2Cr_2O_7 \right)$/mol·L^{-1}				
m/g				
$V(K_2Cr_2O_7)$/mL				相对平均偏差控制在 0.3%内
$w(Fe)$				
平均 $w(Fe)$				
相对偏差				
相对平均偏差				

计算公式

$$w(Fe) = \frac{c\left(\frac{1}{6}K_2Cr_2O_7 \right) V(K_2Cr_2O_7) M(Fe) \times 10^{-3}}{m \times \frac{25}{250}} \times 100\%$$

式中　$w(Fe)$——铁矿石中的铁含量（质量分数）；

$c\left(\frac{1}{6}K_2Cr_2O_7 \right)$——重铬酸钾标准滴定溶液浓度，$mol \cdot L^{-1}$；

$V(K_2Cr_2O_7)$——消耗重铬酸钾滴定液的体积，mL；

m——样品的质量，g；

$M(Fe)$——Fe 摩尔质量，$g \cdot mol^{-1}$。

（六）注意事项

1. 若硫酸盐试样难于分解，可加入少许氟化物助溶，但此时不能用玻璃器皿盛装试样。
2. 如刚加入 $SnCl_2$ 时溶液的红色立即褪去，说明 $SnCl_2$ 已经过量，可补加 1 滴甲基橙指示剂，以除去稍过量的 $SnCl_2$，此时溶液若呈现粉色，表明 $SnCl_2$ 已不过量。

（七）思考题

1. 为什么可以用直接法配制准确浓度的 $K_2Cr_2O_7$ 标准溶液？
2. 用 $K_2Cr_2O_7$ 标准溶液滴定 Fe^{2+} 时，加入 H_3PO_4 的作用是什么？
3. 实验中甲基橙起什么作用？

实训项目四　植物油过氧化值测定

（一）项目任务

1. 制备 $Na_2S_2O_3$ 标准溶液。
2. 用碘量法测定植物油中过氧化值。
3. 项目数据记录与处理。

（二）背景知识

过氧化物是油脂在氧化过程中的中间产物，很容易分解产生挥发性和非挥发性脂肪酸、醛、酮等，具有特殊的臭味和发苦的滋味，以致影响油脂的感官性质和食用价值。检测油脂中是否存在过氧化物，以及含量的大小，即可判断油脂是否新鲜和酸败的程度。

过氧化值有多种表示方法，一般用滴定 1g 油脂所需某种规定浓度（常用 $0.002mol \cdot L^{-1}$）$Na_2S_2O_3$ 标准溶液的毫升数表示，也有用每 1kg 油脂中活性氧的毫摩尔数表示，或每 1g 油脂中活性氧的微克数表示等。

油脂在氧化过程产生的过氧化物很不稳定，能氧化碘化钾成为游离碘，用硫代硫酸钠标准溶液滴定，根据析出碘量计算过氧化值。

（三）项目准备

1. 氯仿-冰醋酸混合液：取氯仿 40mL 加冰醋酸 60mL 混匀。
2. 饱和 KI 溶液：取 KI 5g，加水 10mL，储于棕色瓶中。
3. 0.5%淀粉指示剂：称取可溶性淀粉 0.5g，用蒸馏水调成浆状，注入 100mL 蒸馏水，煮沸至透明状，冷后用棉花过滤。
4. $0.002mol \cdot L^{-1}$ $Na_2S_2O_3$ 标准溶液。

（四）项目实施

称取混匀和过滤的试样 2～3g，注入 250mL 碘量瓶中，加入 30mL 氯仿-冰醋酸混合液，立即振荡试样、溶解，加 1mL 饱和 KI 液，加塞后摇匀，在暗处放置 3min，取出加水 100mL，摇匀后立即用 $0.002mol \cdot L^{-1}$ $Na_2S_2O_3$ 标液滴定，至淡黄色时，加 0.5%淀粉指示剂 5mL，继续滴定至蓝色消失为止。同时做空白试验。

（五）数据记录及处理

将植物油过氧化值测定实验数据填入下表，并进行计算。

项　目	次　数			备　注
	1	2	3	
$c(Na_2S_2O_3)/mol \cdot L^{-1}$				
m/g				
V_1/mL				
V_2/mL				相对平均偏差控制在 0.3% 内
样品中过氧化值 $P'/mmol \cdot kg^{-1}$				
样品中过氧化值平均值/$mmol \cdot kg^{-1}$				
相对偏差				
相对平均偏差				

计算公式

$$P' = \frac{(V_1 - V_0)c(Na_2S_2O_3)}{2m}$$

式中　　P'——样品过氧化值，$mmol \cdot kg^{-1}$；

　　　　V_1——滴定样品溶液时用去的 $Na_2S_2O_3$ 标液体积，mL；

　　　　V_0——滴定空白试验时用去的 $Na_2S_2O_3$ 标液体积，mL；

$c(Na_2S_2O_3)$——$Na_2S_2O_3$ 标准溶液浓度，$mol \cdot L^{-1}$；

　　　　m——样品质量，g。

（六）注意事项

1. 饱和碘化钾溶液中不可存在游离碘和碘酸盐。
2. 光线会促进空气对试剂的氧化。
3. 三氯甲烷、乙酸的比例，加入碘化钾后静置时间的长短及加水量多少等，对测定结果均有影响。

实训项目五　维生素 C 的含量测定

（一）项目任务

1. 制备 I_2 标准溶液。
2. 样品试液的制备。
3. 用碘量法测定食品或营养制剂中的维生素 C 的含量。
4. 项目数据记录与处理。

（二）背景知识

维生素 C 又称为抗坏血酸，其分子式为 $C_6H_8O_6$，摩尔质量为 $176.121g \cdot mol^{-1}$，是预防和治疗坏血病及促进身体健康的药品。医药上有片剂、长效的片剂、糖浆液、粉末、口嚼片等各种不同的制剂。主要食物来源为蔬菜与水果，如青菜、韭菜、塌棵菜、菠菜、柿子椒等深色蔬菜和花菜，以及柑橘、红果、柚子等水果维生素 C 含量均较高。野生的苋菜、苜蓿、刺梨、沙棘、猕猴桃、酸枣等含量尤其丰富。

本项目利用碘酸钾作氧化剂，即在一定量的盐酸酸性试液中加碘化钾-淀粉指示剂，用已知浓度的碘酸钾滴定。当碘酸钾滴入后即释放出游离的碘，此碘被维生素 C 还原，直至维生素 C 完全氧化后，再滴以碘酸钾液时，释放出的碘因无维生素 C 的作用，可使淀粉指示剂呈蓝色，即为终点，其反应如下：

$$KIO_3 + 5KI + 6HCl \longrightarrow 6KCl + 3H_2O + 3I_2$$
$$C_6H_8O_6 + I_2 \longrightarrow C_6H_6O_6 + 2HI$$

（三）项目准备

柑橘、鲜枣、洋葱、甘蓝、辣椒、碘酸钾、碘化钾、0.5％淀粉，2％盐酸，I_2 标准溶液 $\left[c\left(\frac{1}{2}I_2\right) = 0.1 \text{mol} \cdot L^{-1} \right]$。

（四）项目实施

1. 样品试液的制备

将果蔬样品洗净，用纱布拭干其外部所附着的水分，若样品清洁可不必洗涤。样品若为大型果蔬，先纵切为 4~8 等份，取其 20~30g 为一份，除去不能食用部分，切碎。若为大型叶菜，沿中脉切分为两份，取其一份切碎。称取 20g 作分析用。

将称取的样品放研钵中，加 2％的盐酸 5~10mL，研磨至呈浆状。小心无损地移研钵中样品于 100mL 容量瓶中，研钵用 2％盐酸液冲洗后，亦倒入 100mL 容量瓶中，并加 2％盐酸至刻度，充分混合。用清洁干燥两层纱布过滤入干燥的烧杯中，滤液作测定用。

2. 样品液的测定

用移液管准确量取上述制得的试液 5mL；加 2mol·L⁻¹ HAc 10mL，加 0.5％淀粉液指示剂 1mL，再加新煮沸过的蒸馏水及至总体积 100mL。用 $c\left(\frac{1}{2}I_2\right)$ 0.1mol·L⁻¹ 碘标准溶液滴定，要一滴一滴加入，并时时摇动烧杯，至微蓝色不褪为终点（1min 不褪为止）。记录所用标准溶液毫升数。

同上法再测定 3 次。用各次测定的平均值，计算维生素 C 含量。

（五）数据记录及处理

将维生素 C 的含量测定实验数据填入下表，并进行计算。

项　　目	次　数			备　注
	1	2	3	
$c\left(\frac{1}{2}I_2\right)/\text{mol} \cdot L^{-1}$				
m_s/g				
$V(I_2)/\text{mL}$				
$w(\text{Vc})/\text{mg} \cdot 100g^{-1}$				相对平均偏差控制在 0.3％内
平均偏差				
相对平均偏差				

计算公式

$$w(\text{Vc}) = \frac{c\left(\frac{1}{2}\text{I}_2\right)V(\text{I}_2) \times 0.08807}{\frac{b}{a} \times m_s} \times 100\%$$

式中　$w(\text{Vc})$——100g 样品含的抗坏血酸质量，mg·100g^{-1}；

$c\left(\frac{1}{2}\text{I}_2\right)$——碘标准溶液浓度，mol·L^{-1}；

$V(\text{I}_2)$——滴定样品所用的碘标准溶液体积，mL；

0.08807——维生素 C 毫摩尔质量，g·mmoL^{-1}；

b——滴定时所用样品溶液体积，mL；

a——制成样品液的体积，mL；

m_s——样品的质量，g。

单元四　沉淀滴定法应用

实训项目一　水中氯离子含量的测定（莫尔法）

（一）项目任务

1. 制备 $AgNO_3$ 标准溶液。
2. 运用莫尔法测定水中氯离子含量。
3. 项目数据记录与处理。

（二）背景知识

氯离子也是天然水中普遍存在的主要阴离子之一。但是水中氯离子的含量差别很大，少的每升水中只含数毫克，甚至不到 1mg，而对于盐度为 35‰左右的海水，氯离子的含量可以达到 17‰，几乎要占盐分总量的一半。一般情况下，水体不会缺少氯离子。

氯离子含量高低代表了水中含盐量的大小，它对工业（锅炉）用水、养殖用水、生活用水都是一项重要指标。测定氯离子有许多方法，其中对于常量分析有滴定分析法（莫尔法、氧化还原法）和称量法；对于微量分析主要是仪器分析法（库仑法、电位法、膜电极法）。本项目采用的是莫尔法测定水中氯离子含量，具体如下。

在中性至弱碱性范围（pH＝6.5～10.5）内以铬酸钾为指示剂用硝酸银滴定氯化物时，由于氯化银的溶解度小于铬酸银的溶解度，氯离子首先被完全沉淀出来后，然后铬酸根以铬酸银的形式被沉淀，产生砖红色指示滴定终点到达。该沉淀滴定的反应如下：

$$Ag^+ + Cl^- \longrightarrow AgCl \downarrow \qquad K_{sp} = 1.8 \times 10^{-10}$$
$$（白色）$$

$$2Ag^+ + CrO_4^{2-} \longrightarrow Ag_2CrO_4 \downarrow \qquad K_{sp} = 2.0 \times 10^{-12}$$
$$（砖红色）$$

（三）项目准备

硝酸银标准溶液，$c(AgNO_3)=0.0141mol \cdot L^{-1}$；铬酸钾溶液（$50g \cdot L^{-1}$）。

（四）项目实施

1. 用移液管吸取 50.00mL 水样或经过预处理的水样（若氯化物含量高，可取适量水样用蒸馏水稀释至 50mL）置于锥形瓶中。另取一锥形瓶加入 50mL 蒸馏水做空白试验。

2. 如水样的 pH 在 6.5～10.5 范围，可直接滴定。超出此范围的水样应以酚酞作指示剂，用稀硫酸或氢氧化钠的溶液调节至红色刚刚褪去。

3. 加入 1mL 铬酸钾溶液，用硝酸银标准溶液滴定至砖红色沉淀刚刚出现即为滴定终点，同法做空白滴定。平行做 3 次实验。

（五）数据记录及处理

将水中氯离子含量的测定实验数据填入下表，并进行计算。

项　　目	次　　数			备　　注
	1	2	3	
$c(AgNO_3)/mol \cdot L^{-1}$				
V/mL				
$V_0(AgNO_3)/mL$				
$V_1(AgNO_3)/mL$				相对平均偏差控制在 0.3%内
$\rho(Cl)/mg \cdot L^{-1}$				
平均 $\rho(Cl)/mg \cdot L^{-1}$				
相对偏差				
相对平均偏差				

氯化物含量（以 Cl 计，$mg \cdot L^{-1}$）按下式计算：

$$\rho(Cl) = \frac{(V_1-V_0)c(AgNO_3) \times 35.45 \times 1000}{V}$$

式中　$\rho(Cl)$——水样氯的质量浓度，$mg \cdot L^{-1}$；

V_0——空白消耗硝酸银标准溶液的体积，mL；

V_1——水样消耗硝酸银标准溶液的体积，mL；

$c(AgNO_3)$——硝酸银标准溶液的浓度，$mol \cdot L^{-1}$；

V——水样的体积，mL。

（六）注意事项

1. 本方法的适用范围

本方法适用于天然水中氯化物的测定，也适用于经过适当稀释的高矿化度水（如咸水、海水等）以及经过预处理除去干扰物的生活污水或工业废水；适用的氯化物（以 Cl 计）浓度范围为 10～500$mg \cdot L^{-1}$，高于此范围的水样经稀释后可扩大其测定范围。溴化物、碘化物和氰化物能与氯化物一起被滴定，正磷酸盐及聚磷酸盐分别超过 $250mg \cdot L^{-1}$ 及 $25mg \cdot L^{-1}$ 时有干扰，铁含量超过 $10mg \cdot L^{-1}$ 时终点不明显。

2. 干扰的消除

（1）如水样浑浊及带有颜色，则取 150mL 或取适量水样稀释至 150mL，置于 250mL 锥形瓶中，加入 2mL 氢氧化铝悬浮液，振荡过滤弃去初滤液 20mL。用干的洁净锥形瓶接取滤液备用。

（2）如果有机物含量高或色度高，可用马弗炉灰化法预先处理水样，取适量废水样于瓷蒸发皿中，调节 pH 为 8～9，置水浴上蒸干，然后放入马弗炉中在 600℃下灼烧 1h，取出，冷却后加 10mL 蒸馏水，移入 250mL 锥形瓶中并用蒸馏水清洗蒸发皿 3 次，洗液一并转入锥形瓶中，调节 pH 为 7 左右，稀释至 50mL。

（3）由有机质产生的较轻色度，可以加入 $0.01mol \cdot L^{-1}$ 高锰酸钾 2mL 煮沸，再滴加乙醇以除去多余的高锰酸钾至水样褪色，过滤，滤液贮于锥形瓶中备用。

（4）如果水样中含有硫化物、亚硫酸盐或硫代硫酸盐，则加氢氧化钠溶液将水样调至中性或弱碱性，加入 1mL 30% 过氧化氢，摇匀 1min 后加热至 70～80℃ 以除去过量的过氧化氢。

3. K_2CrO_4 指示剂的用量

若 K_2CrO_4 指示剂浓度过高，终点将过早出现，且因溶液颜色过深而影响终点的观察；若 K_2CrO_4 指示剂浓度过低，终点将出现过迟，造成较大误差。一般控制 K_2CrO_4 指示剂浓度为 $5.0 \times 10^{-3} mol \cdot L^{-1}$。

（七）思考题

1. 若不用棕色试剂瓶和棕色滴定管盛装 $AgNO_3$，会出现什么问题？
2. 盛装 $AgNO_3$ 的滴定管用后未洗涤干净，会出现什么后果？
3. 本试验做空白试验的目的是什么？

实训项目二　酱油中 NaCl 含量的测定（福尔哈德法）

（一）项目任务

1. 制备 $AgNO_3$ 和 NH_4SCN 标准溶液。
2. 样品的称取与稀释。
3. 用福尔哈德法测定酱油中的 NaCl 含量。
4. 项目数据记录与处理。

（二）背景知识

酱油是人们日常生活中重要的调味品，主要由大豆、淀粉、小麦、食盐经过制油、发酵等程序酿制而成的。酱油的成分比较复杂，主要成分是 NaCl，除此之外，还有多种氨基酸、糖类、有机酸、色素及香料等组分。以咸味为主，亦有鲜味、香味等。它能增加和改善菜肴的口味，还能增添或改变菜肴的色泽。测定酱油中 NaCl 含量方法有莫尔法和福尔哈德法，本项目用福尔哈德法，具体如下。

在 $0.1～1mol \cdot L^{-1}$ 的 HNO_3 介质中，加入过量的 $AgNO_3$ 标准溶液，加铁铵矾指示剂，

用 NH_4SCN 标准滴定溶液返滴定过量的 $AgNO_3$ 至出现 $[Fe(SCN)]^{2+}$ 红色指示终点。

$$Cl^- + Ag^+ \longrightarrow AgCl \downarrow$$
$$Ag^+ + SCN^- \longrightarrow AgSCN \downarrow$$
$$Fe^{3+} + SCN^- \longrightarrow [Fe(SCN)]^{2+}$$

（三）项目准备

1. HNO_3 溶液 $16mol \cdot L^{-1}$（浓）和 $6mol \cdot L^{-1}$。

2. $AgNO_3$ 标准溶液 $c(AgNO_3) = 0.02mol \cdot L^{-1}$。

3. 硝基苯或邻苯二甲酸二丁酯。

4. NH_4SCN 标准溶液 $c(NH_4SCN) = 0.02mol \cdot L^{-1}$。

5. 铁铵矾指示液（$80g \cdot L^{-1}$）   称取 8g 硫酸高铁铵，溶解于少许水中，滴加浓硝酸至溶液几乎无色，用水稀释至 100mL，装入小试剂瓶中，贴好标签。

（四）项目实施

准确称取酱油样品 5.00g，定量移入 250mL 容量瓶中，加蒸馏水稀至刻度，摇匀。准确移取酱油样品稀释溶液 10.00mL 置于 250mL 锥形瓶中，加水 50mL，加 $6mol \cdot L^{-1}$ HNO_3 15mL 及 $0.02mol \cdot L^{-1}$ $AgNO_3$ 标准滴定溶液 25.00mL，再加邻苯二甲酸二丁酯 5mL，用力振荡摇匀。待 AgCl 沉淀凝聚后，加入铁铵矾指示剂 5mL，用 $0.02mol \cdot L^{-1}$ NH_4SCN 标准滴定溶液滴定至血红色终点。记录消耗的 NH_4SCN 标准滴定溶液体积。平行做 3 次实验。

（五）数据记录及处理

将酱油中 NaCl 含量的测定实验数据填入下表，并进行计算。

项　目	次　数			备　注
	1	2	3	
$c(AgNO_3)/mol \cdot L^{-1}$				相对平均偏差控制在 0.2% 内
$c(NH_4SCN)/mol \cdot L^{-1}$				
m/g				
$V(NH_4SCN)/mL$				
$w(NaCl)$				
平均 $w(NaCl)$				
相对偏差				
相对平均偏差				

计算公式

$$w(NaCl) = \frac{[c(AgNO_3)V(AgNO_3) - c(NH_4SCN)V(NH_4SCN)]}{m \times \frac{10}{250}} \times 0.05845 \times 100\%$$

式中　$w(NaCl)$ ——NaCl 的质量分数，%；

　　$V(AgNO_3)$ ——测定试样时加入 $AgNO_3$ 标准滴定溶液的体积，mL；

　　$V(NH_4SCN)$ ——测定试样时滴定消耗 NH_4SCN 标准滴定溶液的体积，mL；

　　0.05845——NaCl 毫摩尔质量，$g \cdot mmol^{-1}$；

$c(AgNO_3)$ ——$AgNO_3$ 标准滴定溶液的浓度，$mol \cdot L^{-1}$；

　　　　　m——试样质量，g。

（六）注意事项

操作过程应避免阳光直接照射。

（七）思考题

1. 用福尔哈德法测定酱油中 NaCl 含量的酸度条件是什么？能否在碱性溶液中进行测定？为什么？

2. 用福尔哈德法测定 Cl^- 时，加入邻苯二甲酸二丁酯或硝基苯有机溶剂的目的是什么？若测定 Br^-、I^- 是否需要加入硝基苯？硝基苯可以用什么试剂取代？

实训项目三　碘化物纯度的测定（法扬司法）

（一）项目任务

1. 制备 $AgNO_3$ 标准溶液。
2. 运用法扬司法测定卤化物的纯度。
3. 项目数据记录与处理。

（二）背景知识

碘是人体必需微量元素之一，碘摄入量不足或过多都会引起各种疾病。测定碘的方法主要有滴定法（氧化还原法、沉淀滴定法）和仪器分析法（电化学方法、分光光度法、原子吸收法、色谱法）。本项目是沉淀滴定法。

在醋酸酸性溶液中，用 $AgNO_3$ 标准滴定溶液滴定碘化钠，以曙红作为指示剂，反应式为：

$$I^- + Ag^+ \longrightarrow AgI \downarrow （黄色）$$

达到化学计量点时，微过量的 Ag^+ 吸附到 AgI 沉淀的表面，进一步吸附指示剂阴离子使沉淀由黄色变为玫瑰红色指示滴定终点。

（三）项目准备

1. NaI 试样。
2. $AgNO_3$ 标准溶液　$c(AgNO_3) = 0.1mol \cdot L^{-1}$。
3. 醋酸溶液（$1mol \cdot L^{-1}$）。
4. 曙红指示剂　$2g \cdot L^{-1}$ 的 70% 乙醇溶液或 $5g \cdot L^{-1}$ 的钠盐水溶液。

（四）项目实施

准确称取 NaI 试样 0.2g，放于锥形瓶中，加 50mL 蒸馏水溶解，加 $1mol \cdot L^{-1}$ 醋酸溶液 10mL、曙红指示剂 2～3 滴，用 $AgNO_3$ 标准滴定溶液滴定至溶液由黄色变为玫瑰红色即为终点。记录消耗 $AgNO_3$ 标准滴定溶液的体积。平行测定 3 次。

（五）数据记录及处理

将碘化物纯度的测定实验数据填入下表，并进行计算。

项　　目	次　　数			备　注
	1	2	3	
$c(AgNO_3)/mol \cdot L^{-1}$				
m/g				
$V(AgNO_3)/mL$				相对平均偏差控制在 0.3%内
$w(NaI)$				
平均 $w(NaI)$				
相对偏差				
相对平均偏差				

计算公式

$$w(NaI) = \frac{c(AgNO_3)V(AgNO_3) \times 10^{-3} \times M(NaI)}{m} \times 100\%$$

式中　$w(NaI)$——碘化钠的质量分数；

$c(AgNO_3)$——$AgNO_3$ 标准滴定溶液的浓度，$mol \cdot L^{-1}$；

$V(AgNO_3)$——滴定时消耗 $AgNO_3$ 标准滴定溶液的体积，mL；

$M(NaI)$——NaI 的摩尔质量，$g \cdot mol^{-1}$；

m——称取 NaI 试样的质量，g。

（六）思考题

1. 举例说明吸附指示剂的变色原理。
2. 说明在法扬司法中，选择吸附指示剂的原则。

模块五
称量分析法

能力目标	知识目标	素质目标
1. 能进行称量分析的基本操作 2. 能进行称量分析结果计算 3. 能运用称量分析法进行样品分析	1. 熟悉称量分析的一般原理 2. 掌握生成晶形和无定形沉淀的操作条件	1. 利用高温操作规范、培养安全操作的意识和严谨的工作品质 2. 通过对照观测点，树立分析检验的质量意识

观测点

观　测　点	比例	备　　注
1. 沉淀的生成、过滤和洗涤 2. 快速称量与恒重 3. 分析结果	1. 30% 2. 30% 3. 40%	1. 沉淀的生成、过滤和洗涤主要指正确控制沉淀条件、按正确操作要求，沉淀生成完全。过滤与洗涤损失小 2. 快速称量与恒重主要指能够称量迅速，在规定次数内达到恒重 3. 分析结果包括误差与偏差是否控制在所规定的范围

单元一　称量分析基本操作

称量分析的基本操作包括样品溶解、沉淀、过滤、洗涤、干燥和灼烧等步骤，分别介绍如下。

一、溶解样品

样品称于烧杯中，沿杯壁加溶剂，盖上表皿，轻轻摇动，必要时可加热促其溶解，但温度不可太高，以防溶液溅失。

如果样品需要用酸溶解且有气体放出时，应先在样品中加少量水调成糊状，盖上表皿，从烧杯嘴处注入溶剂，待作用完了以后，用洗瓶冲洗表皿凸面并使之流入烧杯内。

二、沉淀

称量分析对沉淀的要求是尽可能完全和纯净，为了达到这个要求，应该按照沉淀的不同类型选择不同的沉淀条件，如沉淀时溶液的体积、温度，加入沉淀剂的浓度、数量、加入速度、搅拌速度、放置时间等。因此，必须按照规定的操作手续进行。

一般进行沉淀操作时，左手拿滴管，滴加沉淀剂，右手持玻璃棒不断搅动溶液，搅动时玻璃棒不要碰烧杯壁或烧杯底，以免划损烧杯。溶液需要加热，一般在水浴或电热板上进行，沉淀后应检查沉淀是否完全，检查的方法是：待沉淀下沉后，在上层澄清液中，沿杯壁加 1 滴沉淀剂，观察滴落处是否出现浑浊，无浑浊出现表明已沉淀完全，如出现浑浊，需再补加沉淀剂，直至再次检查时上层清液中不再出现浑浊为止。然后盖上表皿。

三、过滤和洗涤

（一）用滤纸过滤

1. 滤纸的选择

滤纸分定性滤纸和定量滤纸两种，称量分析中常用定量滤纸（或称无灰滤纸）进行过滤。定量滤纸灼烧后灰分极少，其质量可忽略不计，如果灰分较重，应扣除空白。定量滤纸一般为圆形，按直径分有 11cm、9cm、7cm 等几种；按滤纸孔隙大小分有"快速"、"中速"和"慢速" 3 种。根据沉淀的性质选择合适的滤纸，如 $BaSO_4$、$CaC_2O_4 \cdot 2H_2O$ 等细晶形沉淀，应选用"慢速"滤纸过滤；$Fe_2O_3 \cdot nH_2O$ 为胶状沉淀，应选"快速"滤纸过滤；$MgNH_4PO_4$ 等粗晶形沉淀，应选用"中速"滤纸过滤。根据沉淀量的多少，选择滤纸的大小。表 5-1 是常用国产定量滤纸的灰分质量，表 5-2 是国产定量滤纸的类型。

表 5-1　国产定量滤纸的灰分质量

直径/cm	7	9	11	12.5
灰分/ g·张$^{-1}$	3.5×10^{-5}	5.5×10^{-5}	8.5×10^{-5}	1.0×10^{-4}

表 5-2　国产定量滤纸的类型

类　　型	滤纸盒上色带标志	滤速/s·100mL^{-1}	适 用 范 围
快速	蓝色	60～100	无定形沉淀,如 $Fe(OH)_3$
中速	白色	100～160	中等粒度沉淀,如 $MgNH_4PO_4$
慢速	红色	160～200	细粒状沉淀,如 $BaSO_4$、$CaC_2O_4 \cdot 2H_2O$

2. 漏斗的选择

用于称量分析的漏斗应该是长颈漏斗，颈长为 15～20cm，漏斗锥体角应为 60°，颈的直径要小些，一般为 3～5mm，以便在颈内容易保留水柱，出口处磨成 45°角，如图 5-1 所示。漏斗在使用前应洗净。

3. 滤纸的折叠

折叠滤纸的手要洗净擦干。滤纸的折叠如图 5-2 所示。

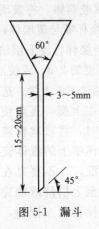

图 5-1 漏斗

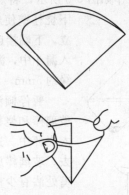

图 5-2 滤纸的折叠

先把滤纸对折并按紧一半，然后再对折但不要按紧，把折成圆锥形的滤纸放入漏斗中。滤纸的大小应低于漏斗边缘 0.5～1cm 左右，若高出漏斗边缘，可剪去一圈。观察折好的滤纸是否能与漏斗内壁紧密贴合，若未贴合紧密可以适当改变滤纸折叠角度，直至与漏斗贴紧后把第二次的折边折紧。取出圆锥形滤纸，将半边为三层滤纸的外层折角撕下一块，这样可以使内层滤纸紧密贴在漏斗内壁上，撕下来的那一小块滤纸保留作擦拭烧杯内残留的沉淀用。

4. 做水柱

滤纸放入漏斗后，用手按紧使之密合，然后用洗瓶加水润湿全部滤纸。用手指轻压滤纸赶去滤纸与漏斗壁间的气泡，然后加水至滤纸边缘，此时漏斗颈内应全部充满水，形成水柱。滤纸上的水已全部流尽后，漏斗颈内的水柱应仍能保住，这样，由于液体的重力可起抽滤作用，加快过滤速度。

若水柱做不成，可用手指堵住漏斗下口，稍掀起滤纸的一边，用洗瓶向滤纸和漏斗间的空隙内加水，直到漏斗颈及锥体的一部分被水充满，然后边按紧滤纸边慢慢松开下面堵住出口的手指，此时水柱应该形成。如仍不能形成水柱，或水柱不能保持，而漏斗颈又确已洗净，则是因为漏斗颈太大。实践证明，漏斗颈太大的漏斗，是做不出水柱的，应更换漏斗。

做好水柱的漏斗应放在漏斗架上，下面用一个洁净的烧杯承接滤液，滤液可用做其他组分的测定。滤液有时是不需要的，但考虑到过滤过程中，可能有沉淀渗滤，或滤纸意外破裂，需要重滤，所以要用洗净的烧杯来承接滤液。为了防止滤液外溅，一般都将漏斗颈出口斜口长的一侧贴紧烧杯内壁。漏斗位置的高低，以过滤过程中漏斗颈的出口不接触滤液为度。

5. 倾泻法过滤和初步洗涤

首先要强调，过滤和洗涤一定要一次完成，因此必须事先计划好时间，不能间断，特别是过滤胶状沉淀。

过滤一般分 3 个阶段进行：第一阶段采用倾泻法把尽可能多的清液先过滤过去，并将烧杯中的沉淀作初步洗涤；第二阶段把沉淀转移到漏斗上；第三阶段清洗烧杯和洗涤漏斗上的沉淀。

过滤时，为了避免沉淀堵塞滤纸的空隙，影响过滤速度，一般多采用倾泻法过滤，即倾斜静置烧杯，待沉淀下降后，先将上层清液倾入漏斗中，而不是一开始过滤就将沉淀和溶液搅混后过滤。

过滤操作如图 5-3 所示，将烧杯移到漏斗上方，轻轻提取玻璃棒，将玻璃棒下端轻碰一下烧杯壁使悬挂的液滴流回烧杯中，将烧杯嘴与玻璃棒贴紧，玻璃棒直立，下端接近三层滤纸的一边，慢慢倾斜烧杯，使上层清液沿玻璃棒流入漏斗中，漏斗中的液面不要超过滤纸高度的 2/3。或使液面离滤纸上边缘约 5mm，以免少量沉淀因毛细管作用越过滤纸上缘，造成损失。

暂停倾注时，应沿玻璃棒将烧杯嘴往上提，逐渐使烧杯直立，等玻璃棒和烧杯由相互垂直变为几乎平行时，将玻璃棒离开烧杯嘴而移入烧杯中。这样才能避免留在棒端及烧杯嘴上的液体流到烧杯外壁上去。玻璃棒放回原烧杯时，勿将清液搅混，也不要靠在烧杯嘴处，因嘴处沾有少量沉淀，如此重复操作，直至上层清液倾完为止。当烧杯内的液体较少而不便倾出时，可将玻璃棒稍向左倾斜，使烧杯倾斜角度更大些。

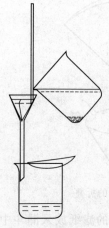

图 5-3 倾泻法过滤

在上层清液倾注完了以后，在烧杯中作初步洗涤。选用什么洗涤液洗沉淀，应根据沉淀的类型而定。

（1）晶形沉淀　可用冷的、稀的沉淀剂进行洗涤，由于同离子效应，可以减少沉淀的溶解损失。但是如沉淀剂为不挥发的物质，就不能用作洗涤液，此时可改用蒸馏水或其他合适的溶液洗涤沉淀。

（2）无定形沉淀　用热的电解质溶液作洗涤剂，以防止产生胶溶现象，大多采用易挥发的铵盐溶液作洗涤剂。

（3）对于溶解度较大的沉淀　采用沉淀剂加有机溶剂洗涤沉淀，可降低其溶解度。

洗涤时，沿烧杯内壁四周注入少量洗涤液，每次约 20mL，充分搅拌，静置，待沉淀沉降后，按上法倾注过滤，如此洗涤沉淀 4～5 次，每次应尽可能把洗涤液倾倒尽，再加第二份洗涤液。随时检查滤液是否透明不含沉淀颗粒，否则应重新过滤，或重作实验。

6. 沉淀的转移

沉淀用倾泻法洗涤后，在盛有沉淀的烧杯中加入少量洗涤液，搅拌混合，全部倾入漏斗中。如此重复 2～3 次，然后将玻璃棒横放在烧杯口上，玻璃棒下端比烧杯口长出 2～3cm，左手食指按住玻璃棒，大拇指在前，其余手指在后，拿起烧杯，放在漏斗上方，倾斜烧杯使玻璃棒仍指向三层滤纸的一边，用洗瓶冲洗烧杯壁上附着的沉淀，使之全部转移入漏斗中，如图 5-4 所示。最后用保存的小块滤纸擦拭玻璃棒，再放入烧杯中，用玻璃棒压住滤纸进行擦拭。擦拭后的滤纸块，用玻璃棒拨入漏斗中，用洗涤液再冲洗烧杯将残存的沉淀全部转入漏斗中。有时也可用淀帚（如图 5-5 所示）擦洗烧杯上的沉淀，然后洗净淀帚。淀帚一般可自制，剪一段乳胶管，一端套在玻璃棒上，另一端用橡胶胶水粘合，用夹子夹扁晾干即成。

图 5-4　最后少量沉淀的冲洗

图 5-5　淀帚

图 5-6　洗涤沉淀

7. 洗涤

沉淀全部转移到滤纸上后，再在滤纸上进行最后的洗涤。这时要用洗瓶由滤纸边缘稍下一些地方螺旋形向下移动冲洗沉淀，如图 5-6 所示。这样可使沉淀集中到滤纸锥体的底部，不可将洗涤液直接冲到滤纸中央沉淀上，以免沉淀外溅。

采用"少量多次"的方法洗涤沉淀，即每次加少量洗涤液，洗后尽量沥干，再加第二次洗涤液，这样可提高洗涤效率。洗涤次数一般都有规定，例如洗涤 8~10 次，或规定洗至流出液无 Cl^- 为止等。如果要求洗至无 Cl^- 为止，则洗几次以后，用小试管或小表皿接取少量滤液，用硝酸酸化的 $AgNO_3$ 溶液检查滤液中是否还有 Cl^-，若无白色浑浊，即可认为已洗涤完毕，否则需进一步洗涤。

（二）用微孔玻璃坩埚（漏斗）过滤

有些沉淀不能与滤纸一起灼烧，因其易被还原，如 AgCl 沉淀。有些沉淀不需灼烧，只需烘干即可称量，如丁二肟镍沉淀、磷铝酸喹啉沉淀等，但也不能用滤纸过滤，因为滤纸烘干后，质量改变很多，在这种情况下，应该用微孔玻璃坩埚（或微孔玻璃漏斗）过滤，如图 5-7 所示。

这种滤器的滤板是用玻璃粉末在高温熔结而成的。分级和牌号见表 5-3。

滤器的牌号规定以每级孔径的上限值前置以字母"P"表示，该牌号是我国 1990 年开始实施的新标准。

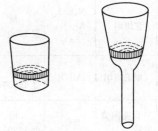

(a) 微孔玻璃坩埚　(b) 微孔玻璃漏斗

图 5-7　微孔玻璃坩埚和漏斗

表 5-3　滤器的分级和牌号[①]

牌　号	孔径分级/μm		牌　号	孔径分级/μm	
	>	≤		>	≤
$P_{1.6}$	—	1.6	P_{40}	16	40
P_4	1.6	4	P_{100}	40	100
P_{10}	4	10	P_{160}	100	160
P_{16}	10	16	P_{250}	160	250

① 资料引自 GB 11415—89。

分析实验中常用 P_{40}（G_3）和 P_{16}（G_4）号玻璃滤器，例如，过滤金属汞用 P_{40} 号，过滤 $KMnO_4$ 溶液用 P_{16} 号漏斗式滤器，称量法测 Ni 用 P_{16} 号坩埚式滤器。

P_4~$P_{1.6}$ 号常用于过滤微生物，所以这种滤器又称为细菌漏斗。

橡皮垫

这种滤器在使用前，先用强酸（HCl 或 HNO_3）处理，然后再用水洗净。洗涤时通常采用抽滤法。如图 5-8 所示，在抽滤瓶瓶口配一块稍厚的橡皮垫，垫上挖一个圆孔，将微孔玻璃坩埚（或漏斗）插入圆孔中（市场上有这种橡皮垫出售），抽滤瓶的支管与水流泵（俗称水抽子）或抽气泵相连接。

先将强酸倒入微孔玻璃坩埚（或漏斗）中，然后开水流泵或抽气泵抽滤，当结束抽滤时，应先拔掉抽滤瓶支管上的胶管，再关闭水流泵，否则水流泵中的水会倒吸入抽滤瓶中。这种滤器耐酸不耐碱，因此，不可用强碱处理，也不适于过滤强碱溶液。

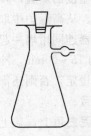

图 5-8　抽滤装置

将已洗净、烘干且恒重的微孔玻璃坩埚（或漏斗）置于干燥器中备用。过滤时，所用装置和上述洗涤时装置相同，在开动水流泵或抽气泵抽滤下，用倾泻法进行过滤，其操作与上述用滤纸过滤相同，不同之处是在抽滤下进行。

四、干燥和灼烧

沉淀的干燥和灼烧是在一个预先灼烧至质量恒定的坩埚中进行，因此，在沉淀的干燥和灼烧前，必须预先准备好坩埚。常见坩埚分类及用途见表 5-4。

表 5-4　常见坩埚分类及用途

品　种		主要组成	性　能	用　途	注　意　事　项
石墨坩埚		C	耐热温度 2500℃	供冶炼、熔铸铜、铝、锌、铅、金、银以及各种稀有金属之用	熔炼时用氧化焰，还原焰会造成表面氧化
黏土坩埚	瓷坩埚	NaKO、Al_2O_3、SiO_2	耐热温度 1200℃	适用于 $K_2S_2O_7$ 等酸性物质熔融样品	1. 一般不能用于以 NaOH、Na_2O_2、Na_2CO_3 等碱性物质作熔剂熔融，以免腐蚀瓷坩埚 2. 瓷坩埚不能和氢氟酸接触
	刚玉坩埚	Al_2O_3	耐热温度 1600℃	适于用无水 Na_2CO_3 等一些弱碱性物质作熔剂熔融样品	不适于用 Na_2O_2、NaOH 等强碱性物质和酸性物质作熔剂（如 $K_2S_2O_7$ 等）熔融样品
	石英陶瓷坩埚	SiO_2	耐热温度 1450℃	适于用 $K_2S_2O_7$，$KHSO_4$ 作熔剂熔融样品和用 $Na_2S_2O_7$（先在 212℃烘干）作熔剂处理样品	1. 石英质脆、易破，使用时要注意 2. 不能和 HF 接触，高温时，极易和苛性碱及碱金属的碳酸盐作用
金属坩埚	铂坩埚	Pt	熔点为 1774℃，使用温度不超过 900℃	适于灼烧及称量沉淀，用于碱（Na_2CO_3）熔法分解样品及用氢氟酸从样品除去 SiO_2 的实验	1. 高温时质软，使用时应十分小心，应防止变形和损伤 2. 不能在铂器皿内灼烧或熔融金属。因为易与铂形成合金或化合物而损坏铂器皿
	镍坩埚	Ni	熔点为 1450℃，使用温度不超过 700℃	对碱性物质抗腐蚀能力很强，适用于 NaOH、Na_2CO_3、Na_2O_2、$NaHCO_3$ 以及含有 KNO_3 的碱性熔融样品	1. 因高温时镍易被氧化，不能用于灼烧沉淀 2. 不适用于 $KHSO_4$(Na)、$K_2S_2O_7$(Na)等酸性熔剂以及含硫的碱性硫化物熔融样品
	银坩埚	Ag	熔点为 960℃，使用温度不超过 700℃	适用于 NaOH 焙剂熔融样品	不适用于 Na_2CO_3 熔剂（生成 Ag_2CO_3 沉淀）熔融样品

在称量分析中，沉淀的灼烧和称量，瓷坩埚最为常用。

1. 坩埚的准备

先将瓷坩埚洗净，小火烤干或烘干，编号（可用含 Fe^{3+} 或 Co^{2+} 的蓝墨水在坩埚外壁上编号），然后在所需温度下，加热灼烧。灼烧可在高温电炉中进行。由于温度骤升或骤降常使坩埚破裂，最好将坩埚放入冷的炉膛中逐渐升高温度，或者将坩埚在已升至较高温度的炉膛口预热一下，再放进炉膛中。一般在 800～950℃下灼烧 30min（新坩埚需灼烧 1h）。从高温炉中取出坩埚时，应先使高温炉降温，取出后稍冷后，将坩埚移入干燥器中，将干燥器连同坩埚一起移至天平室，冷却至室温（约需 30min），取出称量。随后进行第二次灼烧，约 15～20min，冷却和称量。如果前后两次称量结果之差不大于 0.2mg，即可认为坩埚已达质量恒定，否则还需再灼烧，直至质量恒定为止。灼烧空坩埚的温度必须与以后灼烧沉淀的温度一致。

坩埚的灼烧也可以在煤气灯上进行。事先将坩埚洗净晾干，将其直立在泥三角上，盖上坩埚盖，但不要盖严，需留一小缝。用煤气灯逐渐升温，最后在氧化焰中高温灼烧，灼烧的时间和在高温电炉中相同，直至质量恒定。

2. 沉淀的干燥和灼烧

坩埚准备好后即可开始沉淀的干燥和灼烧。利用玻璃棒把滤纸和沉淀从漏斗中取出，按图 5-9 所示，折卷成小包，把沉淀包卷在里面。此时应特别注意，勿使沉淀有任何损失。如果漏斗上沾有些微沉淀，可用滤纸碎片擦下，与沉淀包卷在一起。

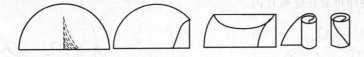

(a) 过滤后滤纸的折卷

(b) 胶体沉淀滤纸的折卷

图 5-9　沉淀后滤纸的折卷

将滤纸包装进已质量恒定的坩埚内，使滤纸层较多的一边向上，可使滤纸灰化较易。按图 5-10 所示，斜置坩埚于泥三角上，盖上坩埚盖，然后如图 5-11 所示，将滤纸烘干并炭化，在此过程中必须防止滤纸着火，否则会使沉淀飞散而损失。若已着火，应立刻移开煤气灯，并将坩埚盖盖上，让火焰自熄。

图 5-10　坩埚侧放泥三角上

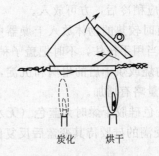

炭化　　烘干

图 5-11　烘干和炭化

当滤纸炭化后，可逐渐提高温度，并随时用坩埚钳转动坩埚，把坩埚内壁上的黑炭完全烧去，将炭烧成 CO_2 而除去的过程叫灰化。待滤纸灰化后，将坩埚垂直地放在泥三角上，盖上坩埚盖（留一小孔隙），于指定温度下灼烧沉淀，或者将坩埚放在高温电炉中灼烧。一般第一次灼烧时间为 30～45min，第二次灼烧 15～20min。每次灼烧完毕从炉内取出后，都需要在空气中稍冷，再移入干燥器中。沉淀冷却到室温后称量，然后再灼烧、冷却、称量，直至质量恒定。

微孔玻璃坩埚（或漏斗）只需烘干即可称量，一般将微孔玻璃坩埚（或漏斗）连同沉淀放在表面皿上，然后放入烘箱中，根据沉淀性质确定烘干温度。一般第一次烘干时间要长些，约 2h，第二次烘干时间可短些，约 45min～1h，根据沉淀的性质具体处理。沉淀烘干后，取出坩埚（或漏斗），置干燥器中冷却至室温后称量。反复烘干、称量，直至质量恒定为止。

3. 干燥器的使用方法

　　干燥器是具有磨口盖子的密闭厚壁玻璃器皿，常用以保存坩埚、称量瓶、试样等物。它的磨口边缘涂一薄层凡士林，使之能与盖子密合，如图 5-12 所示。

　　干燥器底部盛放干燥剂，最常用的干燥剂是变色硅胶和无水氯化钙，其上搁置洁净的带孔瓷板。坩埚等即可放在瓷板孔内。

图 5-12　干燥器

图 5-13　搬干燥器的动作

　　干燥剂吸收水分的能力都是有一定限度的。例如硅胶，20℃时，被其干燥过的 1L 空气中残留水分为 6×10^{-3} mg；无水氯化钙，25℃时，被其干燥过的 1L 空气中残留水分小于0.36mg。因此，干燥器中的空气并不是绝对干燥的，只是湿度较低而已。

　　使用干燥器时应注意下列事项。

　　① 干燥剂不可放得太多，以免沾污坩埚底部。

　　② 搬移干燥器时，要用双手拿着，用大拇指紧紧按住盖子，如图 5-13 所示。

　　③ 打开干燥器时，不能往上掀盖，应用左手按住干燥器，右手小心地把盖子稍微推开，等冷空气徐徐进入后，才能完全推开，盖子必须仰放在桌子上。

　　④ 不可将太热的物体放入干燥器中，刚灼烧或烘干后的坩埚和沉淀，不能立即放入干燥器内，应稍冷后，方可放入。

　　⑤ 有时较热的物体放入干燥器中后，空气受热膨胀会把盖子顶起来，为了防止盖子被打翻，应当用手按住，不时把盖子稍微推开（不到 1s），以放出热空气。

　　⑥ 灼烧或烘干后的坩埚和沉淀，放入在干燥器内不宜放置过久，否则会因吸收一些水分而使质量略有增加。

　　⑦ 变色硅胶干燥时为蓝色（无水 Co^{2+} 色），受潮后变粉红色（水合 Co^{2+} 色）。可以在120℃烘受潮的硅胶待其变蓝后反复使用，直至破碎不能用为止。

单元二　称量分析法实训项目

实训项目一　直接干燥法测定淀粉中水分含量

（一）项目任务

　　1. 称量瓶的烘干与恒重。

　　2. 样品的烘干与恒重。

　　3. 项目数据的记录与处理。

(二) 背景知识

淀粉中的水分一般是指在100℃左右直接干燥的情况下，所失去物质的总量。淀粉中的水分受热以后，产生的蒸气压高于空气在电热干燥箱中的分压，使淀粉中的水分蒸发出来，同时，由于不断的加热和排走水蒸气，而达到完全干燥的目的，淀粉干燥的速度取决于这个压差的大小。直接干燥法适用于在95～105℃下，不含或含其他挥发性物质甚微的淀粉。

本法也适用于其他食品中的水分测定，例如腌肉、腊肉、肉松、麦乳精、饼干、方便面、水产品、味精等食品。

(三) 项目准备

1. 仪器

恒温干燥箱、分析天平、扁形称量瓶、干燥器。

2. 试剂

淀粉样品。

(四) 项目实施

1. 取洁净铝制或玻璃制的扁形称量瓶，置于95～105℃干燥箱中，瓶盖斜支于瓶边，加热0.5～1.0h，取出盖好，置干燥器内冷却0.5h，称量，并重复干燥至恒重。

2. 称取2.00～10.00g淀粉样品，放入此称量瓶中，样品厚度约为5mm。加盖，准确称量后，置95～105℃干燥箱中，瓶盖斜支于瓶边，干燥2～4h后，盖好取出，放入干燥器内冷却0.5h后称量。然后再放入95～105℃干燥箱中干燥1h左右，取出，放干燥器内冷却0.5h后再称量。至前后两次质量差不超过0.2mg，即为恒重。

(五) 数据记录及处理

将实验数据填入下表，并进行计算。

项　　目			1号瓶	2号瓶	3号瓶
称量瓶重 m_0/g	恒重次数	第1次			
		第2次			
		第3次			
称量瓶恒重[①] m_0/g					
称量瓶＋淀粉重 m_1/g					
干燥后质量（称量瓶＋淀粉）m_2/g	恒重次数	第1次			
		第2次			
		第3次			
干燥后恒重质量[①]（称量瓶＋淀粉）m_2/g					
水分含量 w					
水的平均含量					
相对偏差					
相对平均偏差					

① 恒重指两次灼烧后灼烧物质量之差＜0.2mg。恒重质量以符合要求的最后一次灼烧后称量的质量为准。

117

计算公式

$$w = \frac{m_1 - m_2}{m_1 - m_0} \times 100\%$$

式中　w——样品中水分的含量；

　　　m_1——称量瓶和样品的总质量，g；

　　　m_2——称量瓶和样品干燥后的质量，g；

　　　m_0——称量瓶的质量，g。

（六）注意事项

1. 本法设备操作简单，但时间较长，实验过程应避免外界水分的影响，称量瓶等设备必须干净且干燥。

2. 水分蒸发净与否，无直观指标，只能依靠恒重来判断。恒重是指两次烘烤称量的质量差不超过规定的毫克数，一般不超过 0.2mg。

（七）思考题

1. 哪些样品可以使用直接干燥法测定水分含量？

2. 如何操作确定样品恒重？本方法中规定恒重的范围是什么？

（八）项目观测点

1. 本项目基本操作是恒重操作。

2. 测定相对误差不大于 0.1%。相对偏差不得大于 2%。

3. 淀粉的评价指标，据标准 GB/T 8883—2008 规定淀粉水分≤14%。

实训项目二　废水中悬浮固体的测定

（一）项目任务

1. 水样的采集与贮存。

2. 水样的过滤。

3. 水样的烘干与称量。

4. 项目数据记录与处理。

（二）背景知识

悬浮固体系指水样通过孔径为 0.45μm 的滤膜，截留在滤膜上并于 103～105℃烘干至恒重的物质。因此测定的方法是将水样通过规定的滤料后，烘干固体残留物及滤料，将所称质量减去滤料质量，即为悬浮固体，又叫总不可滤残渣。

（三）项目准备

1. 仪器

全玻璃微孔滤膜过滤器，GN-CA 滤膜（孔径 0.45μm、直径 60mm），吸滤瓶，真空泵，无齿扁嘴镊子。

2. 试剂

蒸馏水或同等纯度的水。

3. 采样及样品贮存

（1）容器　所用聚乙烯瓶或硬质玻璃瓶要用洗涤剂洗净。再依次用自来水和蒸馏水冲洗干净。在采样之前，再用即将采集的水样清洗三次。然后，采集具有代表性的水样 $500\sim1000mL$，盖严瓶塞。

注：漂浮或浸没的不均匀固体物质不属于悬浮物质，应从水样中除去。

（2）样品贮存　采集的水样应尽快分析测定。如需放置，应贮存在 $4℃$ 冷藏箱中，但最长不得超过 7d。

注：不能加入任何保护剂，以防破坏物质在固、液间的分配平衡。

（四）项目实施

1. 滤膜准备

用扁嘴无齿镊子夹取微孔滤膜放于事先恒重的称量瓶里，移入烘箱中于 $103\sim105℃$ 烘干 30min 后取出置干燥器内冷却至室温，称其质量。反复烘干、冷却、称量，直至两次称量的差 $\leqslant0.2mg$。将恒重的微孔滤膜正确的放在滤膜过滤器的滤膜托盘上，加盖配套的漏斗，并用夹子固定好。以蒸馏水湿润滤膜，并不断吸滤。

2. 测定

量取充分混合均匀的试样 100mL 抽吸过滤。使水分全部通过滤膜。再以每次 10mL 蒸馏水连续洗涤三次，继续吸滤以除去痕量水分。停止吸滤后，仔细取出载有悬浮物的滤膜放在原恒重的称量瓶里，移入烘箱中于 $103\sim105℃$ 下烘干 1h 后移入干燥器中，使冷却到室温，称其质量。反复烘干、冷却、称量，直至两次称量的差 $\leqslant0.4mg$ 为止。

注：滤膜上截留过多的悬浮物可能夹带过多的水分，除延长干燥时间外，还可能造成过滤困难，遇此情况，可酌情少取试样。滤膜上悬浮物过少，则会增大称量误差，影响测定精度，必要时，可增大试样体积。一般以 $5\sim100mg$ 悬浮物量作为量取试样体积的实用范围。

（五）数据记录及处理

将废水中悬浮固体的测定实验数据填入下表，并进行计算。

项　　目			1号瓶	2号瓶	3号瓶
称量瓶重 m_0/g	恒重次数	第1次			
		第2次			
		第3次			
称量瓶恒重质量① m_0/g					
称量瓶＋滤膜质量 m_1/g					
干燥后恒重质量①（称量瓶＋滤膜＋固体悬浮物）m_2/g	恒重次数	第1次			
		第2次			
		第3次			
水样的体积 V/mL					
悬浮固体含量 $\rho/mg\cdot L^{-1}$					
平均含量 $/mg\cdot L^{-1}$					
相对偏差					
相对平均偏差					

① 恒重指两次灼烧后灼烧物质量之差 $<0.2mg$。恒重质量以符合要求的最后一次灼烧后称量的质量为准。

悬浮物含量 $\rho(\mathrm{mg/L})$ 按下式计算：

$$\rho=\frac{(m_2-m_1)\times 10^6}{V}$$

式中　ρ——水中悬浮物浓度，mg/L；

m_1——称量瓶＋滤膜质量，g；

m_2——称量瓶＋滤膜＋悬浮物质量，g；

V——试样体积，mL。

（六）注意事项

1. 树叶、木棒、水草等杂质应先从水中除去。

2. 废水黏度高时，可加 2～4 倍蒸馏水稀释，振荡均匀，待沉淀物下降后再过滤。

3. 也可采用石棉坩埚进行过滤。

4. 采用干燥法获得恒重悬浮物，需要反复称量确定恒重，恒重的温度不可过高或过低，避免样品分解或者干燥不彻底。

（七）思考题

测定悬浮物的含量有何意义？

（八）项目观测点

1. 为了监控废水中悬浮物含量，需要准确得到悬浮物的质量。悬浮物有指定粒径，不可将大的悬浮杂质计算在内，过滤时也应避免目标物流失。

2. 测定结果平行性要求：相对偏差不得大于 0.5%。

实训项目三　天然水矿化度的测定

（一）项目任务

1. 水样的重碳酸盐的测定。

2. 水样过滤。

3. 水样的蒸发皿烘干与恒重。

4. 水样的蒸发与恒重。

5. 数据记录与水中的矿化度计算。

（二）背景知识

矿化度是指水中含有钙、镁、铁、铝和锰等金属的碳酸盐、重碳酸盐、氯化物、硫酸盐、硝酸盐以及各种钠盐等的总含量。

水样经过滤去除漂浮物及沉降性固体物，放在烘至恒重的蒸发皿内蒸干，并用过氧化氢去除有机物，然后在 105～110℃下烘干至恒重，将称得质量减去蒸发皿质量即为矿化度。

高矿化度即含有大量钙、镁、氯化物的样品蒸干后易于吸水，硫酸盐结晶不易除去，均可使结果偏高。采用加入碳酸钠，提高烘干温度和快速称重的方法处理，以消除其影响。

（三）项目准备

1. 仪器

分析天平：感量 0.0001g，砂芯玻璃坩埚（P_{40} 号）或中速定量滤纸；蒸发皿（直径 90mm 的玻璃蒸发皿或瓷蒸发皿）；烘箱；水浴或蒸汽浴；抽气瓶（500mL 或 1000mL）。

2. 试剂

过氧化氢溶液：1+1。

（四）项目实施

1. 将清洗干净的蒸发皿置于 105～110℃ 烘箱中烘 2h，放入干燥器中冷却至室温后称重，重复烘干称重，直至恒重（两次称重相差不超过 0.4mg）。

2. 取适量水样用清洁的玻璃砂芯坩埚或中速定量滤纸过滤后作为试样。

3. 测定

（1）取适量试样（取样量以获得 100mg 的总固体为宜）置于已恒重的蒸发皿中，于水浴上蒸干。

（2）如蒸干残渣有色，则使蒸发皿稍冷后，滴加过氧化氢溶液数滴，慢慢旋转蒸发皿至气泡消失，再置于水浴或蒸汽浴上蒸干，反复数次，直至残渣变白或颜色稳定不变为止。

（3）蒸发皿放入烘箱内于 105～110℃ 烘干 2h，置于干燥器中冷却至室温，称重，重复烘干称重，直至恒重（两次称重相差不超过 0.4mg）。

（4）重碳酸盐的测定：用标准盐酸溶液滴定水样时，若以酚酞作指示剂，滴定到等当点时，pH 为 8～10，此时消耗的酸量 V_1 仅相当于碳酸盐含量的一半，当再向溶液中加入甲基橙指示剂，继续滴定到等当点时，总消耗酸量 V_2，溶液的 pH 为 4～5，这时所滴定的是由碳酸盐所转变的重碳酸盐和水样中原有的重碳酸盐的总和，根据酚酞和甲基橙指示的两次终点时所消耗的盐酸标准溶液的体积，即可分别计算碳酸盐和重碳酸盐的含量。

（五）数据记录及处理

将天然水矿化度的测定实验数据填入下表，并进行计算。

项　　目			1号瓶	2号瓶	3号瓶
蒸发皿恒重质量 m_0/g	恒重次数	第1次			
		第2次			
		第3次			
蒸发皿恒重质量[①] m_0/g					
水样体积 V/mL					
蒸发干燥后恒重质量[①]（蒸发皿＋残渣）m_1/g	恒重次数	第1次			
		第2次			
		第3次			
矿化度 ρ/mg·L^{-1}					
矿化度平均值/mg·L^{-1}					
相对偏差					
相对平均偏差					

① 恒重指两次灼烧后灼烧物质量之差＜0.2mg。恒重质量以符合要求的最后一次灼烧后称量的质量为准。

水样矿化度按下式计算：

$$\rho = \frac{m_1 - m_0}{V} \times 10^6 + \frac{1}{2}c_1$$

式中　ρ——水样矿化度，mg/L；

　　m_1——蒸发皿及残渣的总质量，g；

　　m_0——蒸发皿质量，g；

　　V——水样体积，mL；

　　c_1——水样中重碳酸根含量，$c_1 = \dfrac{c_0(V_2 - V_1)}{1000 \times V} \times 61$，mg/L。

　　c_0——标准盐酸的浓度，mol/L。

（六）注意事项

用过氧化氢去除有机物应"少量多次"，每次残渣润湿即可，以防有机物与过氧化氢作用分解时泡沫过多，发生盐类损失。

（七）实验观测点

1. 实验结果的衡量标准

精密度和准确度：平行测定矿化度的统一样品，测得重复性相对标准偏差应<10％，再现性相对标准偏差<10％，加标回收率为 100.00％±10.00％，相对误差<0.20％。

2. 实验所测为水中无机盐含量，确保悬浮杂质清除干净，在过滤时，尽量减少水中盐分的流失，最好做对照试验或者空白试验，校正系统误差。

实训项目四　Na_2SO_4 含量的测定

（一）项目任务

1. 样品的称取与溶解。
2. 沉淀的制备。
3. 沉淀的干燥和灼烧。
4. 数据记录与样品中 Na_2SO_4 的含量计算。

（二）背景知识

在酸性溶液中，以 $BaCl_2$ 作沉淀剂使硫酸盐成为晶形沉淀析出，经陈化、过滤、洗涤、灼烧后，以 $BaSO_4$ 沉淀形式称量，即可计算样品中 Na_2SO_4 的含量。

在 HCl 酸性溶液中进行沉淀，可防止 CO_3^{2-}、$C_2O_4^{2-}$ 等离子与 Ba^{2+} 沉淀，但酸度可增加 $BaSO_4$ 的溶解度，降低其相对过饱和度，有利于获得较好的晶形沉淀。由于过量 Ba^{2+} 的同离子效应存在，所以溶解度损失可忽略不计。

Cl^-、NO_3^-、ClO_3^- 等阴离子和 K^+、Na^+、Ca^{2+} 等阳离子均可参与共沉淀，故应在热稀溶液中进行沉淀，以减少共沉淀的发生。因 $BaSO_4$ 的溶解度受温度影响较小，可用热水洗涤沉淀。

（三）项目准备

1. 仪器

烧杯（100mL、400mL），玻璃棒，表面皿，滴管，洗瓶，量筒（10mL、100mL），定量滤纸（9cm），长颈漏斗，坩埚（25mL，灼烧至恒重），坩埚钳，干燥器，电炉，石棉网，马弗炉，分析天平（感量万分之一）。

2. 样品

硫酸钠样品（$Na_2SO_4 \cdot 10H_2O$）。

3. 试剂

稀盐酸（$6mol \cdot L^{-1}$）、$BaCl_2$ 溶液（$0.1mol \cdot L^{-1}$）、$AgNO_3$ 溶液（$0.1mol \cdot L^{-1}$）。

（四）项目实施

1. 样品的称取与溶解

准确称取 Na_2SO_4 样品约 0.4g（或其他可溶性硫酸盐，含硫量约 90mg），置于 400mL 烧杯中，加 25mL 蒸馏水使其溶解，稀释至 200mL。

2. 沉淀的制备

（1）在上述溶液中加 1mL 稀 HCl，盖上表面皿，置于电炉石棉网上，加热至近沸。取 $BaCl_2$ 溶液 30～35mL 于小烧杯中，加热至近沸，然后用滴管将热 $BaCl_2$ 溶液逐滴加入样品溶液中，同时不断搅拌溶液。当 $BaCl_2$ 溶液即将加完时，静置，于 $BaSO_4$ 上清液中加入 1～2 滴 $BaCl_2$ 溶液，观察是否有白色浑浊出现，用以检验沉淀是否已完全。盖上表面皿，置于电炉（或水浴）上，在搅拌下继续加热，陈化约 30min，然后冷却至室温。

（2）沉淀的过滤和洗涤　将上清液用倾泻法倒入漏斗中的滤纸上，用一洁净烧杯收集滤液（检查有无沉淀穿滤现象。若有，应重新换滤纸）。用少量热蒸馏水洗涤沉淀 3～4 次（每次加入热水 10～15mL），然后将沉淀小心地转移至滤纸上。用洗瓶吹洗烧杯内壁，洗涤液并入漏斗中，并用撕下的滤纸角擦拭玻璃棒和烧杯内壁，将滤纸角放入漏斗中，再用少量蒸馏水洗涤滤纸上的沉淀（约 10 次），至滤液不显 Cl^- 反应为止（用 $AgNO_3$ 溶液检查）。

3. 沉淀的干燥和灼烧

取下滤纸，将沉淀包好，置于已恒重的坩埚中，先用小火烘干炭化，再用大火灼烧至滤纸灰化。然后将坩埚转入马弗炉中，在 800～850℃灼烧约 30min。取出坩埚，待红热退去，置于干燥器中，冷却 30min 后称量。再重复灼烧 20min，冷却、取出、称量，直至恒重。

取平行操作 3 份的数据，根据 $BaSO_4$ 质量计算 Na_2SO_4 的质量分数。

（五）数据记录及处理

将 Na_2SO_4 含量的测定实验数据填入下表，并进行计算。

项　　目			1号瓶	2号瓶	3号瓶
空坩埚重 m_0/g	恒重次数	第1次			
		第2次			
		第3次			
空坩埚恒重质量① m_0/g					
样品质量 m_s/g					

项 目			1号瓶	2号瓶	3号瓶
灼烧后恒重质量①（坩埚＋$BaSO_4$）m_1/g	恒重次数	第1次			
		第2次			
		第3次			
灼烧后恒重（坩埚＋$BaSO_4$）m_1/g					
Na_2SO_4 含量 w					
平均含量					
相对平均偏差					
相对平均偏差					

① 恒重指两次灼烧后灼烧物质量之差＜0.2mg。恒重质量以符合要求的最后一次灼烧后称量的质量为准。

Na_2SO_4 的质量分数按下式计算：

$$w = \frac{m_1 - m_0}{m_s} \times F \times 100\%$$

式中　w——Na_2SO_4 的质量分数；

　　　m_1——坩埚＋$BaSO_4$ 质量，g；

　　　m_0——坩埚质量，g；

　　　m_s——样品质量，mL；

　　　F——换算因子 0.6086（$M_{Na_2SO_4}/M_{BaSO_4}$ ＝142.04/233.39）。

（六）注意事项

1. 实验前，应预习和本实验有关的基本操作相关内容。

2. 溶液加热近沸，但不应煮沸，防止溶液溅失。

3. $BaSO_4$ 沉淀的灼烧温度应控制在 800～850℃，否则，$BaSO_4$ 将与碳作用而被还原。

4. 检查滤液中的 Cl^- 时，用小表面皿收集 10～15 滴滤液，加 2 滴 $AgNO_3$ 溶液，观察是否出现浑浊，若有浑浊则需继续洗涤。

（七）思考题

1. 结合实验说明晶形沉淀最适条件有哪些？

2. 小结使沉淀完全和沉淀纯净的措施。

（八）项目观测点

1. 本实验是获得晶形沉淀，遵循稀、热、慢、搅、陈的操作要点。

2. 沉淀洗涤利用同离子效应，溶剂少量多次洗涤。

3. 干燥、灰化、灼烧等操作均涉及，正确掌握操作要点，尤其是马弗炉的使用。

4. 灼烧时至恒重，采用干燥器冷却和保存。

5. 平行测定三次，相对误差不超过 0.1%，平行测定相对偏差不得大于 0.5%。

模块六
综合实训

能力目标	知识目标	素质目标
1. 能理论联系实际，将化学分析中学过的基本知识和基本技能应用于工业生产实际 2. 能根据实训题目和要求查阅相关资料文献 3. 能拟定出对同一样品采用不同分析方法测定的具体方案，并对测定结果进行比较和讨论 4. 能根据实验要求配制所需试剂，试液和标准溶液 5. 会按国家现行技术标准或操作规程正确地应用仪器，操作规范，独立完成实验并得出准确结论	1. 熟悉样品的采集与制备有关要求 2. 掌握四大滴定分析原理 3. 熟悉重量分析原理	通过综合实训，培养综合应用能力和创新能力，以及严谨的科学态度及良好的实验室工作作风和职业道德

观测点	比例	备 注
1. 样品采集与制备 2. 仪器试剂准备 3. 分析条件处理 4. 分析结果	1. 20% 2. 20% 3. 20% 4. 40%	1. 样品采集与制备符合规范要求 2. 仪器试剂准备是指能按要求准备好所需的仪器与试剂 3. 分析条件处理主要指分析过程正确控制分析条件消除干扰 4. 分析结果包括精密度与准确度是否符合要求

单元一　　综合实验概述

1. 综合实训目的

高等职业教育培养的是高技能人才。学生不但要掌握"够用"的基础理论知识和职业岗位能力，还要具备综合判断能力、适应能力、创新能力等职业关键能力和素养。开设综合实验的目的就是进一步培养和提高学生的综合运用实验技能解决实际问题能力、查阅文献能力、设计实验能力和创新能力。

化学分析综合实训是工业分析专业重要的实践性教学环节。是在学生掌握化学实验基本原理和基本操作的基础上，在化学学科及相关学科层面上设计的综合性实训项目，它是将样品的制备、分离、提纯、测定、干扰排除等内容归纳在一起的实验。教师指导下，学生应学习和掌握查阅资料、设计实验、熟悉仪器、实验操作、分析数据、写论文等过程和方法。并非验证性实验的组合，其目的是提高学生综合应用化学分析的基本知识和技能的能力，调动学生的主观能动性，培养学生科研与创新能力。

2. 综合实训实施

本模块共安排 4 个综合实训项目，在安排顺序上，由易到难。项目一与模块四单元二实训项目一类似，但增加样品的处理；项目二是人工配制混合离子溶液，要综合两种滴定分析方法进行分析，并增加 Fe^{3+} 干扰；项目三是食盐全分析，综合滴定分析与称量分析，以及感官分析；项目四是水的有机物污染综合指标分析，并且需要自己查找资料进行计算有关量，难度较大。具体实施如下。

（1）实验项目选择　课程精选了 4 个综合实训项目，学生根据自己情况，可以从中选做 1 个或多个项目，也可以自己提出创新实验（自拟实验题目），在教师指导下完成实验项目。

（2）时间安排　根据学时及课表可连续开设实训周，也可每周开设一天，实训期间，实训室全天对学生开放。

（3）实验前的准备　由实验指导教师讲解相关实验的背景知识，同时针对具体实验，向学生提出实验的具体要求。学生查阅有关文献、选择分析方法、写综合实验方案（步骤、仪器、药品清单等），教师审核后，记录预习报告成绩；根据实训室条件，指导可行性分析方案，学生方可开始实验。领取原始药品并配制所需试剂。

（4）具体实践　学生进入实验室具体操作，完成实验内容。

（5）撰写综合实训报告　由于实验属于较大型的连贯性教学过程，实验报告要求以科研小论文的形式撰写，并提倡在报告结尾发表对该实验的体会、意见或改进建议。

3. 综合实训考核

综合实训考核可根据学生选择项目的难易程度，结合本模块的观测点，对照国家相关标准，主要考察下列方面：

① 分析方法原理是否科学；

② 测定步骤是否快速、简便；

③ 分析结果的精密度与准确度是否达到国家的相关标准；

④ 分析方法是否具有经济性；

⑤ 与国家标准比较是否具有实用性；

⑥ 实训报告内容是否齐全、讨论是否深刻。

综合上述内容作出结论性评价或分数等级。

单元二　　综合实训项目

综合实训项目一　蛋壳中钙、镁含量的测定

（一）项目任务

1. 固体试样的酸溶。

2. 运用配位滴定法分别测定蛋壳中钙、镁含量。

3. 自行设计数据处理表，并进行数据处理。

（二）背景知识

鸡蛋壳的主要成分为 $CaCO_3$，其次为 $MgCO_3$、蛋白质、色素以及少量 Fe 和 Al。由于试样中含酸不溶物较少，可用 HCl 溶液将其溶解，制成试液，采用配位滴定法测定钙、镁的含量，特点是快速、简便。

试样经溶解后，Ca^{2+}、Mg^{2+} 共存于溶液中。Fe^{3+}、Al^{3+} 等干扰离子，可用三乙醇胺或酒石酸钾钠掩蔽。调节溶液的酸度至 pH＞12，使 Mg^{2+} 生成氢氧化物沉淀，以钙试剂作指示剂，用 EDTA 标准溶液滴定，单独测定钙的含量。另取一份试样，调节其酸度至 pH＝10，以铬黑 T 作指示剂，用 EDTA 标准溶液滴定可直接测定溶液中钙和镁的总量。由总量减去钙的含量即得镁的含量。

（三）项目准备

1. 仪器及器皿

分析天平（0.1mg）、小型台式破碎机、标准筛（80 目）、酸式滴定管（50mL）、锥形瓶（250mL）、移液管（25mL）、容量瓶（250mL）、烧杯（250mL）、表面皿、广口瓶（125mL）或称量瓶（40mm×25mm）。

2. 试剂的制备

（1）EDTA 标准滴定溶液（0.02mol·L^{-1}）。

（2）HCl 溶液（6mol·L^{-1}）。

（3）NaOH 溶液（10％）。

（4）钙指示剂：应配成 1∶100（NaCl）的固体指示剂。

（5）铬黑 T 指示剂：配成 1∶100（NaCl）的固体指示剂。

（6）NH_3-NH_4Cl 缓冲溶液（pH＝10）。

（7）三乙醇胺水溶液（33％）。

（四）项目实施

1. 试样的溶解及试液的制备

将鸡蛋壳洗净并除去内膜，烘干后用小型台式破碎机粉碎，使其通过 80 目的标准筛，装入广口瓶或称量瓶中备用。准确称取上述试样 0.25～0.30g（精确到 0.02g），置于250mL 烧杯中，加少量水润湿，盖上表面皿，从烧杯嘴处用滴管滴加约 5mL HCl 溶液，使其完全溶解，必要时用小火加热。冷却后转移至 250mL 容量瓶中，用水稀释至刻度，摇匀。

2. 钙含量的测定

准确吸取 25.00mL 上述待测试液于锥形瓶中，加入 20mL 蒸馏水和 5mL 三乙醇胺溶液，摇匀。再加入 10mL NaOH 溶液、0.5mL 钙指示剂，摇匀后，用 EDTA 标准溶液滴定至由红色恰好变为蓝色，即为终点。根据所消耗的 EDTA 标准溶液的体积，自己推导公式计算试样中 CaO 的质量分数。平行测定 3 份，若它们的相对偏差不超过 0.3％，则可以取其平均值作为最终结果。否则，不要取平均值，而要查找原因，作出合理解释。

3. 钙、镁总量的测定

准确吸取 25.00mL 待测试液于锥形瓶中，加入 20mL 水和 5mL 三乙醇胺溶液，摇匀。

再加入 10mL NH_3-NH_4Cl 缓冲溶液，摇匀。最后加入铬黑 T 指示剂少许，然后用 EDTA 标准溶液滴定至溶液由紫红色恰好变为纯蓝色，即为终点。测得钙、镁的总量。自己推导公式计算试样中钙、镁的总量，用总量减去钙的含量即得镁的含量，以镁的质量分数表示。平行测定 3 份，要求相对偏差不超过 0.3%。

钙、镁总量的测定也可用 K-B 指示剂。终点的颜色变化是由紫红色变为蓝绿色。

4. 注释

K-B 指示剂是由酸性铬蓝 K 和萘酚绿 B 以 1：2 的摩尔比进行混合，加 50 倍 KNO_3 混合磨匀配成。

（五）数据记录与处理

记录相关数据，表格自行设计。

（六）思考题

1. 将烧杯中已经溶解好的试样转移到容量瓶以及稀释到刻度时，应注意什么问题？
2. 查阅资料，说明还有哪些方法可以测定蛋壳中钙、镁的含量。

综合实训项目二　混合液中 Ca^{2+}、Cl^- 含量测定

在含有 Fe^{3+}、Ca^{2+}、Cl^- 的混合溶液中，测定 Ca^{2+}、Cl^- 含量（$g \cdot 100mL^{-1}$）（Ca^{2+}、Cl^- 为大量成分，Fe^{3+} 含量少）。

（一）Ca^{2+} 含量的测定

测定 Ca^{2+} 的方法有多种，重量法、配位滴定法、氧化还原滴定法、比浊法、离子选择性电极法等。考虑到被测成分的含量和 Fe^{3+} 的存在，又考虑到简便快速等因素，这里选择配位滴定法测定 Ca^{2+}。

1. 原理

Ca^{2+} 与 EDTA 生成稳定的配合物，$K_{CaY} = 10^{10.7} > 10^8$ 可以在 pH>12，用钙指示剂作指示剂，以 EDTA 标准溶液滴定 Ca^{2+}，滴定到溶液从酒红色变为蓝色表示终点。滴定反应如下：

等量点前
$$Ca^{2+} + NN \Longrightarrow Ca\text{-}NN$$
（酒红色）

$$Ca^{2+} + H_2Y^{2-} \Longrightarrow CaY^{2-} + 2H^+$$

等量点时
$$Ca\text{-}NN + H_2Y^{2-} \Longrightarrow CaY^{2-} + NN + 2H^+$$
（酒红色）　　　　　（蓝色）

Ca^{2+} 与 EDTA 的配位比为 1：1，$Na_2H_2Y \cdot 2H_2O$ 为 EDTA 的基本单元，Ca^{2+} 为钙的基本单元。等量点时，$n(EDTA) = n(Ca^{2+})$。Fe^{3+} 的存在对滴定有干扰，需要加三乙醇胺掩蔽。当试液调至碱性，有浑浊现象出现时，可能有 $CaCO_3$ 沉淀形成，此时可把试液调至酸性（使刚果红试纸变蓝）摇动 2min，赶跑 CO_2 后再调 pH>12。

2. 试剂的配制

（1）0.02mol $\cdot$ L^{-1} EDTA 溶液　称取 2g 乙二胺四乙酸二钠盐（$Na_2H_2Y \cdot 2H_2O$）于 250mL 烧杯中，用蒸馏水（不含 CO_2）溶解后稀释至 250mL。

(2) 10％NaOH　用 50％NaOH 稀释而成。

(3) 钙指示剂（NN）　指示剂与 NaCl 质量比为 1：100 混合磨细放于干燥器中保存。

(4) 三乙醇胺　1 份三乙醇胺与 3 份蒸馏水混合。

(5) 金属 Zn 或 $CaCO_3$ 基准试剂。

3. 项目实施

(1) $0.02mol \cdot L^{-1}$ EDTA 溶液的标定　具体步骤参照模块三实训项目三自行设计。

(2) Ca^{2+} 的测定　具体步骤参照模块四单元二实训项目一自行设计。

（二）Cl^- 的测定

测定 Cl^- 的方法很多，化学分析中有莫尔法、佛尔哈德法、法扬司法等。考虑到 Cl^- 的含量和 Fe^{3+} 的存在，选莫尔法较方便。（佛尔哈德法 Fe^{3+} 的含量不能大于 $0.013mol \cdot L^{-1}$）

1. 原理

在中性或弱碱性溶液中（pH 为 6.5～10.5），以 K_2CrO_4 为指示剂，用 $AgNO_3$ 标准溶液滴定 Cl^-。由于 AgCl 的溶解度比 Ag_2CrO_4 的小，根据分步沉淀原理，溶液中首先析出 AgCl 沉淀，当 AgCl 定量沉淀后，过量一滴 $AgNO_3$ 溶液立即与 CrO_4^{2-} 生成砖红色的 Ag_2CrO_4 沉淀，指示终点到达。反应如下：

等量点前　　　　$Ag^+ + Cl^- \longrightarrow AgCl \downarrow$　　　$K_{sp} = 1.8 \times 10^{-10}$

（白色）

等量点时　　　$2Ag^+ + CrO_4^{2-} \longrightarrow Ag_2CrO_4 \downarrow$　　　$K_{sp} = 2.0 \times 10^{-12}$

（砖红色）

试液中有 Fe^{3+} 存在，对测定有干扰，中性或弱碱性溶液中会生成棕色沉淀，影响终点观察，所以要事先除去或掩蔽起来。

2. 试剂的配制

(1) $0.1000mol \cdot L^{-1}$ $AgNO_3$ 标准溶液。

(2) 5％K_2CrO_4 溶液。

(3) 三乙醇胺 $(200g \cdot L^{-1})$

3. 项目实施

(1) $0.1000mol \cdot L^{-1}$ $AgNO_3$ 标准溶液的配制和标定　参照模块三实训项目六。

(2) Cl^- 的测定　用移液管吸取 5.00mL 试液于锥形瓶中，加 10mL 蒸馏水，加 $1mol \cdot L^{-1}$ 5％K_2CrO_4、2mL 三乙醇胺，在不断摇动下，用 $AgNO_3$ 标准溶液滴定至砖红色沉淀出现，即为终点，记录 $AgNO_3$ 溶液消耗的体积，重复测定 3 次。

（三）数据记录与处理

相关数据记录，表格自行设计。计算公式如下：

$$c(Ca) = \frac{c(EDTA)V(EDTA)M(Ca) \times 10^{-3}}{V} \times 100$$

$$c(Cl) = \frac{c(AgNO_3)V(AgNO_3)M(Cl) \times 10^{-3}}{V} \times 100$$

式中　　　$c(Ca)$、$c(Cl)$ ——试样中 Ca^{2+}、Cl^- 的质量浓度，$g \cdot 100mL^{-1}$；

$V(EDTA)$、$V(AgNO_3)$ ——滴定试液消耗 EDTA 和硝酸银标准溶液的体积，mL；

V——试液的体积，mL；

$c(\text{EDTA})$、$c(\text{AgNO}_3)$ ——EDTA 和硝酸银标准溶液的浓度，$\text{mol} \cdot \text{L}^{-1}$。

综合实训项目三 食盐的分析

本实验将分别采用沉淀滴定法、重量分析法、比色法、EDTA 配位滴定法、碘量法对食盐样品中氯化钠、水不溶物、硫酸盐、镁、碘化钾共 5 项指标进行检验。

（一）感官检查

1. 将样品撒在一张白纸上，观察其颜色，应为白色，或白色带淡灰色或淡黄色，有抗结剂铁氰化钾的为淡蓝色，因其来源而异，不应含有肉眼可见的外来机械杂质。

2. 取约 20g 样品于瓷乳钵中研碎后，立即检查，不应有气味。

3. 取约 5g 样品，用 100mL 温水溶解，其水溶液应具有纯净的咸味，无其他异味。

（二）水不溶物的测定

1. 试剂

硝酸银溶液（50g·L^{-1}）。

2. 分析步骤

（1）预先取 ϕ12.5cm（或 9cm）快速定量滤纸，折叠后置高形称量瓶中，滤纸连同称量瓶在 100℃±5℃下烘至恒重。

（2）称取 25.0g 样品，置 400mL 烧杯中，加约 100mL 水，置沸水浴上加热，时刻用玻璃棒搅拌，使全部溶解。

（3）将（2）中的溶液通过恒重滤纸过滤，滤液收集于 500mL 容量瓶中，用热水反复冲洗沉淀及滤纸至无氯离子反应为止（加 1 滴硝酸银溶液检查不发现白色混浊为止）。加水至刻度，混匀，此液留作其他项目测定用。

（4）带有水不溶物的滤纸与称量瓶干燥至恒重，首次干燥 1h，以后每次为 30min，取出放入干燥器中 30min 称量，至两次所称质量之差不超过 0.01g。

计算：

$$w_1 = \frac{m_1 - m_2}{m} \times 100$$

式中 w_1——样品中水不溶物的含量，$\text{g} \cdot 100\text{g}^{-1}$；

m_1——称量瓶和带有水不溶物的滤纸质量；

m_2——称量瓶加滤纸质量，g；

m——样品质量，g。

结果的表述：报告算术平均值的二位有效数字。允许差：相对偏差＜5％。

（三）食盐（以氯化钠计）含量测定

1. 原理、试剂与仪器

同模块四单元四实训项目一。

2. 步骤

吸取 25.0mL（3）中滤液于 250mL 容量瓶中，加水至刻度，混匀。再吸取 25.0mL，置于 250mL 锥形瓶中，加水 25mL、5% K_2CrO_4 1mL，在不断摇动下，用 $AgNO_3$、标准溶液滴定至溶液呈砖红色，即为终点。量取 100mL 水，同时做试剂空白试验。

平行测定 3 份，计算试样中氯含量。

$$w(NaCl) = \frac{(V_1-V_0)c(AgNO_3) \times \dfrac{M(NaCl)}{1000}}{m_{试样} \times \dfrac{25}{500} \times \dfrac{25}{250}}$$

式中　$w(NaCl)$ ——试样中食盐（以氯化钠计）的质量分数；

　　　　V_1 ——试样稀释液消耗硝酸银标准溶液的体积，mL；

　　　　V_0 ——试剂空白消耗硝酸银标准溶液的体积，mL；

　　$c(AgNO_3)$ ——硝酸银标准溶液的浓度，$mol \cdot L^{-1}$。

（四）镁的测定

1. 原理

在 pH=10 的氨性缓冲溶液中，以铬黑 T 为指示剂，用 EDTA 标准溶液滴定钙、镁总量；调节 pH=12，此时镁以氢氧化物的形式沉淀出，以钙指示剂为指示剂，用 EDTA 标准溶液滴定测得钙量，两者之差即为镁含量。

2. 试剂与仪器

(1) EDTA 标准溶液　$0.01mol \cdot L^{-1}$，配制及标定同模块三实训项目三。

(2) 铬黑 T 指示剂　1g 铬黑 T 与 100g 干燥固体 NaCl 混合研细后，贮于棕色广口瓶中备用。

(3) 钙指示剂　0.5g 钙指示剂与 50g NaCl 混合研磨，配成固体指示剂，装入广口小试剂瓶，存放于干燥器中。

(4) 缓冲溶液（pH=10）　将 20g NH_4Cl 溶于 300mL 二次蒸馏水中，加入 100mL 氨水，稀释至 1L，混匀。

(5) $100g \cdot L^{-1}NaOH$ 溶液。

(6) 10mL 微量滴定管。

3. 分析步骤

吸取 50mL 测定水不溶物的滤液，置于 250mL 锥形瓶中。加入 2mL $100g \cdot L^{-1}NaOH$ 氢氧化钠溶液及约 0.01g 钙指示剂，搅拌溶解后，立即用 EDTA 标准溶液滴定，至溶液由酒红色变为纯蓝色，即为终点。记取所耗 EDTA 标准溶液的体积 V_1。

再吸取 50mL 测定水不溶物的滤液，置于 250mL 锥形瓶中，加 5mL 氨缓冲溶液及约 5mg 铬黑 T 混合指示剂，搅拌溶解后立即以 EDTA 标准溶液滴定，至溶液由酒石红色变为亮蓝色，即为终点。记取所耗 EDTA 标准溶液的体积 V_2。

4. 计算公式

$$w(Mg) = \frac{(V_2-V_1)c_Y \times \dfrac{A(Mg)}{1000}}{m_{试样} \times \dfrac{25}{500}} \times 100\%$$

式中　$w(Mg)$ ——样品中镁的质量分数；

　　　　V_1 ——滴定钙离子消耗 EDTA 标准溶液的体积，mL；

　　　　V_2 ——滴定钙镁离子总量消耗 EDTA 标准溶液的体积，mL；

c_Y——EDTA 标准滴定溶液的浓度，mol·L^{-1}；

$m_{试样}$——样品质量，g；

$A(Mg)$——镁的原子量，g·mol^{-1}。

结果的表述：报告算术平均值的二位有效数字。允许差：平行滴定标准滴定液允许差<0.1mL。

（五）碘（加碘食盐）的测定

1. 定性

首先定性确定添加剂为碘化钾还是碘酸钾。

（1）碘化钾定性

① 混合试剂：硫酸溶液（1+3）4 滴，亚硝酸钠溶液（5g·L^{-1}）8 滴，淀粉溶液（5g·L^{-1}）20mL。临用时混合。

② 分析步骤：取约 2g 样品，置于白瓷板上，滴 2～3 滴混合试剂于样品上，如显蓝紫色，表示有碘化物存在。

（2）碘酸钾定性

① 原理：碘酸钾为氧化剂，在酸性条件下，易被硫代硫酸钠还原生成碘，遇淀粉显蓝色，如硫代硫酸钠浓度较高时，生成的碘又可和剩余的硫代硫酸钠反应，生成碘离子，使蓝色消失，硫代硫酸钠控制一定浓度可以建立此定性反应。

② 显色液配制：淀粉溶液（5g·L^{-1}）10mL；硫代硫酸钠（$Na_2S_2O_3 \cdot 5H_2O$）溶液（10g·L^{-1}）12 滴；硫酸（5+13）5～10 滴。临用时现配。

③ 分析步骤：取数克样品，滴 1 滴显色液，显浅蓝色至蓝色为阳性反应，阴性者不反应（此反应特异）。

④ 测定范围：每克盐含 30g 碘酸钾（即含 18g 碘），立即显浅蓝色，含 50g 呈蓝色，含碘越多蓝色越深。

2. 定量（添加 KI）

（1）原理　样品中的碘化物在酸性条件下用饱和溴水氧化成碘酸盐，加入甲酸钠除去过剩的溴，再加入碘化钾与碘酸钾作用，析出的碘用硫代硫酸钠标准溶液滴定，测定碘离子的含量。其反应式如下：

$$I^- + 3Br_2 + 3H_2O \longrightarrow IO_3^- + 6H^+ + 6Br^-$$

$$3Br_2 + 2HCOO^- + 2H_2O \longrightarrow 2CO_3^{2-} + 6H + 6Br^-$$

$$IO_3^- + 5I^- + 6H^+ \longrightarrow 3I_2 + 3H_2O$$

$$I_2 + 2Na_2S_2O_3 \longrightarrow Na_2S_4O_6 + 2NaI$$

（2）试剂

盐酸：1mol·L^{-1}。

碘化钾溶液：50g·L^{-1}，新鲜配制。

饱和溴水：取 25mL 试剂溴至 100mL 水中，充分摇匀。

甲酸钠：100g·L^{-1}溶液。

淀粉指示液：称取 0.5g 可溶性淀粉，加少量水搅匀后，倒入 50mL 沸水中煮沸。临用现配。

硫代硫酸钠标准溶液：0.1mol·L^{-1}，配制与标定方法同模块三实训项目五。临用时准确稀释至 50 倍，浓度为 0.002mol·L^{-1}。

（3）分析步骤　称取 10.0g 均匀加碘食盐，称准至 0.1g，置于 250mL 碘量瓶中，加 100mL 水溶解，加 2mL 1mol·L^{-1}盐酸和 2mL 饱和溴水，混匀，放置 5min，摇动下加入 5mL 100g·L^{-1}甲酸钠溶液，放置 5min 后加 5mL 50g·L^{-1}碘化钾溶液，静置约 10min，用 0.02mol·L^{-1}硫代硫酸钠标准溶液滴定，至溶液呈浅黄色时，加 5mL 淀粉指示剂，继续滴定至蓝色恰好消失即为终点。

如盐样含杂质过多，应先取盐样加水 150mL 溶解，过滤，取 100mL 滤液至 250mL 锥形瓶中，然后进行操作。

（4）计算公式

$$w(\text{I}_2) = \frac{\frac{1}{12} \times c(\text{Na}_2\text{S}_2\text{O}_3)V(\text{Na}_2\text{S}_2\text{O}_3)M(\text{I}_2) \times 1000}{m_{\text{试样}}}$$

式中　$w(\text{I}_2)$ ——样品加碘的质量分数，mg·kg^{-1}；

$V(\text{Na}_2\text{S}_2\text{O}_3)$ ——测定用样品消耗 $\text{Na}_2\text{S}_2\text{O}_3$ 的体积，mL；

$c(\text{Na}_2\text{S}_2\text{O}_3)$ ——$\text{Na}_2\text{S}_2\text{O}_3$ 标准溶液浓度，mol·L^{-1}；

$m_{\text{试样}}$ ——样品质量，g；

$M(\text{I}_2)$ ——I_2 的摩尔质量，g·mol^{-1}。

结果的表述：报告算术平均值的两位有效数字。允许差：平行滴定标准滴定液允许差＜0.1mL。

3. 思考题

若添加剂为碘酸钾，则碘含量应当如何测定？

（六）参考标准

1. GB/T 5009.42—2003《食盐卫生标准的分析方法》。

2. GB 2721—2003《食用盐卫生标准》。

3. GB 14880—1994《食品营养强化剂使用卫生标准》。

感官要求：白色、味咸，无异味，无肉眼可见的与盐无关的外来异物

项目		指标
氯化钠（以干基计）/g·100g^{-1} ≥		97
水不溶物	普通盐 ≤	0.4
/g·100g^{-1}	精制盐 ≤	0.1
碘	碘化钾	30～70mg·kg^{-1}碘化钾，以元素碘计含量为 22.3～53.5mg·kg^{-1}
	碘酸钾	34～100mg·kg^{-1}碘酸钾，以元素碘计含量为 20.3～59.6 mg·kg^{-1}

综合实训项目四　废水试样分析

废水通常是指被污染了的水。废水试样的分析项目很多。一般可用湿度、颜色、浊度、pH、不溶物、矿化度、电导率等描述废水的一般性质；此外，还有金属元素、有机污染物和非金属无机物等测定项目。本实验主要结合化学分析方法进行有机物污染综合指标的测定。

评价废水试样中有机物污染情况的综合指标有：溶解氧（DO）、化学需氧量（COD）、生化需氧量（BOD）、总有机碳（TOC）和总需氧量（TOD）等。

（一）溶解氧的测定

溶解在水中的分子态氧称为溶解氧。测定水中的溶解氧常采用碘量法。水样采集到溶解氧瓶中，应立即加入固定剂（硫酸锰和碱性碘化钾）保存于冷暗处。水中溶解氧可将低价锰氧化成高价锰，生成四价锰的氢氧化物棕色沉淀。测定时加酸，使氢氧化物沉淀溶解并与碘离子反应释出游离碘，再以淀粉为指示剂，用硫代硫酸钠标准溶液滴定至蓝色消失，根据消耗的硫代硫酸钠体积计算溶解氧的含量。

在水中常含有各种氧化性或还原性物质，它们会干扰碘量法的测定，因此往往须采用修正的碘量法进行测定。例如，水样中含有亚硝酸盐时，会干扰碘量法测定溶解氧，这时可采用叠氮化钠修正法，即在水样中加入叠氮化钠，使水中亚硝酸盐分解而消除共干扰。如果水样中含有 Fe^{3+}，则在水样采集后，用吸管插入液面下加入 1mL 40% 氟化钾溶液、1mL 硫酸锰溶液和 2mL 碱性碘化钾-叠氮化钠溶液，盖好瓶盖，摇匀，再采用碘量法测定。

（二）化学需氧量的测定

水中化学需氧量（简称 COD）的大小是水质污染程度的主要指标之一。由于废水中还原性物质常常是各种有机物，人们常将 COD 作为水质是否受到有机物污染的重要指标。COD 是指在特定条件下，用一种强氧化剂定量地氧化水中可还原性物质（有机物和无机物）时所消耗氧化剂的数量，以每升多少毫克氧表示（mg O_2 · L^{-1}）。不同条件下得出的 COD 值不同，因此必须严格控制反应条件。

清洁地面水中有机物的含量较低，COD 小于 3～4mg · L^{-1}；轻度污染的水源 COD 可达 4～10mg · L^{-1}；若水中 COD 大于 10mg · L^{-1}，认为水质受到较严重的污染。清洁海水的 COD 小于 0.5mg · L^{-1}。

COD 的测定目前多采用 $KMnO_4$ 和 $K_2Cr_2O_7$ 两种方法。对于工业废水，我国规定用重铬酸钾法测定，测得的值称为 COD_{Cr}。对于地表水、地下水、饮用水和生活污水，则可以高锰酸钾法进行测定。

对于废水，化学需氧量反映了水中还原性物质（有机物、亚硝酸盐、亚铁盐、硫化物等）污染的程度，常用重铬酸钾法进行测定。

主要步骤如下：取适量混合均匀的水样置于配有回流冷凝管的磨口瓶中，准确加入一定量的重铬酸钾标准溶液及硫酸-硫酸银溶液，加热回流 2h 冷却后，用水冲洗冷凝管壁，取下锥形瓶。冷却至室温后加入亚铁灵指示剂，用硫酸亚铁铵标准溶液滴定，颜色由黄色经蓝绿色至红褐色为终点。

测定水样的同时，按同样操作步骤作空白试验，根据水样和空白试样消耗的硫酸亚铁铵标准溶液的差值，计算水样的需氧量。

（三）生化需氧量的测定

生化需氧量是指在规定条件下，微生物分解存在于水中的有机物所发生的生物化学过程中所消耗的溶解氧的量。此生物氧化全过程进行的时间很长，目前国内外普通规定于20℃±1℃培养微生物 5d。分别测定试样培养前后的溶解氧，二者差值称为五日生化需氧量（BOD_5），以氧的质量浓度（mg · L^{-1}）表示。测定生化需氧量的水样的采取，与测定溶解氧的水样的采取要求相同，但不加固定剂，故应尽快测定不得超过 24h，并应在 0～4℃保存。

134

对大多数工业废水，因含较多的有机物，需要稀释后再进行培养，以保证有充足的溶解氧。稀释所用的水通常要通入空气进行曝气，使其中的溶解气接近饱和。为保证微生物生长的需要，稀释水中还应加入一定量的无机营养块和缓冲物质（如碳酸盐、钙、镁和铁盐等）。对于不含少量微生物的工业废水，在测定生化需氧量时应进行接种，引入能分解废水中有机物的微生物。

（四）参考标准

1. GB/T 7489—1987《水质 溶解氧的测定 碘量法》。
2. GB/T 11914—1989《水质 化学需氧量的测定 重铬酸盐法》。
3. HJ 505—2009《水质 五日生化需氧量（BOD_5）的测定 稀释与接种法》。
4. GB 3838—2002《地表水环境质量标准》

依据地表水水域环境功能和保护目标，按功能高低依次划分为五类：

Ⅰ类 主要适用于源头水、国家自然保护区

Ⅱ类 主要适用于集中式生活饮用水地表水源地一级保护区、珍稀水生生物栖息地、鱼虾类产卵场、仔稚幼鱼的索饵场等

Ⅲ类 主要适用于集中式生活饮用水地表水源地二级保护区、鱼虾类越冬场、洄游通道、水产养殖区等渔业水域及游泳区

Ⅳ类 主要适用于一般工业用水区及人体非直接接触的娱乐用水区

Ⅴ类 主要适用于农业用水区及一般景观要求水域

项　　目		Ⅰ类	Ⅱ类	Ⅲ类	Ⅳ类	Ⅴ类
溶解氧/mg·L^{-1}	≥	7.5	6	5	3	2
化学需氧量(COD)/mg·L^{-1}	≤	15	15	20	30	40
五日生化需氧量(BOD_5)/mg·L^{-1}	≤	3	3	4	6	10

5. GB 8978—1996《污水综合排放标准》

项目	范　　围	Ⅰ类	Ⅱ类	Ⅲ类
溶解氧/mg·L^{-1} ≥	无要求			
化学需氧量(COD)/mg·L^{-1}≤	甜菜制糖、焦化、合成脂肪酸、湿法纤维板、染料、洗毛、有机磷农药工业	100	200	1000
	味精、酒精、医药原料药、生物制药、苎麻脱胶、皮革、化纤浆粕工业	100	300	1000
	石油化工工业（包括石油炼制）	100	150	500
	城镇二级污水处理厂	60	120	—
	其他排污单位	100	150	500
五日生化需氧量(BOD_5)/mg·L^{-1} ≤	甘蔗制糖、苎麻脱胶、湿法纤维板工业	30	100	600
	甜菜制糖、酒精、味精、皮革、化纤浆粕工业	30	150	600
	城镇二级污水处理厂	20	30	—
	其他排污单位	30	60	300

附　录

附录1　实训中常用的量及其单位的名称和符号

量的名称	量的符号	单位名称	单位符号	倍数与分数单位
物质的量	n_B	摩尔	mol	mmol 等
质量	m	千克	kg	g、mg、μg 等
体积	V	立方米	m^3	L（dm^3）、mL 等
摩尔质量	M_B	千克每摩尔	$kg \cdot mol^{-1}$	$g \cdot mol^{-1}$ 等
摩尔体积	V_m	立方米每摩尔	$m^3 \cdot mol^{-1}$	$L \cdot mol^{-1}$ 等
物质的量浓度	c_B	摩每立方米	$mol \cdot m^{-3}$	$mol \cdot L^{-1}$ 等
质量分数	ω_B			
质量浓度	ρ_B	千克每立方米	$kg \cdot m^{-3}$	$g \cdot L^{-1}$、$g \cdot mL^{-1}$ 等
体积分数	φ_B			
滴定度	$T_{s/x}$，T_s	克每毫升	$g \cdot mL^{-1}$	
密度	ρ	千克每立方米	$kg \cdot m^{-3}$	$g \cdot mL^{-1}$、$g \cdot m^{-3}$
相对原子质量	A_r			
相对分子质量	M_r			

附录2　常用酸碱试剂的密度和浓度

试剂名称	化学式	M_r	密度 $\rho/g \cdot mL^{-1}$	质量分数 $w/\%$	物质的量浓度 $c_B/mol \cdot L^{-1}$
浓硫酸	H_2SO_4	98.08	1.84	96	18
浓盐酸	HCl	36.46	1.19	37	12
浓硝酸	HNO_3	63.01	1.42	70	16
浓磷酸	H_3PO_4	98.00	1.69	85	15
冰醋酸	CH_3COOH	60.05	1.05	99	17
高氯酸	$HClO_4$	100.46	1.67	70	12
浓氢氧化钠	NaOH	40.00	1.43	40	14
浓氨水	$NH_3 \cdot H_2O$	17.03	0.90	28	15

附录3　常用化合物的摩尔质量

化合物分子式	摩尔质量/$g \cdot mol^{-1}$	化合物分子式	摩尔质量/$g \cdot mol^{-1}$
AgBr	187.78	As_2O_5	229.84
AgCl	143.32	$BaCO_3$	197.34
AgCN	133.84	BaC_2O_4	225.35
Ag_2CrO_4	331.73	$BaCl_2$	208.23
AgI	234.77	$BaCl_2 \cdot 2H_2O$	244.26
$AgNO_3$	169.87	$BaCrO_4$	253.32
AgSCN	165.95	BaO	153.33
Al_2O_3	101.96	$Ba(OH)_2$	171.35
$Al_2(SO_4)_3$	342.15	$BaSO_4$	233.39
As_2O_3	197.84	$CaCO_3$	100.09
		CaC_2O_4	128.10

化合物分子式	摩尔质量/g·mol^{-1}	化合物分子式	摩尔质量/g·mol^{-1}
$CaCl_2$	110.98	HF	20.01
$CaCl_2 \cdot H_2O$	129.00	HI	127.91
CaF_2	78.07	HNO_2	47.01
$Ca(NO_3)_2$	164.09	HNO_3	63.01
CaO	56.08	H_2O	18.02
$Ca(OH)_2$	74.09	H_2O_2	34.02
$CaSO_4$	136.14	H_3PO_4	98.00
$Ca_3(PO_4)_2$	310.18	H_2S	34.08
$Ce(SO_4)_2$	332.24	H_2SO_3	82.08
$Ce(SO_4)_2 \cdot 2(NH_4)_2SO_4 \cdot 2H_2O$	632.54	H_2SO_4	98.08
CH_3COOH	60.05	$HgCl_2$	271.50
CH_3OH	32.04	Hg_2Cl_2	427.09
CH_3COCH_3	58.08	$KAl(SO_4)_2 \cdot 12H_2O$	474.39
C_6H_5COOH	122.12	$KB(C_6H_5)_4$	358.33
C_6H_5COONa	144.10	KBr	119.01
$C_6H_4COOHCOOK$(邻苯二甲酸氢钾)	204.22	$KBrO_3$	167.01
CH_3COONa	82.03	KCN	65.12
C_6H_5OH	94.11	K_2CO_3	138.21
$(C_9H_7N)_3H_3(PO_4 \cdot 12MoO_2)$	2212.74	KCl	74.56
$COOHCH_2COOH$	104.06	$KClO_3$	122.55
$COOHCH_2COONa$	126.04	$KClO_4$	138.55
CCl_4	153.81	K_2CrO_4	194.20
CO_2	44.01	$K_2Cr_2O_7$	294.19
Cr_2O_3	151.99	$KHC_2O_4 \cdot H_2C_2O_4 \cdot 2H_2O$	254.19
$Cu(C_2H_3O_2)_2 \cdot 3Cu(AsO_2)_2$	1013.80	$KHC_2O_4 \cdot H_2O$	146.14
CuO	79.54	KI	166.01
Cu_2O	143.09	KIO_3	214.00
$CuSCN$	121.63	$KIO_3 \cdot HIO_3$	389.92
$CuSO_4$	159.61	$KMnO_4$	158.04
$CuSO_4 \cdot 5H_2O$	249.69	KNO_2	85.10
$FeCl_3$	162.21	K_2O	92.20
$FeCl_3 \cdot 6H_2O$	270.30	KOH	56.11
FeO	71.85	$KSCN$	97.18
Fe_2O_3	159.69	K_2SO_4	174.26
Fe_3O_4	231.54	$MgCO_3$	84.32
$FeSO_4 \cdot H_2O$	169.93	$MgCl_2$	95.21
$FeSO_4 \cdot 7H_2O$	278.02	$MgNH_4PO_4$	137.33
$Fe_2(SO_4)_3$	399.89	MgO	40.31
$FeSO_4(NH_4)_2SO_4 \cdot 6H_2O$	392.14	$Mg_2P_2O_7$	222.60
H_3BO_3	61.83	MnO	70.94
HBr	80.91	MnO_2	86.94
$H_6C_4O_6$(酒石酸)	150.09	$Na_2B_4O_7$	201.22
HCN	27.03	$Na_2B_4O_7 \cdot 10H_2O$	381.37
H_3BO_3	61.83	$NaBiO_3$	279.97
H_2CO_3	62.03	$NaBr$	102.90
$H_2C_2O_4$	90.04	$NaCN$	49.01
$H_2C_2O_4 \cdot 2H_2O$	126.07	Na_2CO_3	105.99
$HCOOH$	46.03	$Na_2C_2O_4$	134.00
HCl	36.46	$NaCl$	58.44
$HClO_4$	100.46	NaF	41.99

化合物分子式	摩尔质量/g·mol⁻¹	化合物分子式	摩尔质量/g·mol⁻¹
$NaHCO_3$	84.01	$(NH_4)_2SO_4$	132.14
NaH_2PO_4	119.98	$NiC_8H_{14}O_4N_4$	288.91
Na_2HPO_4	141.96	P_2O_5	141.95
$Na_2H_2Y \cdot 2H_2O$	372.26	$PbCrO_4$	323.18
NaI	149.89	PbO	223.19
$NaNO_3$	69.00	PbO_2	239.19
Na_2O	61.98	Pb_3O_4	685.57
$NaOH$	40.01	$PbSO_4$	303.26
Na_3PO_4	163.94	SO_2	64.06
Na_2S	78.05	SO_3	80.06
$Na_2S \cdot 9H_2O$	240.18	Sb_2O_3	291.50
Na_2SO_3	126.04	Sb_2S_3	339.70
Na_2SO_4	142.04	SiF_4	104.08
$Na_2SO_4 \cdot 10H_2O$	322.20	SiO_2	60.08
$Na_2S_2O_3$	158.11	$SnCO_3$	178.72
$Na_2S_2O_3 \cdot 5H_2O$	248.19	$SnCl_2$	189.62
Na_2SiF_6	188.06	SnO_2	150.71
NH_4Cl	53.49	TiO_2	79.88
$(NH_4)_2C_2O_4 \cdot H_2O$	142.11	WO_3	231.83
$NH_3 \cdot H_2O$	35.05	$ZnCl_2$	136.30
$NH_4Fe(SO_4)_2 \cdot 12H_2O$	482.20	ZnO	81.39
$(NH_4)_2HPO_4$	132.05	$Zn_2P_2O_7$	304.72
$(NH_4)_3HPO_4 \cdot 12MoO_3$	1876.53	$ZnSO_4$	161.45
NH_4SCN	76.12		

附录4 常用指示剂

1. 酸碱指示剂

指示剂	变色范围(pH)	颜色变化	pK_{HIn}	浓 度	用量/滴·10mL⁻¹
百里酚蓝	1.2~2.8	红~黄	1.65	0.1%的20%乙醇溶液	1~2
甲基黄	2.9~4.0	红~黄	3.25	0.1%的90%乙醇溶液	1
甲基橙	3.1~4.4	红~黄	3.45	0.05%的水溶液	1
溴酚蓝	3.0~4.6	黄~紫	4.1	0.1%的20%乙醇溶液或其钠盐水溶液	1
溴甲酚绿	4.0~5.6	黄~蓝	4.9	0.1%的20%乙醇溶液或其钠盐水溶液	1~3
甲基红	4.4~6.2	红~黄	5.0	0.1%的60%乙醇溶液或其钠盐水溶液	1
溴百里酚蓝	6.2~7.6	黄~蓝	7.3	0.1%的20%乙醇溶液或其钠盐水溶液	1
中性红	6.8~8.0	红~黄橙	7.4	0.1%的60%乙醇溶液	1
苯酚红	6.8~8.4	黄~红	8.0	0.1%的60%乙醇溶液或其钠盐水溶液	1
酚酞	8.0~10.0	无色~红	9.1	0.5%的90%乙醇溶液	1
百里酚蓝	8.0~9.6	黄~蓝	8.9	0.1%的20%乙醇溶液	1~4
百里酚酞	9.4~10.6	无色~蓝	10.0	0.1%的90%乙醇溶液	1~2

注：变色范围 pH，指室温下水溶液中各种指示剂的变色范围。实际上，当温度改变或溶剂不同时，指示剂的变色范围将有变化。另外，溶液中盐类的存在也会影响指示剂的变色范围。

2. 氧化还原指示剂

名称	配制	$\varphi(pH=0)/V$	氧化型颜色	还原型颜色
二苯胺	1%浓硫酸溶液	+0.76	紫	无色
二苯胺磺酸钠	0.2%水溶液	+0.85	红紫	无色
邻苯氨基苯甲酸	0.2%水溶液	+0.89	红紫	无色

3. 金属指示剂

名称	配制	用于测定		
		元素	颜色变化	测定条件
酸性铬蓝 K	0.1%乙醇溶液	Ca	红～蓝	pH＝12
		Mg	红～蓝	pH＝10(氨性缓冲溶液)
钙指示剂	与 NaCl 配成 1：100 的固体混合物	Ca	酒红～蓝	pH＞12(KOH 或 NaOH)
铬黑 T	与 NaCl 配成 1：100 的固体混合物，或将 0.5g 铬黑 T 溶于含有 25mL 三乙醇胺及 75mL 无水乙醇的溶液中	Al	蓝～红	pH＝7～8,吡啶存在下,以 Zn^{2+} 回滴
		Bi	蓝～红	pH＝9～1,以 Zn^{2+} 回滴
		Ca	红～蓝	pH＝10,加入 EDTA-Mg
		Cd	红～蓝	pH＝10(氨性缓冲溶液)
		Mg	红～蓝	pH＝10(氨性缓冲溶液)
		Mn	红～蓝	氨性缓冲溶液,加羟胺
		Ni	红～蓝	氨性缓冲溶液
		Pb	红～蓝	氨性缓冲溶液,加酒石酸钾
		Zn	红～蓝	pH＝6.8～10(氨性缓冲溶液)
O-PAN	0.1%乙醇(或甲醇溶液)	Cd	红～黄	pH＝6(醋酸缓冲溶液)
		Co	黄～红	醋酸缓冲溶液,70～80℃,以 Cu^{2+} 回滴
		Cu	紫～黄	pH＝10(氨性缓冲溶液)
			红～黄	pH＝6(醋酸缓冲溶液)
		Zn	粉红～黄	pH＝5～7(醋酸缓冲溶液)
磺基水杨酸	1%～2%水溶液	Fe(Ⅲ)	红紫～黄	pH＝1.5～3
二甲酚橙	0.5%乙醇(或水)溶液	Bi	红～黄	pH＝1～2(HNO₃)
		Cd	粉红～黄	pH＝5～6(六亚甲基四胺)
		Pb	红紫～黄	pH＝5～6(六亚甲基四胺)
		Th(Ⅳ)	红～黄	pH＝1.6～3.5(HNO₃)
		Zn	红～黄	pH＝5～6(醋酸缓冲溶液)

附录5　常用缓冲溶液的配制

pH	配 制 方 法
0	1mol·L⁻¹ HCl
1	0.1mol·L⁻¹ HCl
2	0.01 mol·L⁻¹ HCl
3.6	NaAc·3H₂O 16g,溶于适量水中,加 6mol·L⁻¹ HAc 268mL,稀释至 1L
4.0	NaAc·3H₂O 40g,溶于适量水中,加 6mol·L⁻¹ HAc 268mL,稀释至 1L
4.5	NaAc·3H₂O 64g,溶于适量水中,加 6mol·L⁻¹ HAc 136mL,稀释至 1L
5	NaAc·3H₂O 100g,溶于适量水中,加 6mol·L⁻¹ HAc 68mL,稀释至 1L
5.7	NaAc·3H₂O 200g,溶于适量水中,加 6mol·L⁻¹ HAc 26mL,稀释至 1L
7	NH₄Ac 154g,溶于适量水中,稀释至 1L
7.5	NH₄Cl 120g,溶于适量水中,加 15mol·L⁻¹氨水 2.8mL,稀释至 1L
8	NH₄Cl 100g,溶于适量水中,加 15mol·L⁻¹氨水 7mL,稀释至 1L
8.5	NH₄Cl 80g,溶于适量水中,加 15mol·L⁻¹氨水 17.6mL,稀释至 1L
9	NH₄Cl 70g,溶于适量水中,加 15mol·L⁻¹氨水 48mL,稀释至 1L
9.5	NH₄Cl 60g,溶于适量水中,加 15mol·L⁻¹氨水 130mL,稀释至 1L
10	NH₄Cl 54g,溶于适量水中,加 15mol·L⁻¹氨水 294mL,稀释至 1L
10.5	NH₄Cl 18g,溶于适量水中,加 15mol·L⁻¹氨水 350mL,稀释至 1L
11	NH₄Cl 6g,溶于适量水中,加 15mol·L⁻¹氨水 414mL,稀释至 1L
12	0.01 mol·L⁻¹ NaOH
13	0.1 mol·L⁻¹ NaOH

参 考 文 献

［1］ 高职高专化学教材编写组. 分析化学. 北京：高等教育出版社，2000.

［2］ 张华昌等. 化验师技术问答. 第3版. 北京：冶金工业出版社，2006.

［3］ 黄一石，乔子荣. 定量化学分析. 第2版. 北京：化学工业出版社，2008.

［4］ 孙彩兰. 化工分析检测综合实训教程. 北京：北京航空航天大学出版社，2007.

［5］ 胡伟光，张文英. 定量化学分析实验. 第2版. 北京：化学工业出版社，2008.

［6］ 张承红等. 化工实验技术. 重庆：重庆大学出版社，2007.

［7］ 夏玉宇. 化验员实用手册. 北京：化学工业出版社，2008.

［8］ 姚思童. 现代分析化学实验. 北京：化学工业出版社，2008.

［9］ 苗凤琴，于世林. 分析化学实验. 第2版. 北京：化学工业出版社，2006.

［10］ 王玉枝. 化学分析. 北京：中国纺织出版社，2008.

［11］ 王冬梅. 分析化学实验. 武汉：华中科技大学出版社，2007.

［12］ 王明国，侯振鞠. 分析化学实验. 北京：石油工业出版社，2008.